사북(舍北)탄광

국립중앙도서관 출판시도서목록(CIP)

사북탄광 : 無我 임승수 소설집 / 지은이: 임승수. -- 대전
: 오늘의문학사, 2016
  p. ;   cm

표제관련정보: 탄광에서 석탄을 캐듯 삶의 애환을 그린 소설
ISBN 978-89-5669-763-5 03810 : ₩12000

한국 현대 소설[韓國現代小說]

813.7-KDC6
895.735-DDC23   CIP2016016025

사북(舍北)탄광

無我 임승수 제2소설집

오늘의문학사

▶ 작가의 변

두 번째 단편소설집이다. 독자들이 책의 제목이라도 쳐다보기를 소망한다. 요즈음 스마트폰에 혼을 빼앗겨, 깨알 같은 글은 거들떠보지 않는 시류(時流)에 휩쓸리는 것 같아 때때로 서글프다.

「사북탄광」을 쓰기 위해 기차 타고 강원도 정선 사북까지 가던 때가 떠오른다. 아파트 경비원이 젊은 주민들한테 머슴취급을 당한다 하기에, 소설을 쓰기 위해 제복을 입고 근무하던 10년 전의 일이 그립다.

'푸쉬킨'의 시에 지난 시절은 그립다 했던가? 「나신제」에서 철우의 효행과 새마을운동의 기치를, 「사북탄광」에서 채탄부들의 애환을, 「물봉숭아집」에서 가족사랑과 근면성실의 존귀함을 눈여겨보았으면 싶다.

습작 삼아 쓴 지 오래된 소설을 모아 단편집을 내 보았다. 대전문화재단의 지원을 받았으니 고마운 일이다. 마음속에 쓰고 싶은 이야기가 산재해 있으니 아직 펜을 놓지 못하는 이유이기도 하다.

2016. 6. 25
저자 임 승 수

■ 차례

작가의 변　　4

사북(舍北)탄광　　7
나신제(裸身祭)　　34
종생기(終生記)　　60
대전역 교향곡　　79
병상의 백합화　　109
물봉숭아집　　131
백혈병 천사　　148
도화담(桃花潭)연가　　175
동고비의 노래　　181
꼽추소녀 난이　　189
경비실의 바람소리　　214
염복(艶福)　　221
파생(破生)　　227

사북(舍北) 탄광

잊지 못할 송자 숯공장이다,

1970년대에는 연탄(19공탄)을 많이 썼다. 이 무렵에 한국전쟁 고아 출신 셋이 숯공장에서 일을 하였다. 박철암, 석광철, 목마찬 씨였다. 30대 중장년의 애늙은이들이었다. 변변한 학력도 없었다. 생활기반이 없기에 정착하여 행세하기 어려웠다.

셋은 고아원(보육원) 출신이다. 사고무친(四顧無親), 혈혈단신(孑孑單身)이라, 옷소매 부여잡고 몸부림치며 매달릴 사람도 없었다. 6·25 한국전쟁 때에 한 마을이 폭격을 당하여 부모가 몰사했는데, 소년들은 기적적으로 살아남았다.

이들은 자라서, 고아원을 나와 세 사람이 산고랑 숯가마터에서 일하였다. 숯덩이 하나면 고기나 생선류의 숯불구이도 하였다. 옛날엔 샘물에도 이용했다. 밑바닥에 숯을 깔아 두면 물맛이 시원하고 달았다. 숯의 미네랄(mineral)이 간장, 된장을 담글 때 숯 서너 덩이를 물에 씻어 맨 위에 얹으면 쉽게 썩지 않았다. 미생물의 번식을 억제시키며, 거실의 실내공기도 청정하게 해주었다.

숯공장, 송자 산업체에서 일하는 고아원 출신 3인방은 생사고락을 함께 하기로 철석같이 결의했다. 삼국지에 나오는 유비, 관우, 장비의 도원결의라고 할까, 우애가 돈독했다.

불알친구 삼인방은 죽마고우(竹馬故友)였다. 부모 없이 고아원에서 자란 그들이어서 사연도, 눈물도 많았다. 삼인방의 일자리인 충북 제천군(현재는 제천시) 백운면 운학리, 첩첩산중 마을에도 차도가 훤히 뚫렸다. 신작로였다. 70년대에 새마을운동의 혜택이다. 면소재지에서 5km 남짓 떨어진 옴팡진 곳 시커먼 송자(宋字) 숯공장이 있다. 호랑이라도 출몰할 듯한 숲으로 울울창창한 곳이다. 적수공권(赤手空拳)으로 자수성가한 차섭(次燮)씨가 차(次)자를 자(字)로 바꿔서 송자산업으로 개칭했다.

송사장의 부인 박무영씨는 부사장 격이다. 전쟁고아 출신으로 굴러들어온 박철암, 석광철, 목마찬 씨에게도 직급을 줬다. 노동의 능률을 진작시키는 사업수완이 좋은 송사장이 힘을 실어 주기 위함이었다.

"박부장, 석부장, 목실장!"

송사장이 붙여준 직위다. 그만치 인정도 받았다. 직원은 통틀어 5명이 근무하며, 수완껏 내조를 잘 하는 송사장의 부인 박무영씨는 조언자이면서 찬모(饌母)의 막중한 역할이었다. 그들은 외로운 밤기러기 같아서 여염집 색시 옆에 얼씬도 못한다. 그러나 매달린 식솔이 없으니 고적할 때가 있지만 홀가분하다.

숯공장에서는 줄참나무를 토막내어 숯가마 속에 넣고 여러 날 불을 지핀다. 한 곳이라도 공기가 새들어 가지 않도록 황토로 도배를 한다. 공기의 틈새가 있으면 도로아미타불이다.

지성이면 감천이었다. 송사장의 부인 박무영 여사는 직원을 친동생처럼 보살폈다. 좋은 음식이며, 빨래도 해주면서 5년 동안 정이 담뿍 들었다. 그 바람에 삼인방은 입에서 단내가 날 정도로 일했다. 쉽게 돈은 모아지지 않았으니 애간장이 탈 노릇이었다.

형제위수족(兄弟爲手足)이라, 난형난제(難兄難弟)요. 친형제처럼 붙어살기로 철석같이 맹세를 한 삼인방이었지만 그러나 돈 앞에는 아귀(餓鬼)다툼을 할 때도 있었다. 각자 취미에 맞는 일자릴 찾아 헤어질 생각도 있었다.

'아내 나쁜 것은 천년 원수, 된장 쉰 것은 일년 원수란다.'

심성이 고약한 아내라도 맞이하고 싶었지만, 피붙이 없는 고아출신에게 세상은 냉랭했다. 야속할 때도 많았다. 작업복에 운동화 한 켤레도 변변치 못했지만 이들은 돈을 아껴 썼다. 쏠쏠하게 목돈을 쥘 때도 있었다.

"철암 씨는 자린고비요, 광철 씨는 노랭이랑께. 그리고 마찬 씨는 구두쇠 아닌개벼."

귀가 따갑도록 들었다.

이들은 산고랑 생활에 피로와 권태증에 진절머리가 날 때면 머리도 식힐 겸 면소재지로 나와 막걸리를 나눈다. 뙤약볕이 쨍쨍한 여름 한나절이다.

"주인 마님댁에서 시원한 냉면을 먹었으니, 맥주 한 잔으로 입가심을 했으면…."

광철 씨는 이따금 먹는 타령이다. 밭두렁의 청개구리 한 마리가 그의 바짓가랭이로 기어든다.

"철암이, 마찬이 푹푹 찌는 8월 더위에 이렇게들 고생하지 말고, 요즈음 잘 나간다는 광산에 가서 일을 하면 어떻겠나?"

매미가 극성스럽게 울어대는 한나절 끝이다. 아닌 밤 홍두깨 같이 광철 씨가 내뱉는다. 거구(巨軀)인 그는 늘 배가 고프단다. 70년대에는 석탄산업이 잘 될 때니 그런 말이 나옴직하다. 차섭산업은 제천에서 의림지(義林池)를 지나 산고랑에 있다. 주위에 참나무가 무진장으로 자생하기 때문에 참숯의 생산지로서는 안성맞춤. 노송도 울울창창이라 왜정시대에 송진을 채취한 흔적이 고스란히 남아있다. 조국에 슬픈 역사의 증표였다. 참숯도 약탈당했단다. 호랑이도 나올법한 산중에 자석과 쇠붙이처럼 붙어 지내던 사내들이 구름처럼 흘러들어 온 것이다.

칠월 백중이라서 오지(奧地)마을에 풍물소리가 귀를 울렸다. 칠월백중은 머슴들의 잔칫날이다. 휴일이 끝나면 셋은 용광로 같은 숯가마 앞에 서야한다.

그들의 자태는 꾀죄죄, 콧구멍, 귀때기까지 숯검정이다. 꺼먹돼지 그대로였다. 음력 7월 백중(百中)인 만큼 코가 삐뚤어지게 마시자고 약속했다.

중장년층인 셋은 자칭 삼인방(三人邦)이라 칭했다. 자랑스럽게 여긴다. 네 활개를 펴고 면소까지 왔다. 함평댁 선술집에 정좌했다.

"곳간(庫間)에서 인심 난다지요. 찰순대와 수육으로 듬뿍 주이소예."

고전(古典) 읽기를 좋아했던 철암 씨가 유식한 말로 던졌다. 그는 가끔 속담을 인용했다.

"건건이도 짭짤하게 놓고요."

배불뚝이 광철씨가 거들자, 홀쭉이 마찬 씨는 "뭉치면 살고 헤치면 죽는다. 실컷 마시고 취해 보자꾸나." 넉살좋게 한 마디씩 내뱉는다. 실제로 전라도 함평댁한테서는 모정을 느끼는 떡시루의 구수함이 그윽했다. 정이 많았다.

목로에 빙 둘러 앉아 권커니자커니 술잔이 오고 갔다. 여러 순배째다. 전라도 아낙들의 음식 솜씨는 정평이 있단다. 술값의 우수리는 깎아준다. 이직(離職)의 문제가 대두됐다. 권태스런 숯가마인 것이다.

"돈 벌이가 좋다는 탄광에 가서 한몫 잡으면 얼마나 좋을꼬."

"머리 둘르고 막상 가보면 여기나 거기나 별것 아닐 걸…."

초지일관, 광철 씨의 의견에 둘의 대답은 시큰둥하였다. 셋은 큰 입에 양푼 대접으로 막걸리를 단숨에 들이킨다. 또 말을 잇는다.

"광산은 목숨을 담보로 한다는구만…. 갱 속에서 우루룽 쾅쾅하면 끝장이라네. 그래도 가고 싶은가?"

철암 씨는 얼굴을 쭈빗거리며 담뱃재를 떨어댄다. 그의 덥수룩한 거웃 가슴팍에 흥건히 땀방울이 흐른다. 잔정이 많은 함평댁이 시원한 수박화채를 유리그릇에 담아왔다.

"어메, 어메, 점잖은 규수 보는 데서 가슴팍의 거웃을 보이기요?

징그럽게끔….”

 철암 씨를 향해 툭 쏘아 붙이고 즐거운 눈빛으로 앵도라져 칙간으로 향한다. 잘랑거리는 월남치마에 좌우로 흔들며 자리를 뜨는 그녀의 도톰한 엉덩이가 앙증스럽다. 매실매실한 오리궁뎅이에 시커먼 사내들은 응큼한 이성(異性)을 느낀다. 주부의 백미(白眉)는 앞치마 입은 여자이다. 데면데면한 그녀인지라 운학리 주객들은 모두 좋아했다. 부덕(婦德)이 있다. 함평댁은 은근히 광철 씨에게 마음을 쏟았다. 팔팔한 젊음에 사랑을 나누기는 딱 좋은 나이들이었다. 그녀는 산전수전(山戰水戰) 겪은 과부이니 측은했다.

 백중에는 그런대로 얼큰하게 하루를 때웠다. '비짓국 먹고 용트림한다.'는 격으로 거친 음식을 뱃속에 채웠으니 게트림에 거드름을 핀다.

 함평댁 선술집 벽면에는 한강 철교의 사진이 걸렸다. 피난민 행렬이다. 역사와 시간을 멈추게 하는 아픔의 사진이다. 실제 삼인방은 자신들의 생년월일도 불투명하다.

 "제기랄 것! 6·25가 아니면 왜 우리가 전쟁고아가 됐단 말인가?"

 흔히 고아원 출신자는 웃음이 없으며, 반항적이고 내향적이다. 또 저돌적이며 도벽성도 있다는 사회 인식과 편향은 오해의 소지였다. 보육원 출신인 그들은 인간적이며 낙천적일 때가 있다. 삼인방은 얼큰히 취하여, 저녁나절 돌아오는 길에 실개천의 모래톱에서 물고기 떼들이 물장난 치는 것을 봤다. 차라리 놈들이 부럽다. 맑은 물에만 서식하는 어름치도 보였다. 조약돌이 깔린 냇물의 돌다리를 건너려는 참이었다.

그곳, 끝 쪽에 동네의 삼수 엄마가 모습을 드러냈다. 콧구멍만한 시골이라서 부엌에 숟가락의 개수도 안단다.

"어이, 어이! 삼신 할멈아, 금쪽 같은 내 아들 살려내시오. 내 아들 살려 내시오."

미친 과수댁 삼수 어멈이다. 멍하니 하늘만 바라보는 게 그녀의 일과란 얘기도 들었다. 그녀는 연완부인 미녀였다. 금쪽같은 외동아들은 작년 여름날 멱 감다가 익사한 것이다. 어멈은 아들 하나 크는 재미로 수절하면서 살아왔다. 금쪽같은 아들을 잃자 그녀는 흰 저고리에 검정치마를 입었다. 아들의 명복을 빌기 위해서이다. 웬일인지 속치마와 팬티는 입지 않는다. 부끄러운 줄을 모른다. 개구쟁이들에 놀림감이 됐으며 뒤를 따르면서 장난질을 친다.

그녀는 시시때때로 아들이 익사한 장소에 와서 춤을 춘다. 넋 건진다는 얘기를 들었기 때문이었을까? 삼인방은 입맛을 다신 채 숙소로 향했다. 동네 아낙네들이 붙들어 매고 팬티만큼은 입혔으나 마이동풍이다.

오죽이면 미친 여자가 됐을까? 오매불망(寤寐不忘) 그립고 보고픈 아들이었을 터였다. 철암 씨는 '하늘도 무심하지!' 혀를 끌끌 찼다.

제천 운학리에 온 지도 삼년이 흘렀다. 숯가마 앞에서의 까막손에 밤잠을 제대로 못 자는 게 지긋지긋했다. 훨훨 떠나고 싶었다.

삼인방은 심사가 꼬였다. 고기도 놀던 물이 좋다고 했는데 이제는 차섭 씨네 숯공장이 염증이 났다. 주인의 독선적이요, 머슴 취급

하는 행위에 진절머리가 났던 것이다.

송사장은 과업 달성을 위해서 인화(人和) 단결이 최우선이라는 경영철학을 도외시 하였다. 그걸 모른다. 송사장은 돈만 안다. 안하무인(眼下無人)이었다.

"철암, 마찬이 친구를 설득하여서 돈벌이가 좋다는 강원도 탄광으로 갈까나? 채탄부 생활이 낫겠다."

펄펄 타 들어가는 시뻘건 숯가마의 문을 닫으면서 광철 씨는 상념에 젖었다. 어제도 숯가마 속의 열량 조절 문제로 송사장한테 앙칼진 문책을 받았다. 한낮에 쏟아지는 졸음 때문이었다.

"좋지, 좋아! 가자구!"

앞뒤 가리지 않는 재발적은 성격의 마찬 씨가 광철 씨의 의견에 동조한다. 이들은 심기가 비틀어져 함평집을 또 찾았다.

"강원도 정선(旌善) 사북탄광이나 영월에 가면 사택도 제공한다고 들었지라우. 그까짓 진폐증(塵肺症)이 문제란가?"

3인방은 얼큰한 김에 한 곡을 뽑았다. 돈 벌어 장가도 가고 싶으리라.

"바닷물이 철썩철썩 파도 치는 서귀포⋯."

함평댁의 아련한 음률이 광철씨의 가슴을 파고든다.

번지 없는 주막집에 창문 밖으로 금세 비가 내린다. 추적추적 어둡게 내리는 굵은 빗방울이었다. 젓가락 장단에 노래는 익어갔다.

"말 나왔을 때 해결해야겠구만. 퇴직금은 꼭 받아내야 할 걸."

광철 씨의 의미 있는 말이었다. 벌이가 좋다는 탄광쪽으로 일자리를 옮기자는 얘기가 거듭 나왔다. 단단한 각오였다.

"인간으로 태어나서 고된 일을 하지 않으면 어찌 큰 행복을 손에 쥘 수 있겠는가? 때로는 도전도 해보는 겁니다."

라디오를 켰다. 명사(名士)의 말 한 마디가 이심전심(以心傳心) 그들의 심금을 때렸다. 잡담은 의사소통의 진면목이다. 이들은 속내를 허심탄회 들어 내놓는다. 주자십회(朱子十悔)에 나오는 취중망언 성후회가 아닐는지? 앞길이 구만리 같은 이들이다. 더운밥, 찬밥 가릴 것 없이 광산의 채탄부나 만경창파의 어부 생활도 불사하겠다는 것이다.

삼인방 중에서 유일하게 철암 씨는 번갯불 장가를 갔다. 철암씨가 함평댁 송석란과 정을 통한 것이다. 결혼을 했다. 주례는 송사장이 맡았다.

"그 곳에 가면 꽝! 석탄 더미에 깔려 죽을 수도 있다는데이."

철암 씨의 순박한 아내 송석란은 걱정스런 얼굴이다. 그들은 신혼부부와 다름이 없었다. 중차대한 결단, 송자 숯공장을 떠나기로 했다. 거치장스런 살림 도구를 불더미에 태운다. 마무리도 다 됐다. 뜨거운 눈물을 쫘르르 흘렸다.

'회자정리(會者定離)요, 생자필멸(生者必滅)이 아닌가.'

삶의 철학을 불더미 앞에서 터득한다. 이때가 1977년도 석탄이 가정의 연료뿐 아니라, 화력발전 및 산업용으로 각광을 받을 때다. 석탄 채굴 사업이 절정기였다.

셋은 제천 운학리를 떠나기 전에 강원도 정선(旌善) 사북(舍北) 탄광의 실태를 날 잡아서 미리 답사했다.

'아, 잊지못할 운학리 숯공장이여!'

미운정 고운정이 담뿍 든 운학리 마을이다. 일행은 눈물을 뿌리며 제천 숯가마터를 작별한다. 송사장의 부인 박무영 여사는 마을버스의 뒷모습이 고개 넘어 사라질 때까지 손을 흔들어 주었다. 눈물을 닦는 모습이 아름답다. 제천역에서 승차했다. 강원도 산고랑은 청산녹수요 하늘빛은 푸르렀다. 협곡을 통과하면서 철마는 숨을 헐떡거린다. 이끼 낀 바위덩이가 손 내밀면 쥐어질 듯 열차는 덜커덩 가자 울고 멀어져 가는 정든 산그림자는 이별의 아쉬움에 눈물 잣는다.

가을이라서 단풍도 고왔다. 자미원을 지나 사북역에 점심나절 도착. 반겨주는 이 없다. 낯선 타향이다. 길바닥이 온통 검은 석탄 가루였다. 행인들에 얼굴이 모두가 꺼먹돼지다.

손바닥에 잡힐 듯, 가까운 강원도 정선군 사북(舍北), 고한(古旱), 도계(道溪)는 왜 그리 멀게만 느껴지던지. 지척이 천리였다. 주천(柱天)역은 태백산맥의 높은 지대라 했다. 그만치 오지(奧地)다. 삼인방에게 꿈과 희망보다는 앞길이 어둡고 불안했다.

동원탄좌 사북탄광으로 간다는 결단을 내리기 전 삼인방은 고민을 많이 했다. 최후의 결단은 철암 씨였다. 그는 의리가 있었고 심기(心氣)가 굳기 때문에 모두들 따랐다. 사북땅은 성경에 나오는 젖과 꿀이 흐르는 이스라엘의 가나안 땅 같았다.

발 디디면 다 살 수 있는 곳이 있다하여 이들은 거의 무작정 기차에 올랐다. 인간도처유청산(人間到處有靑山)이라 했다.

골목식당에 들러 장국밥을 배불리 먹고, 사북에서 남쪽 방향 태백산 줄기 5백여 미터쯤 되는 탄광업소 사무실을 찾았다. 구직을 원하는 자들이 장사진을 치고 있지 않는가? 일전에 면담을 했던 배불뚝한 자가 회전의자에 앉아 거드름을 피는 듯 안하무인이다. 옆에서 서너 명이 부지런히 서류 뭉치를 뒤적거리고 있다.

"안녕들 하슈? 먼젓번에 들린 사람이라우. 약속대로 탄광 일자리를 찾아 왔지요."

연장자인 철암 씨가 맨 먼저 예의를 갖춰 인사말을 건넸다.

"어서들 와요. 건강만 하시다면 일자리는 얼마든지 있지요. 사택이 한 곳밖에 남아있지 않으나 임시 거처는 가능할 것입니다."

먼젓번에 본 듯한 자가 대답한다. 들락거리는 미천한 자들의 결정체, 인격 사각지대 같다.

"괜찮습니다. 붙어살다가 기다리면 빈 사택도 나겠지요."

광철 씨가 나서서 응답했다. 직원이 힐끔 이들의 몰골을 살핀다. 굴러들어온 개뼉다귀가 아니냐는 식이었으리라.

벽면에 매달린 추시계가 둔탁하게 세 시를 알렸다. 사훈(社訓)-'전진, 안전, 성실'이라고 쓴 현판 위에 걸려 있는 사장의 근엄한 얼굴빛이 무리(群)를 훑어보는 듯하다.

그러던 차, 노한(老漢)으로 보이는 자가 출입문을 열었다. 일자리를 얻으러 왔다는데 나이로 인하여 일언지하에 퇴짜였다. 이렇게 출입하는 자들이 부지기수이니 유랑자들의 집합체가 탄광촌이란 걸 직감한다. 입찬소리도 할 만한다.

삼인방은 초조하며 주눅이 들었지만 애써서 가슴을 폈다. 너절너

절한 목판 액자에 담은 탄광촌 내의 금기사항이 눈을 핥았다. 철암 씨의 동거녀 송석란 여사는 눈이 휘둥그레진다.

- 갱내에서는 휘파람을 불지 않는다.
- 흉몽을 꾸면 출근하지 않는다.
- 갱내에서는 쥐를 잡지 않는다.
- 도시락 보자기는 청색, 홍색을 사용한다.
- 밥은 4주걱을 담지 않는다.

액자에 담은 문구에 송여사는 피식 웃음도 나왔지만 전래 관습을 신봉하는 미신(迷信)을 무시할 수 없을 것 같다. 산고랑에 가을 해는 짧다. 허름한 여인숙에 자릴 잡고, 저녁은 정선의 명품 곤드레 비빔밥으로 먹었다. 광산촌은 삼겹살을 먹는단다.
"그래도 형수님이 옆에 계셔서 든든하외다."
낯선 타향에 와서 심기가 불편한 와중에도 둘은 너스레를 떨었다. 철암 씨의 동거녀 송 여사는 번갈아 손을 잡아준다. 위로함이다.
석식 후 가로등 불빛 아래 고샅까지 샅샅이 뒤졌다. 강원도 군감자 맛은 일품이었다.
"사북의 속살은 석탄인 걸."
마찬씨의 관찰력 있는 말이다. 실제였다. 그들은 한잔했다. 여인숙으로 돌아와 천정을 쳐다보니, 제천 운학리의 숯공장이 절절히 그리워진다. 그것은 인간의 요사(妖邪), 변덕스러움 때문일까? 불가에서 말하는 인연(因緣)에 연연함이 지나침 때문일까? 고기도 놀던

물이 좋다고….

여인숙 철암 씨 내외가 쓰는 옆방에서는 부부지간에 아기자기한 목소리가 코끝을 자극한다. 광철, 마찬씨는 도통 잠을 이룰 수가 없다. 운우지정이다. 부부교합의 전초전인가?

"여보게 마찬이, 나가서 소주나 한 잔 더 함세. 샘이 나네."

둘은 허름한 이불을 잦혀 놓고 살짝 문을 열었다. 열병식 하듯 바둑판처럼 지어진 광부들의 사택 둘레를 한참 올라가 둘러봤다. 깨진 양재기 부딪히는 소리, 싸움소리, 히히 웃음소리가 뒤범벅이다. 이렇게 까만 어둠의 광산촌은 깊어만 갔다.

"석탄, 백탄…."

"노랫가락을 부르려면 끝까지 부를 것이지… 지랄 망아지 같은 놈."

술 취한 광부가 콧노랠 연신 부르며 어둠 속으로 사라진다. 둘은 여인숙으로 들어와 억지 잠을 청했다. 바짓가랑이의 고의춤이 궁싯거렸다. 옆방도 조용하다.

태백산의 아침 해가 밝았다. 첫 출근이라서 일찍 기상했다. 도담여인숙 가까이 있는 식당에서 조반 후에 점심으로 김밥을 샀다.

"네 덩어리씩은 싫어유. 석 줄씩만 주슈."

광철씨의 농담에 한바탕 웃었다. 사형수처럼 힘든 발걸음으로 탄광 관리 사무실을 향했다. 군대식이다. 나래비를 하여 인원 점검을 철저히 한다. 삼인방은 산업전사가 되었다.

석탄은 유일한 부존 에너지 자원으로 국민에게 연료 공급과 국가

기간산업의 중추적인 역할을 한다. 긍지감을 갖자. 삼인방은 검정 장화에 노란 헬멧, 연두색 작업복 한 벌, 코뱅이 입마개, 전구가 부착된 헬멧 냄프를 지급 받았다. 묵직했다.

"3일 동안 갱내에서 맺어줄 테니 조수(助手)가 되는 겁니다."

셋은 채탄일을 도우며 갱내 받침대인(지주목) 통나무를 등에 메고 운반하는 몫이었다. 통나무에 깔려 오징어가 될 것만 같았다. 캑캑 잔기침소리가 갱내를 울리고, 도깨비 불 같은 헬멧의 등불이 멀쩡한 정신을 흔든다.

"아이고 날 살려 주슈…."

악닥구리 마찬씨도 육중한 무게를 배기지 못해 통나무를 갱바닥에 팽개친다. 오지랖이 넓은 그였지만 어쩔 수 없었던 모양이다.

"정신을 놓으면, 쥐도 새도 모르게 지옥행이니, 그런 줄 아슈."

갱도는 암굴이었다. 그리고 미로(迷路)였다. 최용부 조장이 일 처리의 요령을 가르쳐 주었다. 그는 대추 방망이 같았다.

"매장량이 무진장(無盡藏)이지요. 끝도 없이 쏟아져 나옵니다."

1970~1980년대에는 충남 보령, 영월, 문경, 은성 탄광 등이 최대의 호황기를 누리다가 1980년대는 편리한 석유로 에너지 자원이 바뀌면서 하향세를 탄다.

"장성 탄광이 안전하고 근무 조건이 백점이라네요."

장성 탄광은 태백시 가까이 있다. 이름도 모를 갱우(坑友)가 지껄이는 소리다.

"일 하는 곳이 지하 수백 미터 막장이라고 생각하면 떨려서 일을 못해요. 땅위의 평지라 여기고 일을 해야 합니다."

선배들의 말에 일리가 있다. 셋은 몸집이 건장하고 탄광에서 일하기에 적합한 나이인 관계로 쉽게 일자리를 얻을 수 있어서 천만다행이었다.

기거(寄居)할 집은 연립식 10평 남짓한 광부 사택, 구차스런 처자권속이 없으니 삼인방은 독채에서 아기자기한 동거를 하기로 했다. 게딱지만한 집에 옆방에서 숨 넘어 가는 소리도 들렸다. 첫날밤이다. 찢긴 문풍지 사이로 별빛이 숨어들었다.

"석탄, 백탄 타는데, 이내 가슴 왜 안 탈까?"

또 그 노래다. 수천 미터 갱구에서 목숨을 담보로 한 채탄부들이 오죽이나 답답하면 저런 노래를 부를까? 창 넘어 훔쳐 본 흐트러진 모습! 절규하는 그들의 작태가 우울한 심사를 건드린다.

고즈넉한 방 안의 분위기 탓일까! 사북 광산 태백산 밑 광부들의 사택은 열악했다. 쾌쾌한 냄새에 빈대가 엉금엉금 사타구니로 기어든다.

"아이 가려워, 미치겠다!"

광철 씨가 가리쟁이를 긁어댄다. 지랄병 걸린 놈처럼 입에서 거품을 뿜는다. 가관이다. 마찬 씨는 이갈이에 잠꼬대를 달고 잔다.

"우린 쥐새끼와 친구가 돼야 해."

마찬씨의 계속되는 잠꼬대였다.

사북 탄광에서 견습과 현장체험 실습 기간이 끝났다. 여름엔 갱입구에서 2~30m 구간은 냉기가 치솟는다. 그 이상의 깊은 갱내에는 열기가 상승할 때도 있다. 헬멧에 부착한 전구와 조명시설이 없으면 옆에서 코를 베어가도 알 수 없다. 막장은 지척을 분간 못하는 생지옥이다.

'우루루 쾅쾅!'

집채만한 석탄더미가 철암씨의 발등에 닿아 기겁을 했다. 다반사란다. 금세 죽탄 속에 발이 잠긴다.

아침 여덟시에 협궤갱차로 평갱도는 진입하며, 수직 갱도는 도르래식 네모진 철상자에 담겨 오르락내리락 한다. 갱도는 전기 시설이 돼 있어 넓은 막장 공간은 환하다. 그러나 좁은 공간은 암흑세계다. 오거천 공법에 의한 착암기는 바위멩이 같은 석탄을 깨부순다. 광부들의 채탄작업에서 착암기의 역할은 절대적이다. 쏟아진 탄덩이를 네모난 삽으로 모아 칠통에 지고 석탄 운반상자에 적재한다. 지주목, 칠통, 곡괭이, 삽 등은 생명과 같은 필수 장구다. 바깥 저탄장까지 운반하는데 갱도는 험란하다. 사선(死線)과 같다. 갱내에서의 쥐들과 먹는 도시락은 꿀맛이다. 삼총사의 도시락은 철암 씨의 부인 송석란 여사 몫이다. 갱내에 쥐가 서식하는 것은 산소가 있다는 증표다.

도시락 보자기는 청색, 홍색에 밥 위에 얹어주는 계란말이, 무장아찌가 꿀맛이었다. 무사귀환이 염원이다. 낙반사고, 가스폭발…. 옆에서 꽝! 소리에 간이 콩만하다. 그까짓 진폐증이 문제가 아니다. 생활에 익숙치 못한 삼인방은 죽을 지경이었다. 오직 인내(忍耐), 인내였다.

첫 겨울이 와서 태백산맥에 눈이 내린다. 채탄부들의 실무교육 날에는 삼인방에게 날아갈 듯 좋았다. 석탄의 생성이 지각(地殼) 변동으로 인한 생명체의 매몰과 화석(化石)으로의 변화과정, 고생대, 중생대, 신생대의 구분. 화석에서 삼엽충, 공룡알, 암몬조개 등이 발굴된다는 점에서 신비스러웠다. 삼인방은 광물학자가 된 듯했다. 광부생활에서 터득한 상식도 많았다.

지옥을 방불케하는 막장에서는 별의별 일이 많다. 돌, 석탄더미가 굉음을 내며 발바닥 밑에서 몸부림치자, 이내 물에 범벅이 된 죽탄이 쏟아졌다. 삼인방은 제천에서 본 '폼페이 최후의 날'이란 화산폭발을 다룬 영화가 떠올라 소름이 끼쳤다.

목숨을 담보로 한 채탄부들의 실상이다. 자신들의 운명이다. 디룩디룩 도야지처럼 살이 쪄 기운 깨나 쓰는 광철씨의 어깨에는 지주목(支柱木)을 운반하는 일이 맡겨졌고 마찬씨는 쇠스랑과 막삽으로 석탄을 긁어모아 도르래로 장치된 네모진 철상자에 적재하는 역할이다. 착암기로 암반에 구멍을 뚫고 폭약을 넣어 발파하는 일은 숙련공의 몫이다. 이 순간은 지구가 무너지는 듯 요란하다.

막장은 처녀림(處女林) 같은 신비의 세계이다. 노란 헬멧의 반사되는 불빛에 별빛처럼 빛나는 규사(硅砂)의 차돌박이에는 사파이어, 에메랄드 등 값진 보석이 박혀 있음직했다. 사실이기도 했다.

삼인방은 손바닥이 불어나 물집이 잡혔다. 등과 어깨에 허물이 생겼다. 지주목 운반으로 인한 상처이자 흠집이다. 날이 갈수록 더했다.

"아이고, 허리 아파라!"

마찬 씨는 애기 같은 투정을 했다. 입사 한 달 후의 첫 번째 간주(看做)에는 목돈을 손에 쥐어 신명이 났다. 제천의 운학리 숯공장은 거지 월급이었다. 셋은 석탄공사에서 지급하는 위험수당 등 각종 급료에 신명이 났다. 그러나 광철 씨, 마찬 씨는 가족이 없으니 자신이 빈 강정 같다.

"여보, 오늘 월급 받았어. 공무원의 세 배 월급이여."

봉급 봉투를 손에 쥐어 줄 가족이 그리웠다. 십분 이해가 가는 말이다.

"굴속에 들어갔다면 돈이 파리처럼 붙어 나온다닝께."

늙수그레한 광부는 시커먼 벽면에 소피를 깔리며 토해낸 말이다.

"간주 받으면 춘옥이 기둥서방 노릇 좀 해 줘야지."

이번엔 오입질 잘 한다는 공씨의 오발탄이다. 춘옥은 전북 부안(扶安)에 사는 부용(芙蓉)과 같은 재색이 겸비한 규수라 했다.

"일에 자신감을 가져요. 무력감에 빠져들면 안돼요."

어버이처럼 다독여준단다. 삼인방도 그녀를 만나고 싶었다. 사북 광산촌에 입줄에 오르내리는 아가씨였다.

"석탄이나 훔쳐다 줄까?"

"예끼 이사람, 그런 짓 하지 말게나. 그러다가 뎅강 모가지 짤리지."

한바탕 메기입을 벌려 웃어제낀다. 인생에 희비애락(喜悲哀樂)이 교차되는 광부들에 생활상이다. 부용은 청렴한 작부였다. 철암 씨의 일기장에 갈겨 쓴 시 구절이 절절하였다. 아무튼 삼인방의 첫 월급에 송여사는 흐뭇했다.

칠흑 같은 어둠,
내 목숨은 풍전등화(風前燈火)
먹물을 뿌려 놓았는가?
수직갱, 깜깜한 굴 속
막장 천리!
내 어이 왔던가?
내 어이 왔던가?
자각자각 채탄의 삽질 소리
우루룽 쾅쾅, 하늘이 무너지는
발파(發破)의 굉음에
간장이 서늘하다.
치르륵 푹, 치르륵 푹!
착암기의 회전소리에
아차, 하면 생귀신이지
'오, 하느님이시여
살려주이소예, 살려 주이소예….'
　　　－ 1978. 5. 17 박철암 갱 안에서

　제목이 「막장천리」다. 숨이 콱콱 막히는 수직 갱도 수천 미터 아래 탄 덩이가 무너질 때는 단말마(斷末魔)적인 고통을 느낀다.
　"언제 죽을지 모르는 몸둥아리, 시원한 냉면에 생맥주 한 잔을…."

어제도 광부 하나가 죽었다. 갱 안에서 공포의 도가니로 몰아넣는 것은 정전과 수몰(水沒)이었다. 미친년 오줌 싸듯 콸콸 나온다. 예측할 수 없다. 석광 벽면에 수맥(水脈)이 있어 터지면 논두렁의 개구리 진흙탕에서 엉겨 붙듯 광부들은 몰사한다. 오늘도 채탄부 두 명이 죽어 나왔다.

"갱문이 막혔다!"

더러는 농담으로 소리를 질러 그 소리가 긴장감을 고조시킨다. 중식(中食) 후 졸음에 빠지는 채탄부들에게는 최고의 자극제이자 처방이다.

"내일은 바깥 저탄장에 보초를 자원해야겠구만."

대전 목달동에 산다는 오종균씨의 잽싸한 말이었다. 저탄장에 돌덩어리 같은 탄식은 동네 애들의 표적 대상이다. 가정 연료로 안성맞춤이기 때문이다. 사북 주민들은 십구공탄 외에 곤로(화덕)에 탄덩어리를 쓴다. 숯에 버금가서 열량도 많고 장시간 화력을 발생하였다.

"쿨룩쿨룩…!"

속초 사는 태씨는 진폐증으로 숨을 할딱거린다. 당나귀 숨이다.

"철암형, 형수님 모시고 태백산 눈꽃축제나 갑시다요. 천제단에 무사안녕(無私安寧)을 비는 절도 올리고…. 바람 좀 쐬잔 말이요."

"그렇게 하지."

날짜를 정했다. 간주하는 날, 그 다음으로 잡았다. 탄광 사정에 의하여 격일제 근무도 시킨다. 여름철 비수기(非需期)나 가능할까, 성수기 때에는 그렇지 못했다.

"그런데 말이여, 도시에 석유 보일러가 들어오고는 석탄이 덜 팔린다지? 비루먹은 늙은 개 같은 놈은 쫓아낸다는 얘기도 있단 말이야"

주위에서 불길한 얘기가 오고갔다.

"그래, 좋지 좋아. 빌어먹을…."

삼인방은 시간을 내어 태백시의 한강에 발원지 검룡소, 구문소 등을 두루 구경했다. 맛있는 요리도 먹었다. 반짝반짝 밤무대에 들러 춤도 추고 노래도 불렀다. 그래도 광철 씨, 마찬 씨는 흥이 나지 않았다.

"작전을 펴야겠어. 결혼작전 말이야."

철암 씨는 둘의 손목을 잡아주며 사북 광산촌 가는 막차에 올랐다. 태백산맥에 눈이 날렸다. 차창에도 때렸다.

"간부 녀석들만 배불리 처먹어, 놈들을 쫓아내자는 얘기도 있어. 노동자 대표들이 앞장선다지?"

사북읍에 별의별 뜬소문이 바람 타고 계속 번졌다.

1970년대에는 석탄산업이 호황이었다. 30년이 넘는 사북 옆의 영월탄광은 5백리의 갱도에 한때는 종업원이 천여 명이 넘었다. 적자 운영으로 학교의 재적수는 줄어들고, 거리의 음식점, 술집, 다방 등은 개점휴업을 한다는 풍문이 나돌았다.

그러는 와중에도 사북 동원(東元) 탄광만큼은 잘 버티고 있었다. 다행이었다. 그러나 하늘 한 귀퉁이에서 먹구름은 서서히 일었다. 사북 탄광도 예외는 아니었다. 노사(勞使) 분규의 독버섯이 서서히

싹트고 있었다. 데모의 열풍이 꺼먹돼지들의 뇌혈관에서 뇌일혈처럼….

오늘도 태백산 줄기 줄기에 싸락눈이 뿌린다. 을씨년스럽다. 사북 읍내의 가로등이 불빛에 겨워 함박눈을 쓸어안고 나비춤을 춘다. 광부들은 쉬는 날이면 놀음이나, 술집에다 애써 번 돈을 쏟아버린다. 지난번은 광철 씨의 생일이었는데, 오늘은 마찬 씨의 귀빠진 날이다. 사북의 뒷골목 공주집에 들어서니 금란 아가씨가 양손을 벌려 안긴다. 동태찌개와 마른안주를 담은 술상에 금란은 분(粉)세수, 몸치장을 한 후 사뿐사뿐 들어섰다. 그녀는 싹싹하고 성격이 좋았다.

"막내여, 생일을 축하한다. 실컷 먹고 마시자. 잘 먹은 귀신이 때깔도 곱단다."

덕담에 어둔 밤이 다 가도록 권커니 작커니, 젓가락 장단에 흥이 겨웠다. 술에 취한 금란도 옷고름을 풀어헤치며 18번을 흘린다.

"삼돌이, 삼돌이, 삼돌이…. 서울여자 앞세우고…."

실연의 아픔을 되새기는 금란의 노래는 사내들의 심금을 울린다. 그날 밤은 술과 노래로 진탕 놀았다. 갱 속에 공포감도 이 순간만큼은 잊었다. 금란아가씨는 마찬 씨의 어깨에 머리를 기대어 두 사람의 시샘도 샀다.

모두가 역마살(驛馬煞)이 낀 망향초(望鄕草), 부평초(浮萍草) 같은 인생살이였다. 어언 7년 이곳 사북 탄광촌 생활도 정이 들었다. 그러나, 불경기로 떠날 것만 같다. 하루하루가 불안했다.

지난 시절은 다 그립다더니, 제천 운학리에서의 숯가마 앞에 불길이 그리웠다. 전쟁고아로 공주 풍덕원의 고아원도 아련히 생각을 키운다.

1980.4.22 사북역 광장에는 광부들로 인산인해(人山人海)였다. 연신 분규 행위가 벌어졌다. 회사에 반기를 든 데모였다. 수백 명의 광부들은 거리로 나왔다. 머리에 하얀 헝겊으로 이마를 두르고 어깨동무를 했다.
  폐광결사반대, 권익쟁취, 급료인상 피켓을 높이 들었다. 나흘 동안 사북읍 소재지가 전쟁터와 같았다.
  사북탄광은 어용(御用)간부들을 과감히 물갈이 해야한다는 광부들의 구호였다. 수백 미터 심층 광구에서 채탄부들은 생명을 담보로 노역을 하는데 그들은 호의호식(好衣好食)한다. 채탄부들의 급료를 인상해 주지 못하는 것은 회사 간부들의 고질적인 과다착취라는 것이다. 환부(患部)가 곪아 터졌다.
  석탄공사 측에서는 생산량의 감소와 매출의 부진을 이유로 대대적인 인원감축을 예고한 것이 불화살이 됐다. 그러나 간부들이 단상에 올라와 설득하는 일은 없었다. 분규행위는 더욱 거칠어졌다. 회사측은 묵묵부답이었다. 광부들은 살기 아니면 죽기로 삽과 곡괭이까지 들었다. 필사적인 반기였다.

  22일 첫날은 고양이 앞의 쥐처럼 조심스럽게 분규가 벌어졌다. 분규의 목표가 쟁취될 때까지 쉽게 물러나지 않는다 했다. 당연히 공권력이 투입되기 마련이다. 탄광 노동조합 단체에서 출발한 분규는 5백여 명의 광부와 천여 명의 남녀노소 가족들까지 합세를 했다. 사옥의 기물파괴나 쇠뭉치를 휘두르며 돌팔매질, 난동으로 유혈사태가 벌어졌다.

사북역 광장과 장터를 휘집었다. 광산 사무실을 박살냈다. 경찰과 군부대를 동원하는 데서 난투극이 벌어졌으며 거센 폭풍이 일었으니 당연하지 않는가? 정선 사북 탄광의 비운과 종말! 어둠은 이때부터 서서히 다가서고 있던 것이다. 매장량의 저하도 문제였다. 심층 채굴도 난맥상이었다. 경영 악화에 인적관리의 맹점(盲點)이 드러난 것이다. 전국이 발칵 뒤집혔다.

"사북 탄광을 살리자!"

"어용 간부는 물러가라!"

"노임을 인상해라!"

탄광일은 휴업 상태였으며, 농성은 끊이지 않았다.

삼인방도 농성에 동참했다. 철암 씨와 송석란 여사도 광산촌 사택 12호에 사는 동현엄마와 구호(口號)를 소리 높여 외쳤다. 단말마(斷末魔)적인 절규였다.

"잘됐지 뭐유, 이 기회에 코뱅이 마스크를 집어 던지고 다른 일자릴 찾아봐유."

울화통이 치밀어 철암 씨의 아내는 발을 동동 구른다.

'살붙이도 태어났고 어떻게 살아간담! 막막하다.'

궁여지책(窮餘之策) 뾰족한 수가…. 사북탄광 노사 분규로 인하여, 삼인방은 직장을 잃고 두문불출(杜門不出) 칩거생활을 했다. 어쩔 수 없었다.

'이럴 줄 알았으면 일구월심 돈 모으는데 집착할 걸.'

삼인방은 때늦은 후회다. 빈자소인(貧者小人)이다. 퇴직금이라야 코빼기 붙일 곳도 없이 적다. 탄광에 근무할 때는 미처 느끼지 못했는데, 철암 씨는 갈비뼈가 땡기고 마른 기침을 할 때면 진폐증(塵肺症)이 오는가 더럭 겁이 났다.

철암 씨는 누운 채 벽면에 걸린 달력을 본다. 갸우뚱 걸린 4월의 달력이 아지랑이처럼 빙글거린다. 지나온 세월, 제천에서 일하던 때를 생각한다. 또 채탄부의 생활도….

"갱속에서 사투(死鬪)를 벌이며 일이 끝나고, 목욕 후 생맥주 한 잔 쭉 들이키던 때가 좋았지라우."

광철 씨의 넋두리였다. 지난 생활은 다 그립다더니 틀린 말은 아닌 것 같다. 사북사태 이후, 다른 광산에서도 연일 농성이 이어졌다.

분규의 후유증은 컸다. 장관 월급보다 많다는 다방 아가씨 미스고, 미스강도 떠났다. 선술집도, 전당포도 하나, 둘 문을 닫았다. 탄가루를 이마에 달고 밤늦게라도 들르면 팔 벌려 반갑게 맞아주던 주막집 아줌마들, 부평초처럼 물 위에 떠 있다가 햇살 맞고 사그라져 버린 걸까?

사북 읍내는 밀물이 나간 갯벌처럼 시커먼 탄자국만 을씨년스럽다. 사북 탄광은 갱구를 닫았다. 폐광을 했다. 1980. 4. 24일 노사분규가 끝난 직후였다.

갱도(坑道) 6백리! 사북에서 평생을 살았다는 지방유지 오종균씨는 폐광 소식에 눈물 흘렸다.

"까만 얼굴을 들고 술집에 들어서면 날아갈 듯한 아가씨들이 아양을 떨던 때가 그리워요."

지난 날에 광부 천국시대를 회상한다. 난파선이 풍랑에 서서히 심해로 침좌, 좌초였다. 사라지는 동원 사북탄광, 불안에 떠는 삼천여 광산 주민, 연 40만톤 생산에 수백여 명의 광부들이 득실댔다. 37년 동안 적자 28억, 사양(斜陽)의 길로 학교는 텅텅 비고, 거미줄 같은 갱도 6백리의 막장은 뻥 뚫린 콧구멍만 벌렁 벌렁. 검은 박쥐들만 득실, 도깨비 바람만 으스스하다.

사북 민영탄광은 일제 강점기인 1935년 11월 조선 전력주식회사에 의해 개발, 영월 화력발전소 가동에도 에너지 자원으로 협력했다. 1만8천8백96m 길이에 천여m 깊이까지 파고들어간 광구의 총 넓이는 1천3백35만6천6백평. 이 넓고 긴 땅굴을 파헤치는 동안 2백여 명의 광부가 희생됐다.

이렇게 흥청대던 광산의 경기도 심층(深層) 채굴이 시작된 70년대부터 사양의 길을 걷기 시작했다. 정부의 저탄가(貯炭價) 정책도 문제였다.

연간 채탄량이 40만톤에서 30만톤, 30만톤에서 17만톤으로 해마다 줄어들면서 광부의 수를 줄일 수밖에 없었다. 28억원의 적자, 612명의 광부와 9,400여 명의 광산촌 주민들은 생계가 막막했다. 그들은 하나, 둘 짐보따리를 쌌다. 인근에 있는 영월탄광도 마찬가지였다.

전국 굴지의 정선 사북탄광은 시련을 안은 채 폐광되었다. 득실거리던 광부들은 온 데 간 데 없고 갱구의 곳곳에는 찬바람만이 솔솔, 깨어진 탄 덩어리 사이로 물줄기만이 쫄쫄쫄 흘렀다. 점차 폐허가 되어갔다. 태백산맥에 봄비가 내린다.

1986. 4

나신제(裸身祭)

·
·
·

　꾸부정한 노송(老松) 사이로 조각 달빛이 요요하다. 편숫골 저수지 비탈진 둑방 위에 앉아있는 철우의 일거수일투족(一擧手一投足)을 하현달이 훔쳐보는 밤이다. 철우는 밤톨만한 조약돌을 손에 쥐었다. 분노의 출구인 냥, 돌멩이를 수평선 위로 던진다. 포물선을 그리며 낙하한 그것은 먹물 같은 검은 물거품을 토하며 물보라를 일으킨다. 웅어리진 철우의 가슴이 산산조각으로 부서진다.
　"이를 어쩌란 말이냐? 어쩌란 말이냐? 파산이 된 소중한 내 가정을…."
　귀향 청년 철우가 탄식한다. 고목(枯木)에 머리를 박는다. 부친인 준철씨는 행방이 묘연한 지 2~3년, 빚만 산더미처럼 남기고 줄행랑쳤다.
　영농자금으로 농협에서 대출을 받아 깡그리 놀음으로 날렸다. 허구헌날 물 건너 요룡골에서 소 장사들과 어울렸으니 온전할 수 없었다. 철우가 사지(死地)에서 벌어 보낸 돈을 몽땅 날렸다.

철우는 남태평양 서사모아(West SAMAOA)기지를 중심으로 참치잡이 원양어선을 탔다.

부친 준철씨는 원래가 한량(閑良)이자 기골이 장대한 난봉꾼이었다. 놀음판에서 붙어 지내던 예쁘장한 종촌면 과수댁과 눈이 맞아 농협에서 빚을 내어 줄행랑쳤다. ─ 그럴 순 없었다. 백번 죽어도 싸다. 성실했던 준철씨가 사색잡놈질을 한 것이다. 3년째 감감 소식이다. 사채(私債), 무섭다. 개인적인 채권자나 농협에서의 빚 독촉에 철우의 모친은 기진맥진, 철우가 책임을 져야할 판이다.

철우네 가정은 풍비박산 거덜이 났다. 60이 가까운 모친은 울화가 치밀어 화병에 신경성 위암에 걸렸다. 누이동생 덕자마저도 고교에 휴학원서를 내고 모친의 병수발에 힘썼다. 철우에게 남매는 단 둘이다.

소인한거 위불선(小人閑居爲不善)이라, 준철씨는 겨울농한기에 못된 황가 머슴의 꾐에 빠져 투전판에 빠져들었다.

놀음을 맹세코 않는다고 손자귀로 왼쪽 새끼손가락까지 잘랐다는 철우의 조부님이셨다는데, 가정의 내력이었다. 원양어선에서 내려 고향에 돌아온 뒤부터는 잠을 이룰 수가 없다.

'인생살이가 이다지도 고달플 수 있단 말인가?'

철우는 괴로웠다. 편숫골 밭떼기도 동네 구두쇠로 소문난 황씨한테 헐값으로 팔아먹었다. 서러움이 밀물처럼 몰려와 철우는 부르르 몸을 떤다. 철우는 혼자 있고 싶었다. 어떤 대책을 강구해야만 될 것 같다.

"만경창파의 원양어선은 감옥이었지? 철우야."

아들의 얼룩진 두 뺨을 어루만져 주시는 모친은 숨두부를 큼직한 국자로 떠서 철우의 입에 넣어준다.

"아들이라도 건강하게 살며 만사형통해야지. 장가도 들어야 하고…"

어머님 말씀의 여운이 밤바람에 스친다. 철우는 마을 뒷산 너머 편숫골 저수지로 가서 궁여지책(窮餘之策)을 캐내고 싶었다. 설마 목구멍에 거미줄 칠까마는 당장 농협 돈을 갚지 않으면 보증인들에게도 큰 피해가 가리라.

'외로운 기러기, 내 가정은 난파선이야!'

철우는 연신 저수지 수면 위로 돌팔매질을 하면서 뇌까린다. 망망대해 남태평양에서 파도와 싸우며 참치잡이를 할 때에도 사선을 넘겼다. 수없이….

'선지자는 환(還)고향 하지 않는 법이지….'

파산이 된 집 걱정에, 사현리 이장이 하던 말이 떠올랐다. 남태평양에 서사모아 지주의 외동딸 '뽕띠'와 결혼해서 눌러 살 것을…. 후회막급이다. 찰랑찰랑 물결치는 코발트색 남태평양이 그리웠다.

'그러나, 그것은 부모님에 대한 배반이요. 불효의 발상이니라.'

사려(思慮)깊은 철우였다.

'인생은 교향악이라고? 젠장, 고해(苦海)이지!'

편숫골 저수지에 가을밤의 중천 하늘엔 청초(淸楚)한 달빛이다. 어쩜 그렇게도 풀벌레들이 요란을 피는지? 시골덤병 추야의 적막을 깬다. 귀뚜라미는 비켜라.

'내일 동석을 만나는 거다. 동석이네 야산을 빌려야겠다. 겨울에

웅덩이를 파고 인분과 개똥, 쇠똥을 주워다 밑거름을 하자. 특수작물인 수박을 심는 거다. 그렇게라도 해서 빚을 갚겠다. 죽마고우(竹馬故友)인 그가 내 청을 물리치지는 않겠지. 붕우유신(朋友有信) 의리 있는 동석은 내 청을 꼭 들어주리라. 설마, 거절하지는 않겠지?'

철우는 겨울 농한기에 일할 생각에 골몰한다. 1973년 세계적인 유류파동은 세계의 경제를 난타했다. 철우는 부모님이 그립고, 그 연유로 귀국하게 됐다.

'언젠가 신문에서 본 수박농사를 지어서 단번에 대박을 터뜨렸다는 일…. 그렇다! 바로 그것이야.'

그 말을 곱씹는다. 철우의 뇌리를 번갯불처럼 스쳤던 것이다. ― 그렇게 해서라도 부친의 빚더미를 덜어야겠다는 신념이었다. 책장에 꽂혀있는 중국 도연명에 귀거래사(歸去來辭)를 읊는다. 새마을운동의 횃불! 그 무렵에 통일벼의 다수확으로 쌀막걸리도 먹게 된 시대였다.

이튿날, 철우는 동석의 춘부장(椿府丈)을 뵙기로 했다. 동네의 유지요, 갑부(甲富)이면서 옹고집(翁固執)으로 소문이 난 그였다. 그러나 의리와 의협심이 강한 분. 빈손으로 갈 순 없었다. 해외 나들이로 오랜 기간 찾아뵙지 못하여 인사도 드리려는 참이다. 허락을 얻으려면 능소능대한 설득이 필요하다. 즉, 동석이의 야산(野山)얘기다.

친구의 사랑방에서 동석을 대동하고 그의 부친을 뵈었다. 반겨 맞아주셨으며 새마을 운동으로 마을의 변화도 들을 수 있었다. 고즈넉한 분위기였다.

"대단한 발상이야! 도전해보게나. 하면 되는 것이지."

친구의 부친은 외국의 견문얘기도 진지하게 경청하고, 철우를 격려해 주셨다.

"좋아요, 좋아. 만 평을 빌려 줄 테니 소득의 1/10은 마을 기금으로 내놔야 되네. 교회의 헌금으로 생각하게나."

"좋습니다. 내 놓고 말구요."

자신 있는 철우의 대답이었다. 어둠이 깊어지는 밤의 적막에서 잠시 침묵이 흘렀다. 사랑채의 질화로에서 가을밤이 익는다.

"아버님, 철우 친구와는 생시(生時)도 같은 죽마고우(竹馬故友) 아닙니까? 은혜를 생각해서 열심히 하여 성공하도록 하겠어요."

동석이 조언을 해주어 고마웠다. 철우는 동석의 부친을 아버님이라고 호칭했었다.

"그러나, 어린 산비둘기가 쉽게 재(?)를 넘어 갈 수 있을까? 농사 경험이 부족한 박군 아닌가?"

찬경씨는 마른기침을 하면서 철우의 안색을 살핀다. 염려가 된다는 표정이었다.

"걱정마십시오. 비탈진 야산을 금덩어리가 나오는 산으로 만들 테니까요."

철우는 어렵지 않게 찬경씨의 승락을 받아냈으며 수박농사 준비에 전력투구한다. 겨우내 구덩이를 파고 거름을 미리 주는 일이다.

"어머, 철우오빠, 언제 외국에서 오셨어요?"

반색을 하며 채란이가 사랑방 장지문을 열었다. 오랜만의 해후

(邂逅)다. 채란은 동석의 여동생이자, 중학교 때부터 서로가 짝사랑하는 사이였다. 철우가 왔다는 소식에 찻잔을 받쳐들고 얼굴을 내민 것이다. 그녀는 명문여고 출신이었다.

철우는 평소에 가까이하던 채란의 얼굴을 대하니 반갑다. 얼굴이 파리하게 야위었다. 보고 싶던 채란의 얼굴을 살폈다. 그러나 짜릿한 전율을 느끼며 정수리를 곡괭이로 맞은 듯 불길한 예감은 웬일일까? 인간의 변신! 미모의 채란아가씨에게 눈길을 던지는 수캐들이 사현리에 많다는 것을 철우는 익히 알고 있었다. 어쨌든 호미자루 내던지고 서울로 갔다는 얘기도 여동생 덕자의 안부 편지에서 알았다. 그만치 동석의 집과는 가재와 게 같은 사이였으니 채란에게도 관심이 많은 철우였다. 철우가 배를 탈 때 채란은 서울에 있었다.

"서울로 취직하러 갔다고 들었는데 언제 귀향했어?"

채란이는 무릎을 꿇고 소롯이 앉는다.

"벌써, 3년이 지났는걸요. 철우오빤 외국에 또 가실 계획이세요?"

방 안의 분위기를 살피면서 채란은 철우에게 물었다.

"이젠 고향을 지키겠어. 유류(油流) 파동도 끝나지 않았으며 부평초 같은 생활이 싫어졌어."

"그러세요. 결심을 잘하셨네요. 무슨 일을 하실건가요? 돈은 많이 벌어 오셨는지요?"

채란은 두 눈을 치켜뜨며 묻는다. 채란 자신도 한때는 자유방종한 꼬리표가 붙었었다. 서로가 신뢰를 상실한 게다.

며칠 뒤에 철우는 동석의 춘부장을 다시 뵈었다. 양식(良識)이 되는 배움을 얻기 위해서다. 물론 집나간 부친 얘기도 나왔고 동석이도 참여했다. 찬경씨는 책을 놓지 않는 만학도(晚學徒)다. 주경야독파라서 학식이 높아 사현리에서는 김참봉 어르신으로 통하며 존경을 받는다.

"수확으로 분주하던 가을도 가고 요즈음 소일을 어떻게 하세요?"

철우는 동석 부친과 속 깊은 얘기를 더 나누고 싶었다.

"과우즉사(果禺卽事)라, 조선시대 명필이신 추사(秋史) 김정희(金正喜)선생님의 시 한 수가 떠오르는구만, 주인심병구(主人沈秉久)라는 귀절이 있다네, 주인이 깊은 병을 앓은 지 오래되니, 불감소춘풍(不敢笑春風)이라, 봄바람이 스칠지라도 웃지 못하는 게지. 여보게 박군, 난 병고를 양약으로 삼고 인내하며 청풍명월처럼 살아간다네."

찬경씨는 외아들 동석의 얼굴을 힐끔 쳐다보며 심사를 말한다. 찬경씨도 병객이 됐다.

"그래도, 어르신네는 지존(至尊)해 보이십니다. 존안은 동안(童顔)같이 보여요."

철우는 좋게 말했다.

"허허, 그런가? 그렇다면 좋지, 좋아."

그래서 방안의 분위기는 화기애애, 꽃동산이었다. 이번엔 채란이가 밤꽃 꿀차를 대령했다. 철우가 동석의 집을 나설 때 채란은 배웅하는 것을 잊지 않는다. 찬경씨도 둘 사이를 묵인한다.

"철우오빠의 일이라면 뭣이든지 돕고 싶어요. 원양어선을 타면 안돼요."

이제 와서는 철우를 놓치고 싶지 않다. 채란의 아련한 희망이었다. 무지개를 바라보는 듯 단꿈을 꾸고 있었다. 처녀 가슴이 콩닥거린다.

철우는 새벽에 기상을 했다. 앞집에 강주 친구의 집 홰에서 수탉이 잠을 깨운다. 동네 친구들과의 과음에 정신이 얼얼하다. 어머니도 일찍 부엌문을 여신다.

"아들아, 웬 술을 억배기로 마셨느냐? 시원한 동치미 가져왔으니 깨물어 먹고 불끈 일어나거라."

사랑, 사랑해도 철우에겐 어머님의 지고지순(至高至純)한 사랑이 으뜸이었다. 철우가 외항선을 타며 만경창파와 싸우다가 무사히 돌아온 것도 어머님 치성의 덕이리라. 모친은 병환 중에도 새벽이슬이 담긴 정한수를 장독대에 떠놓고 아들의 무사귀환을 빌었다. 늦은 감이 없지 않지만 철우는 모친께 지극한 효도를 결심했다. 집 나간 아버지를 대신해서 여동생 덕자를 데리고 볏단으로 가마니를 짜느라고 손마디에 피멍이 드셨다. 빚 독촉에 어지간히 시달렸다. 70년대에는 볏짚으로 가마니를 짜서 5일장에 내다 팔면 가용돈이 되었다.

찬 물사발을 꿀꺽 들이마신 철우 어머님은 긴 한숨을 몰아쉬고는 무거운 입을 열었다.

"집안이 화합하려면 베갯밑 송사는 듣지 않는 것이다. 남자가 부녀자의 잔소리를 듣고, 그대로 행동하면 집안이 망하는 법이다. 아버지 험담은 하지 마라. 아들아, 여자는 한 번 집 나가면 염치없어 돌아오지 않는다만, 네 아버지는 꼭 돌아오실 게다. 그래서 정한수를 떠놓고 아버지와 너 때문에 빌고 빌었단다."

속이 아프실 어머님이시지만 부친을 나무라지 않는다. 아픔의 속내를 냉큼 드러내지 않는 강인한 면목을 갖춘 현철한 여인이다. 장독대의 정한수(靜閑水) 옆에는 댑싸리와 복조리도 걸어놓고 치성을 드렸다.

"일월성신(一月星辰), 천지신명(天地神明), 용왕님이시여!"
손바닥을 싹싹 빌며, 남편과 아들의 무사귀향을 비셨다.

시작이 반(半)이라고 철우는 수박농사를 짓기 위한 준비에 손수레, 경운기, 똥지게를 갖추었다. 만반의 준비였다. 벌써 입동도 지났다. 눈발이 몰아치는 속에도 잡목을 베어내고 웅덩이를 팠다. 집집에서 인분을 퍼다 부었다. 쇠똥, 개똥을 주워다 밑거름으로 몽당 그려 구덩이에 모았다. 겨우내 손발이 부르트도록 일했다. 틈틈이 수박 재배법에 대한 책자도 읽고, 보령 농촌지도소에 들러 자문도 받았다.

한겨울이다. 비지땀이 철우의 목덜미에 홍건하다. 함박눈에 산바람이 휘몰아칠 때 채란이 먹거리를 갖고 왔다. 동석이도 동참할 때가 있다. 의욕이 솟구치는 철우였다. 친동생 덕자보다 채란이 일을 도왔다. 채란은 곡괭이로 언 땅까지 파 주었다.

"채란이, 서울 가지마. 내후년 쯤 결혼하자꾸나, 힘을 합해 사현리 마을을 풍요롭게 만드는 거야. 그림 같은 예쁜 집도 짓고…."

둘이선 단꿈에 젖어 의기투합했다. 동네에서도 관계를 인정하는 사이가 됐다. 그럴 때, 둘이 앉으면 최무룡의 외나무다리를 부르곤

한다. 그런데 둘 사이를 미행하는 자가 있으니 누구일까? 동네의 불량청년 정두봉이었다.

이듬해 천북면 사현리 찬경씨의 소유, 야산에서 오뉴월 자라나는 수박넝쿨은 백일 된 외동아들과 무엇이 다르랴! 들여다보는 즐거움, 속세의 번뇌를 잊는다. 동글동글 갓난아기처럼 살이 찌는 수박덩이는, 은자동아 금자동아이다. 대박(大舶)이다. 4통 8달로 게발톱처럼 쭉쭉 뻗는 수박넝쿨의 기가 용트림을 친다. 천우신조(天佑神助)만 바랄 뿐이다.

'아버님의 채무도 해결하고 선조대의 윗터 답도 꼭 찾고 말리라.'

철우의 각오는 대단했다. 5월에 수박묘를 구입하여 구덩이에 심었다. 절치부심(切齒腐心), 장사(壯士)가 나면 용마(龍馬) 나온다 했다. 계획대로 수박농사는 성공을 예측했다.

"철우는 살게 됐어! 그나저나 준철씨는 언제 돌아온다나?"

주민들은 모이면 철우의 부친 걱정을 해주니 고마운 일이다. 우장춘 박사가 개발한 씨 없는 수박의 종자도 어렵사리 구하여 시험재배 한 결과 효자 노릇을 했다. 광주 무등산 자락에서 재배하는 마름모형의 럭비공처럼 생긴 산수박도 가히 일품이었다. 쾌재(快哉)였다.

싱그러운 아카시아 꽃이 산야에 가득할 때 함초롬히 핀 샛노란 수박꽃은 산계곡의 에델바이스와 무엇이 다르랴? 마침 채란이 새참을 준비해왔다. 만두를 섞은 수제비국이다. 남녀는 솔포동 새에서 쫑긋 코끝을 대어 본다. 아카시아 꽃향기가 국그릇에 배어든다.

7, 8월이 되자 축구공만한 수박덩이가 산야에 지천이다. 야구장에 야구공처럼 깔려있다. 농촌지도소에 근무하는 인설현 친구의 도움도 한 몫이었다. 강우량도, 일조량이 적중했다.

덕지덕지 땀방울이 가슴을 적시는 초복(初伏)이 지났다.
"선홍색의 과육이요. 표피가 얇고 뛰어난 당도와 아삭아삭한 빠알간 속살이 일품이구려! 수박이 알배기란 말이지."
보령시 천북면 농협장 한상량 씨가 산자락까지 와서는 경탄을 아끼지 않았다.
"보령, 천북의 영광이요. 기적입니다."
철우의 각고(刻苦)를 칭찬하며, 차후 부락의 농산품에 대한 공동구매와 판로 개척을 하기로 구두약속을 했다. 수박의 출하 시기가 닥쳤다. 서울 가락동 청과물의 거상인 윤철중 사장과 다리가 놓아져 사현리 새마을 신작로는 수박을 가득 실은 트럭으로 산 먼지가 뿌연했다. 동네의 경사요, 풍요의 증표이다.
"서울사람, 사현리에서 여름내내 수박을 메이는구만."
철우는 성공했다. 단기간 투자로 대성했다. 더 이상 할 일이 없을 것만 같았다. 고봉준령, 영산에 우뚝 서 세상을 품은 기분이다. 부친의 농협대출금을 갚고도 남겠다.

다다익선(多多益善)이라, 아버님 빚을 갚은 다음에는 생활필수품이나 농자재(農資材)를 머언 도회지에 나가서 구입할 것이 아니라 회관에 구판장을 개설하자는 의견도 상의해왔다. 주민들의 공감

대를 형성하면 해볼 만한 일이었다. 모두가 의욕적이었다.

철우는 집집마다 인분(人糞)과 퇴비도 얻어다 썼으니 빚을 졌다. 쇠똥과 돼지똥도 유효하게 썼다.

"수박 판매한 수익금에서 다소 떼어 동네 어르신들 막걸리라도 대접해야겠구나."

생각한 바를 어머니와 여동생 덕자와 상의를 했다.

"그것 좋은 생각이다. 돼지수육과 파전을 준비해 주겠다. 수박도 푸짐하게 썰어놓고 고마움의 표시를 하자꾸나."

사현리 동네잔치는 푸짐했으며, 풍물(風物)도 동원하여 여흥을 돋우기로 했다. 동네의 푸짐한 잔치였다. 실컷 마시고 즐겼다.

철우는 동네잔치가 파한 다음에 새마을 구판장 문제를 협의하리라 작정했다. 일확천금은 아니지만 빚을 갚았으니 속이 후련했다. 겨우내 쉬지 않고 밑거름을 흡족히 제공한 덕이리라. 지성이면 감천이 꼭 맞는 말이다. 공든 탑이 무너질까? 동석 부친과의 약속인 마을 발전기금도 성의껏 기부했다.

"철우, 고향에 돌아오기를 잘했어."

동석은 철우의 어깨를 토닥여준다.

'아버님이 돌아오시면 얼마나 좋을까!'

철우는 가출한 아버지가 그리웠다. 낮엔 뻐꾹새가 밤엔 소쩍새가 철우의 심금을 울린다. 농협의 빚을 청산하고 나오던 날 광천 새우젓장터에서 철우는 혼자 소주를 주문했다. 노란나비가 찾아들어 어깨 위에 앉아 행운을 축하해준다.

'내가 그 돈을 마련키 위해 밤잠을 설치며 그 얼마나 동분서주했

는가? 너, 소줏잔은 알겠지?'

분골쇄신(粉骨碎身) 뼈마디가 으스러지도록 철우는 일했던 것이다. 이제는 집 나가신 아버님만 무사히 귀향하는 게 소원이었다.

철우가 고향에 돌아온 지 1년이 금세 지나갔다. 여름부터 동네에 기괴망측한 소문이 퍼졌다. 더위에 개문(開門) 탓일까? 흉흉했다.
동네의 불량청년, 정두봉이가 마을의 젊은 아녀자들을 기회만 있으면 칼을 들이대고 겁탈한다는 것이다. 그러나, 철우는 그 문제까지 신경을 쓸 여유가 없었다. 마을의 구판장 설립에만 몰두했다.
'어떻게 하면 소득증대를 꾀하고 풍요로운 무지개마을을 만들까? 자조, 자주, 자립, 협동의 길을….'
새마을운동 구호였다. 철우는 오로지 그 일념뿐이었다.
구판장을 활성화하며, 공동 출자하여 주거 환경에 지장이 없는 양송이나 표고버섯 재배단지도 계획하고 있었다. 철우는 의욕이 대단했다. 그러나 용이한 일이 아니다. 이런 와중(渦中)에 두봉이를 길에서 마주쳤다. 몰골이 흉악하다. 섬찟하였다.
"형님, 돈 많이 벌었다면슈?"
한마디 내뱉고 간다. 그의 눈빛에서 살기가 띠었다. 불길하다. 채란과 약혼 사이를 두봉이 들은 것이다.

초가을부터 반상회가 수시로 회관에서 열렸다. 철우에게 새마을 지도자의 추대도 거론됐지만 이르다 싶어 극구 사양했다.
"사현리 육반에 반장님이 결원이니 그 일을 맡겠습니다."

철우는 조그만 일부터 하고 싶었다. 부락 일은 쏠쏠 재미가 있고 보람이 있을 것 같다. 반상회 때 부녀자 강간의 주범인 정두봉 얘기도 나왔다. 그 얘기는 두봉의 부친인 정일성씨가 없을 때 거론되곤 했다.

"제가 책임지고, 경찰서에 수사를 의뢰하겠습니다."

철우의 그 말이 색마 정두봉의 귀에 들어가 화근이 될 줄이야? 시작이 반이라고 마을 구판장이 차려졌다. 기초생활용품이 대부분이다. 대형가게보다 1할 정도는 비싸지만 이율관계로 동의를 얻었다. 주민 모두가 구판장을 이용하며 이윤은 적립하여 마을발전기금으로 쓰게 됐다.

그 후, 달포만에 순이익이 50만원이 됐다. 주민 모두가 탄성이었다. 구판장은 돌려가면서 근무하고 가격표를 써 붙여서 물건 값을 훤하게 알도록 했다. 외상은 사절….

매출통장의 명의는 이기영 이장 앞으로 해놨다. 교회장로인 이경철 새마을 지도자의 역할이 컸다. 매출액도 늘어났다. 이장 앞으로 개설한 통장의 액수가 기하급수적으로 불었다. 내년 봄엔 이익금으로 관광버스를 대절하여 명산대천, 나들이도 갈 수 있다.

"허허! 모두가 철우의 공이렸다. 여분수가 있나!"

마을 노인들은 앉으면 철우 칭찬이다.

통일벼의 다수확재배에 쌀밥에, 쌀막걸리도 마시고, 조국근대화의 지도자 박정희 대통령에 칭송도 자자했었다. 1970년대이다.

호사다마(好事多魔)라고 할까? 일이 안 되려면 뒤로 자빠져도 코가 깨진다고 했는데…. 60가구가 사는 사현리에 기기묘묘(奇奇妙妙)한 소문이 계속 번졌다. 꼬리에 꼬리를 물고 연기처럼 번졌다. 그러나 피해자들이 함구무언이었다. 동네의 불량청년 정두봉이 산 넘어 이웃마을의 부녀자들까지 호시탐탐 성폭행한다는 소문이 그칠 날이 없다. 말하자면 강간(强姦)과 화간(和姦)을 밥 먹듯 한다는 것이다. 문제는 피해여성들이나 가족들이 너 나 할 것 없이 함구(緘口)를 한다. 묘한 일이었다.

철우가 재작년 가을에 돌아왔을 때에 고향하늘은 잿빛하늘이었다. 집집마다 낮에도 대문을 걸어 잠그고 전운(戰雲)이 감도는 걸 알게 됐다. 성(性)에 굶주린 늑대 같은 정두봉 때문이란 걸 알았다. 여러 해 동안 젊은 부녀자들만 골라 성폭행을 한단다. 꼬리치는 유부녀도 있단다. 몇 번씩 당했는데도 서로가 쉬쉬하는 것이었다. 들판이나 집에 아녀자만 혼자라면 칼을 들이대고 성폭행을 한 것이 하나 둘 입에서 입으로 전파되었다. 범인인 두봉은 허우대도 우람하며 상판대기도 미끈하다. 그러나 성격이 포악하고 인륜을 망각한 인면수심(人面獸心)의 소유자였다. 그는 사람을 백안시(白眼視)한다.

우락부락하고 포악하여 감히 대결할 수 없는 처지였다. 부전자전(父傳子傳)이라 씨도둑은 못한다더니 그의 애비도 모리배(謀利輩)요. 악다구리로 상종을 못할 놈이라고 동네에서 쉬쉬하는 입장이었다. 못된 애비가 아들을 버려놓았다는 것과, 수수방관(袖手傍觀) 방치한다는 것. 두봉은 도벽성도 있어서 소년치료감호소를 제 집 드나들 듯 했고, 그곳에서 못된 짓을 배웠다는 등 얘기가 분분했다. 무소불위(無所不爲) 당해낼 사람이 없었다.

사현리의 뒷산마루에 억새풀이 장관을 이루던 만추(晚秋). 철우에게 기절초풍할 얘기가 전해졌다. 불량청년 두봉이가 고이춤을 추스르면서 허겁지겁 산 언덕배기를 내려오더란 것이다. 30여분 후 채란 아가씨가 좌우를 살피면서 하산했으며, 머리에는 억새풀잎이 묻어있고, 옷자락이 펄렁펄렁, 말이 아니더란 게다. 몽두난발이었단다. 철우는 그 말을 우연히 들었다. 그러나 조금도 내색치 않고 요동하지 않았다. 그만치 채란을 신뢰했으며 불가항력의 일을….

드디어 올 것이 왔나 싶었다. 봇물이 터진 것처럼 동네가 시끄러웠다. 벌집을 쑤셔놓은 것 같다. 그러나 철우는 선뜻 나설 수 없었다. 채란 때문에 고민에 빠진 철우는 조선시대 때의 병자호란을 상기해봤다. 전란 때 부녀자들이 몽고 호적(胡敵)떼들한테 성폭행을 많이 당했었다.

전란이 끝난 후 인조왕은

"부녀자들은 목욕재계하고 근신하여 새 사람이 될 것이며, 부인들의 정조를 문제 삼는 남정네들은 반역죄에 처하리라."

임금의 칙령(勅令)은 억지춘향 격으로 폭풍을 잠재운 적이 있지 않는가?

늦가을 사현리는 벌집을 쑤신 듯 마을이 시끄럽다. 정두봉의 폭풍노도가 철우를 향해서 몰아치고 있던 게다. 미모의 채란 아가씨를 흠모하는 두봉이 철우를 연적(戀敵)으로 표적을 삼는단다. 파락

호 같은 결손가정의 애비 밑에서 자란 두봉은 사악하고 잔인무도했다.

"이 놈을 해치워야 채란을 손에 쥐는 거다."

두봉의 씨부렁거리는 소리가 철우의 귀에 들어갔다. 철우도 응분의 대책을 강구하지 않을 수 없었다. 경찰서에 고발얘기가 두봉의 애비, 에미를 통해서 두봉의 귀를 쫑긋 곤두세웠다.

동네 뿐 아니라 이웃마을 부녀자까지 겁탈했지만 보복이 두려워서 누구도 고발하지 못했던 것이다. 그래서 문제를 해결하기 위해 앞장서고 있는 철우의 동태를 두봉이 눈치챘다. 이 무렵에 사현리는 새마을 운동에 박차를 더하고 있었다. 정두봉 문제는 애들 장난으로 치고 치지도외했다.

마을에 백년하청(百年河淸)만 바랄뿐이다. 한치 앞을 모른다고 했다. 철우는 앞으로의 계획에 대해서 일장연설을 했다. 회관의 구판장 문제였다. 두봉은 뇌전증(간질병, 지랄병) 환자였다. 그에게 묘(妙)한 일은 간질증세가 있기 전이나, 그 뒤에 성욕이 발동하여 사고를 저지른다는 것이다. 창병(성병)도 여자들에게 번졌단다. 회관에서 나온 얘기였다. 새벽부터 사현리의 하늘에는 먹구름이 하늘을 덮었다. 보이지 않던 꺼먹 까마귀떼들 옆에 솔개가 끼어들어 숨바꼭질을 한다. 음산한 아침이다. 동네에 냉기가 돌았다. 불길한 예감에 찬경씨는 부인을 불렀다. 문풍지에 황소바람이 스쳐간다.

"까마귀는 흉조의 증표이니 각별히 몸조심을 하라고 채란한테 일러요. 그리고 저러고 새벽에 어딜 갔나? 이놈의 가시나, 불러도 대답이 없네."

한편, 두봉은 먼동이 트기 전에 일어나 손도끼를 가슴에 품었다.

"철우놈을 죽여 없애야지. 제 애비가 날 감옥에 보냈지? 이번엔 아들놈이 날 감옥에 쳐넣는다구?"

두봉은 미치광이가 되어 씨부렁거린다. 눈에서 파란 불빛을 쏟는다. 독기어린 비수(匕首)같은 동공이 쇠창살을 뚫을만하다. 아직 어둠이 채 가시지 않았다. 학교 밑에 있는 새마을 회관을 향하는 요괴(妖怪) 두봉의 발걸음은 살쾡이(삵)였다. 그는 손도끼를 비껴 들고 비시시 웃었다.

새벽녘 회관 주위에는 소낙비와 황소바람, 번갯불에 낡은 창문은 덜컹거렸다. 철우는 새벽 일찍 부엌에서 군불을 지피고 있는 참이었다. 청솔가지가 연기를 매콤하게 뿜어댔다. 부엌문을 열자마자 두봉은 쪼그리고 앉아있는 철우의 정수리와 입 언저리를 쇠망치로 내리치었던 것이다. 철우는 대항도 못하고 펑, 뒤로 넘어진다. 난타당한 입에서 게거품을 토하며 금세 피투성이가 됐다. 치아가 모두 빠져 부엌 바닥에 뒹굴었다. 뒤통수와 정수리를 얼마나 강하게 내리쳤는지 눈알이 빠진 채 사지를 떨며 숨을 거둔다. 이런 천인공노할 일이 있는가?

건장하던 철우가 말 한마디 못하고 숨을 거둘 때 채란이 회관을 들어선다. 불길한 예감에 일찍 회관을 찾았다. 철우의 살해 장면을 목격한 채란은 기겁을 하여 뒷문으로 빠져 피신을 한다.

"사람 살려요! 사람 살려요!"

소리를 질렀지만 새벽녘이라 주민의 반응이 없었다.

'철우오빠를 살려야한다.'

나신제(裸身祭) 51

죽기 아니면 살기다. 보이는 게 없다. 채란은 회관의 부엌 쪽으로 허겁지겁 달렸다. 채란도 제정신이 아닌 것이다. 마침 구판장 한 켠에 낫자루가 보였다. 대항할 요량으로 부엌문을 열어 재꼈다. 선반에 올려놨던 광주리가 떨어져 담아놓았던 회관의 잡동사니가 난장판을 이뤄 부엌 바닥에 뒹군다. 채란이 낫을 들고 들어온 순간, 철우는 팔다리를 뻗은 채 마지막 숨을 할딱거렸다.

"히히히!"

악랄한 두봉은 채란이 나타나자, 악귀가 되어 구미호처럼 히히거린다. 욕구가 치민 것이다. 회관 구석지에 낫이 놓여 있었다. 낫을 들고 부엌문을 여는 찰나 두봉은 채란의 손에서 낫을 낚아챈다. 쇠망치로 채란의 정수리를 내리쳤다. 어떻게 됐는지 모르겠다. 채란의 입 언저리도 철우처럼 피투성이다. 치아가 부서져 나뒹군다. 틀림없이 소리를 못 지르게 입 언저리를 내려치고 정수리를 또, 난타한 것이다. 가즈런했던 채란의 치아가 먹다 남은 옥수수 알처럼 땅바닥에 흩어졌다. 너무나 잔인하고 억울한 죽음이었다.

채란이 숨넘어갈 때에 흉악범 두봉은 바짓가랭이를 내렸다. 채란 양의 치마자락도 올렸다. 그 순간에도 욕구를 채웠다. 두봉은 철우와 채란의 팬티까지 벗겨놓았다.

채란은 천정을 보고, 철우는 아래를 보도록 겹쳐 놓았다. 부엌 바닥에 선혈이 낭자하다. 어디서 구했는지 흰 천으로 두 사람을 한 몸으로 묶었다. 이런 사건은 전무후무(前無後無)한 일이었다. 해괴망측한 일이 아닌가?

희귀한 살인사건이었다. 유족들도 회관에 들이닥친다. 목불인견

(目不忍見)이다. 철우 모친과 채란 어멈은 땅바닥에 뒹군다. 찬경씨는 침착을 잃지 않는다.

"이 어찌된 일인가?"

말문이 막히는 찬경씨였다. 범인 두봉은 시신 옆에다가 회관에 있는 소반을 꺼내 물 한사발을 떠놓고 촛불도 켜놓았다.

"세상에 별놈을 다 봤네. 나신제(裸身祭) 같구만. 양심이 있어 명복이라도 빌자함인가? 나신제야!"

채란의 옥문에 쏘아댄 점액질이 콧물처럼 질펀하다. 문자깨나 쓰는 동네 임처사의 의미있는 얘기였다.

동네사람들이 다 모이고 즉시 경찰서에 신고 되었다. 가까이에 있는 방첩대와 헌병대에서도 백차를 몰고 왔다. 면내가 발칵 뒤집혔다. 큰 살인사건이라서 홍성, 청양 경찰서에서까지 나와 현장검증을 했으며 범인 검거에 나섰다. 폭풍전야였다. 같은 곳에 사는 두봉의 부모는 정신이상자라서 사람들의 상대가 되지 못하니, 치지도외(置之度外)상태였다. 절친한 친구와 사랑하는 누이동생 채란을 잃은 동석의 몰골이 말이 아니다.

사현리에서 지관(地官)으로 통하는 충웅씨는 찬경씨를 붙들고 이런 의견을 냈다.

"둘이서 결혼약속을 했다니 부부와 같고 몽달귀신은 면할 것 같아요. 마을 장례로 한 날에 치루어 합봉을 하는 게 좋겠습니다."

얘기는 분분했다. 영혼혼례를 치르고 장례를 치르자는 의견도 있었다. 범인 두봉은 오리무중(五里霧中). 군, 경찰은 방증(傍證)만 확보해놓은 상태에서 매장 허가를 내줬다.

나신제(裸身祭) 53

"인근의 바다에 투신했을지도 모르지?"

쑥덕쑥덕 공론이었다. 철우 부친 준철씨가 없으니, 동네에서는 채란 부친 찬경씨와 장례절차가 상의됐다.

"내 딸 살려라, 살려…. 네 남편이 못된 짓하여 네 아들놈 때문에 우리 딸도 죽었다. 이년아!"

미치광이처럼 철우 집에 찾아온 채란 어멈은 소란을 핀다. 사돈지간이 될 처지인데 욕설이 왔다갔다했다. 범인 두봉이는 잡히지 않았다. 관의 매장허가를 받고 장례일자를 정했다.

발인 장소는 회관, 장지는 철우가 수박농사를 짓던 찬경씨의 야산이었다. 묘역의 뒷쪽에 좌청룡 우백호로 빙 둘러 싼 등성이 날개가 안온하게 뻗쳐 있으며, 앞에는 동네가 보이고 확 트이어 죽어서라도 좋은 자리로 간다고 했다. 묘역 앞에 편숫골 저수지가 위용을 자랑한다.

철우와 채란의 얼굴과 몸을 마주 묶을 때, 시신의 양쪽 눈에서 섬광이 비쳤다는 거짓부렁 같은 얘기가 나돌았다. 찬경씨의 옆마당에는 아름드리 오동나무가 있었다. 그 나무를 베어 관을 짜서 둘을 입관했다. 오동나무는 채란 시집갈 때에 장롱감이었다.

극락왕생(極樂往生) 만장(輓章)을 든 동네 청장년들이 수십 명이요 장의 행렬이 백여 미터나 되는 듯 했다. 청장년 일부는 미리 산역(山役)일에 나섰다. 인생이란 대체 무엇인가? 제행무상(諸行無常)이라 만경창파, 바다와 싸우다가 고향에 돌아와 부친의 채무를 갚겠다고 겨우내 일하여 손발이 부르튼 철우였다. 결국 악마의 손에 죽으려고 환고향 했단 말인가? 한치 앞을 볼 수 없다.

한편 철우의 부친 준철씨는 땅끝마을 해남에서 거렁뱅이 살림을 차렸다. 눈매가 올빼미처럼 꼬이고, 바람기에 직선적인 성격에 부딪혀 고향을 함께 등진 짝바위댁과는 풍전등화(風前燈火)처럼 불안하게 살았다. 몰골이 말이 아니었다. 늘그막에 조강지처와 살고 싶었다. 마누라 밑에 죽어 살 요량으로 염치불구, 고향을 찾아오는 길이었다. 새 사람이 되어 집도 갚아야겠다는 굳은 각오도 섰다. 외아들인 철우와 채란의 관계도 잘 모르려니와 철우와 찬경씨 외동딸 채란의 시살(弑殺)은 모르는 상태였다.

늦가을 실갯천가 고향 앞의 늙은 버드나무는 어미소가 송아지 반기는 듯하다.

부평(浮萍)같은 떠돌이 길을 청산하고 뼈라도 고향산천에 묻고 싶은 준철씨의 소망이었다. 추요자(芻蕘者)의 생활이 좋다. 농협 돈을 못 갚아 징역살이를 각오하고 환고향 하는 것이다. 병든 몸, 빚 때문에 몰매를 맞아 죽을지언정 고향땅을 밟고 싶었다. 전날 광천읍 여인숙에서 숙박하고 중천에 해가 떴을 때 동구 밖 마을 어귀 버스에서 내렸다.

'아, 아! 고향산천, 자나 깨나 잊지 못할 고향 하늘! 고향의 흙냄새….'

그는 담배 한 개피를 물며, 빚더미에 몰려 뺑소니치던 3년 전의 일을 떠올렸다. '뼈품을 팔아서 빚을 갚아야지.' 채무 이행의 목돈이 가슴을 짓누른다. 어쨌거나 고향에 왔으니 발걸음을 옮기는데 준철씨에게 괴이한 예감이 뇌리를 스친다.

"어헝 딸랑, 어헝 딸랑!"

준철씨는 길가의 풀섶에 주저앉았다. 우수수 길가에 낙엽은 뒹구는데 멀리에서 상여소리가 귀를 울리는 게 아닌가? 웬일일까? 애간장을 녹이는 구슬픈 소리다.

'가던 날이 장날이라더니, 날짜를 잘못 정하여 찾아온 게 아닌가?'

준철씨는 혀를 끌끌 찬다. 누가 죽어서 나가는가? 이러다가 채권자들한테 잡혀 몰매를 맞을지 모르는 일이야. 돌아설까, 그럴 순 없지 않는가? 쌍초상이 난 것을 까마득히 모른 채 한 발자국, 두 발자국 코끼리 발걸음이다. 으스스 찬 기운이 감돈다. 늘 다니던 정든 길, 돌멩이 하나 풀 한 포기에도 담뿍 정이 들었다.

"어헝 딸랑, 이제 가면 언제 오나?"

상여 소리가 귓전을 울린다. 동구 밖에서 멀찌감치 보이는데, 줄줄이 인파였다. 금자동아 은자동아 세상에 없는 효자 외아들이 비명으로 죽어서 발인날 때 맞춰 찾아오는 것이다. 구천의 조상신이 점지해준 걸까? 땅도 울고 하늘도 울었다.

늦가을의 고향산천 언덕배기에 가을의 소소리 바람이 건듯 분다. 솔모퉁이 돌아서는 길에 무리지은 인파가 밤바다의 밀물처럼 밀려온다. 가까이에 지인(知人)이 앞질러 오고 있었다. 선규씨의 맏아들 준화였다.

"자네 군대간다더구만 그새 갔다 왔는가? 그런데 사람이 죽어가나? 웬 상여인가?"

"아저씨, 소식 듣고 오시는 거예요? 철우 형의 상여가 나가는 거예요."

"아니, 이 사람아 내 아들이 죽다니? 내 아들이 죽다니? 똑바로 애기해보게나."

"가보시면 알 거예요. 급한 일이 있어서 빨리 가야해요."

상여는 주춤주춤 준철씨가 서있는 쪽으로 다가오고 있었다. 준철씨는 쇠망치로 정수리를 맞은 듯 아찔하다. 자리에 털썩 주저앉는다.

"옥황상제님, 무정하셔. 염라대왕 너무하셔."

"어헝 딸랑, 어그라차 딸랑."

"청천벽력 웬 말이냐! 청춘남녀 가엽고 원통하다."

"어헝 딸랑, 어그라차 딸랑."

상여는 주저앉은 준철씨 쪽으로 다가오고 있었다. 달려가서 상여를 부여잡고 땅바닥에서 뒹굴며 대성통곡 하고 싶다. 애비의 쓰라린 심정이다. 망연자실(茫然自失)할 일이다.

"저승사자, 염라대왕 너무해요."

'니야, 그게 아니야, 무슨 염치로…. 철면피(鐵面皮)로 말이다. 나 준철이는 없는 존재야, 돌아서서 나도 죽어버리는 게 낫지.'

중대결단의 순간이다. 갈등을 일으킨다. 준철씨는 절박했다.

"잘 살아보세, 잘 살아보세…."

느닷없이 새마을 노래가 마을 쪽에서 흘러나온다. 웬 걸맞지 않는 노랫소리인가? 평소에 좋아하던 철우를 위한 장송곡(葬送曲)이다. 마지막 들려주는 것이다. 준철씨는 상여소리가 들려오는 쪽의 동네를 향하여 무릎 꿇고 삼배(三拜)했다. 그리고 냉정히 뒤돌아섰다. 동네사람이 볼까봐 길가의 솔포동 속으로 다람쥐처럼 몸을 숨겼다.

준철씨가 발걸음을 돌린 곳은 산 너머 편숫골 방죽이었다. 농업용 저수지로써 댐 공사를 할 때에 자신도 노역에 힘쓴 정든 곳이다. 마침 호주머니에 청자 한 개피가 달랑 남아 있다. 피어오르는 연깃 속에 결단을 내렸다. 죽느냐, 사느냐? 찰나의 순간, 최후의 결판이다. 이판사판이다.

어렸을 때 풀피리 불던 시냇가 맑은 물속에 편안히 잠드는 게 낫겠다고 준철씨는 독한 맘을 먹었다. 주위에서 칡넝쿨을 끊어 허리에 묶고 굵은 자갈을 끼웠다. 웃옷을 벗어서 머리를 감쌌다. 마침, 고이춤에 숨겨온 소주 2홉짜리를 단숨에 마셨다.

"죄 많은 몸뚱아리, 사랑하는 아들아! 염치없다. 천국에서 오늘 만나 소주 한 잔 하자꾸나."

준철씨는 시퍼런 저수지로 몸을 던졌다. 일순간이었다. 뽀르르 물보라가 일어나며 깊이 사라졌다. 흔적도 없다. 물고기의 보시(普施)가 되리라. 부자(父子)가 죽음의 길에 동행자가 되었다.

철우와 채란을 묶어맨 상여는 준철씨가 투신한 편숫골 저수지를 지나고 있었다. 새하얀 해오라기가 애비의 넋인 냥 지나가는 상여 위를 맴돈다. 하늘도 서러워 눈물짓는 걸까? 회색빛 구름이 아침부터 사현리에 하늘을 덮는다. 여우비인가? 금세 소낙비가 천둥, 번갯불을 동반하여 대지를 적신다.

사내 대장부는 편협하지 않고 옹졸하지 말며 대범하게 살아야한다는 인생철학을 논하던 준철씨는 자결로 험난한 인생을 마감했다. 그의 나이 60세. 팔팔하게 더 살 수 있는 나이였다.

'산에서 태어난 호호지로가, 산이 싫어 마을로 내려 왔다가 다시 산이 그리워 울고 있단다.'

고담(古談)처럼 고향 그리워 눈물 뿌리며 찾았다가 준철씨 부자는 고향산천에 묻혔다. 결국 비명횡사하려고 부자지간에 고향 찾아온 게 아닌가. 한 치 앞을 내다 볼 수 없는 게 인생일 뿐이다.

* 후일담

몇 년 후 흉악범 두봉은 마을에서 먼 곳의 첩첩산중에서 뼈만 앙상한 시신으로 발견됐다고 전해 들었다. 자결로 추정됐다. 어디서 왔다가 어디로 가는지 모르는 인생들(生從何處來, 死向何處去) 빈손으로 왔다가 빈손으로 가는 인생들(空手來 空手去 是人生), 선지자 묵해(墨海)의 일성에 가슴이 찡하다. 준철씨, 철우, 채란의 명복을 빈다. 사현리 철우의 고향은 새마을 사업으로 부촌이 됐으며, 숙원사업이었던 마을 구판장도 호황을 누려 복지증대에 기여하고 있단다. 새마을 지도자 철우의 뿌린 씨앗이다.

1987. 6

종생기(終生記)

•
•
•

 "에미야, 늘 고맙고 미안하구나. 상의 좀 하려는데 저녁에 애비와 미리 의논하거라. 다름이 아니라, 용돈을 매월 30만원씩 주는데 목돈을 받으니 돈이 헤프구나. 그러하니, 아침 밥상에 만원짜리 한장씩만 놓아 주면 어떻겠니?"

 호단(豪端) 최선우씨가 며느리한테 이런 말을 했다.

 며느리, 중년의 김유순 여사는 소규모의 제품회사에 다니는 경리 사무원이다. 출근 전 시아버님 방에 밥상을 대령한다. 시아버지 최선우씨는 홀애비다. 소문난 애처가였다. 부인 문복남 여사가 일찍 타계하여, 며느리의 수발을 받으면서 노년을 보내고 있다. 50줄을 달리는 외아들 기영씨는 여관 일에 매달리느라 부친과 겸상을 할 수 없는 처지로, 최노인이 독상을 받는다. 습관이 됐다. 조반 후 출타를 한다. 선우씨의 점심은 옥당의 부운정에서 해결하며, 석식은 아들이 차려주는 밥으로 때운다. '부운정(浮雲亭)', 공산성의 남쪽 언덕에 있는 요정 같은 개인주택이다.

부친의 요청으로 며느리는 만원씩을 꼬박꼬박 밥상 위에 얹어놓게 되었다. 최선우씨 댁은 아들, 며느리와 중·고등학교 다니는 손녀, 손자 다섯 식구가 큰 소리 없이 오순도순 사는 비둘기 가족이었다.

선우씨는 공주 군청 내무과장 자리에서 퇴직을 했다. 1970년대까지는 퇴직연금 제도가 정착되지 못했다. 그래서 꼬박꼬박 나오는 일정액은 없었다. 금쪽같은 외아들 일권씨는 대학까지 나왔다. 중등교사까지 하다가 그것마저 싫증이 난다하여 퇴직 일시금을 받아 지금의 여관을 사들였다. 물권을 인수할 때에 여관을 담보로 인도금을 갚았다. 애도 많이 썼다.

자식에 대한 부모의 심정은 불타(佛陀)이며, 자식의 가슴 속에는 칼을 품는다더니 쓰잘 데 없는 학문과 풍류에만 집착했느냐고, 불초 아들은 부친한테 푸념을 늘어놓는다. 돈 없어 쩔쩔매는 아들을 이해 못하는 바는 아니었다. 더러는 부자지간에 그게 마찰이었다. 아들은 불효자였다.

"애비야, 저녁 여관 손님은 몇이나 들었더냐?"

최선우씨는 아들이 경영하는 여관이 늘 걱정거리였다. 한참 잘 나가던 본채를 사들여 아들이 운영권을 맡았다. 처음 인수하여 운영할 때는 대중교통 업체인 삼홍여객 정류소가 가까이 있어서 제법 성황을 이루는가 싶더니, 도시의 재개발로 인하여 변두리로 이전 후에는 파리만 날렸다. 어쩌다 중년 남녀들이 들어와 낮거리를 하는 장소가 됐으니 체면이 말이 아니었다. 불륜(不倫)의 은신처를 제공하는 격이 됐다. 신개발지에는 번쩍번쩍 윤이 나는 최신식의 모텔이 들어서니 객들은 같은 값이면 다홍치마라고 그곳은 대성황이다. 한 치 앞을 내다보기 어려운 노년에 일상은 바쁠수록 잘도 간다. 시간이 초고속이다.

새해를 맞는 제야(除夜)의 종이 울리는 밤 12시 자정을 넘는 시계 바늘의 초침은 어김이 없다. 노년에 그날 밤은 새 아침의 희망 보다는 앞으로의 살 길에 막막함이 어깨를 무겁게 한다. 어제 다르고 오늘 다르지 않다.

최선우씨의 나이 79세이다. 1년만 더 살면 80에 접어든다. 끔찍하다. 좌절과 도전! 아, 젊었을 땐 욕속부달(欲速不達)의 나날이었다…. 세상 떠난 아내가 보고 싶다.

새벽 공기가 차다. 먼동이 트기 전이다. 뭣인가 가정에 보탬이 되는 생활을 선호한다.

근면성실한 최선우씨는 분주한 하루의 일과를 보낸다. 새벽 다섯 시면 기상하여 아들과 업무 교대다. 투숙객은 많지 않다. 카운터를 지키며 방문열쇠를 받는다. 출입자를 점검하며 여관의 출입구라던가 앞마당을 청소한다. 우선은 기동을 할 수가 있어서 행복이라 여긴다. 제갈공명의 읍참마속(泣斬馬謖)을 좋아하는 삼국지의 한쪽이라도 읽고, 짬이라도 내어 휘호(揮毫)에 몰입해야만 직성이 풀리는 그였다. 자질구레한 집안 일을 돌보니 밥값은 하는 셈이렸다.

'오늘, 부운정(浮雲亭)에서는 어떤 시조를 멋드러지게 읊을까? 옥당이 좋아하는 정몽주 선생의 단심가(丹心歌)를, 이방원의 하여가(何如歌) 한 수를 멋드러지게 뽑아볼까? 무릎에 장단 맞추면

서….'

그래도 선우씨는 행복한 일면이 있다고 가늠했다. 자신에게 예술혼이 있어서 말이다.

'취미 활동이 있으니, 집에 와도 놀 겨를이 없었다. 잡념에 밤잠 못 이룰 리 없으니 즐거운 인생이라고….'

외아들 일권씨는 엎드려 카운터에서 자다가 눈 비비며 내실로 들어갔다. 취객이 새벽녘까지 술을 퍼마시고 갈지(之)자로 들어선다. 출입문 안쪽으로 새벽안개가 몰아쳤다.

"방 있어요?"

퉁명스럽게 말을 던진다. 시장의 장사치인가 시커먼 작업복 차림의 사내놈한테서 새우젓 냄새가 물씬거린다. 사나이의 옆에는 또래로 보이는 가냘픈 여인이 파르르 새벽 찬기에 떨며 찰거머리처럼 붙어있다. 여관에서는 다반사(茶飯事)로 흔하다. 순수한 투숙객이 아니다.

일상생활에 시간 약속을 준수하는 것은 건강의 증표이리라. 타인과의 약속이 아니라 선우씨 자신과의 굳은 맹세였다. 약속대로 며느리가 밥상 위에 놓은 일금 만원이 뻔뻔스럽지만 선우씨는 든든했다. 그 돈으로 하루를 보내는데 애경사(哀慶事)가 있을 때는 부족했다.

선우씨는 부운정 출근길에 오른다. 이복녀 여사댁의 사랑방은 별채이다. 그곳에서 한량들이 풍류를 즐긴다. 흐르는 금강물결이 햇살에 어우러져 화사함에 기분 만점. 백제의 옛도읍지 공주산성의 언덕배기에 자리잡고 있어서 한가롭다. 부운정이라 파아란 하늘과

구름 한 점을 가슴에 옥퀸다. 시조(時調)와 옥당 복녀씨의 가야금 산조로 희희낙락할 수 있어서 좋다. 인생살이가 뜬 구름 같다 하여 8인방(八人邦)의 뜻으로 옥당 이복녀 여사의 집을 부운정(浮雲亭)이라 명명했다. 들창문을 활짝 열면 산새들도 친구삼아 비집고 들어서는 풍광이 좋은 곳이다.

8인방은 그곳에서 인생을 논하며 과거지사를 얘기한다. 반달모양에 공주산성 공원의 숲에서 불어닥치는 소슬바람과 새들의 이중창을 들을 수 있어 금상첨화 격이다. 그 어찌 좋은지….

의기투합하는 8인방의 노익장네들은 사랑채 부운정 이복녀댁에서 시조와 담소로 실컷 논다. 늘 점심시간이 기다려지는 그들이었다. 옥당 복녀씨가 차려주는 점심값은 고작 3천원이다. 옥당은 홀몸으로 풍류를 즐긴다.

이들이 좋아하는 홍어탕은 일품이다. 식후에 유자차 한 잔씩은 기가 막히다.

옥당 과수댁은 요리 솜씨도 으뜸이었지만 가야금 산조에 시조 한 수는 듣는 이로 하여금 경탄을 맞이한다. 애간장을 녹인다. 그녀는 병창(並唱)을 잘한다. 미모도 출중하며 후덕하여 맘도 곱다. 나이 57세이면 남자 생각도 날 법하지만 측근의 남정네들이 손끝도 못 만지게 한다. 지조(志操)도 굳센, 그야말로 요조숙녀가 아니던가?

"유자차도 한 잔씩 했으니 기동함세."

의리있고 매사에 추진력이 강해 앞장서기를 좋아하는 김삼봉씨는 심성 곱고 부지런한 국악인 이복녀 여사의 열두 줄 가야금을 챙긴다. 8인방의 일과 중에 2차 활동이다.

모두가 뚜벅뚜벅 걸어서 산성공원의 진남루(鎭南樓) 위에 헐떡헐떡 올라선다. 누각 위에 빙 둘러 앉는다. 공주 시내가 바로 보이며 시원한 솔바람을 맞을 수 있는 상좌는 의당히 이복녀 여사다.

진남루에 오를 때 연한 옥색 치마저고리에 밤색 옷고름이 수줍은 듯 제 얼굴을 감추려 한다. 연완부인(嚥婉婦人) 옥당의 오이씨 같은 흰버선이 남실남실 돋보인다. 갓 시집 온 새댁같지 않는가. 예술혼이 풋풋한 얼굴에 지분 냄새도 바람결에 풍기니 노익장 친구들이 환장을 한다. 옥당은 가야금 받쳐 들고 숲속에서 우짖는 산새소리의 반주에 열두줄 가야금을 뜯으며 옥음(玉音)을 굴린다. 교양미도 만점이며 독서를 좋아하여 박식(博識)하다.

8인방 노친네들은 그녀한테 모성애를 느낀다. 아내와 같은 풋풋한 정을 맛본다. 이렇게 신선생활을 하는 8인방이 아닌가! 후덕한 옥당의 덕이니라.

"난, 잠자리에서도 옥당을 품에 안고 자는 단꿈을 꾼단 말이야."

노친네들은 기탄없이 속내를 드러낼 때도 있다. 어쩌면 8인방 모두가 아내 없는 70대 초반이니 그럴 만도 하다. 중늙은이들이 회춘(回春)의 꿈에 젖어드는 걸까? 춘정(春情)이다. 주책바가지요, 푼수데기가 아니다.

"죽청도 그랬는가? 손목이라도 살포시 잡는 꿈을…."

"그렇구 말구."

"나도 마찬가질세."

춘삼도 맞장구를 친다. 그걸 말이냐고 하는 투다.

허심탄회 속내를 보인다. 간담상조(肝膽相照)다. 모두가 옥당 이복녀 여사에게 짝사랑의 화살을 퍼붓고 있는 것이다.

눈치와 낌새, 이심전심(以心傳心)이라 분위기를 모를리 없는 옥당(玉堂)은 푼수데기들의 아우성에도 끄떡도 않고 내색도 않는다. 킥킥 웃어넘긴다. 죽 한 그릇, 밥 한사발도 똑같이 퍼주고 인간적인 사랑을 고르게 배려한다. 편애가 없다. 그녀에게는 예술혼(藝術魂)이 있기 때문이었으리라. 점심 밥값은 꼭 받아낸다. 단지 생활의 방편이었지 돈을 벌기 위함도 아니며 서로가 의지하려함이었다. 青木 최선우, 春三 이만복, 深谷 이기호, 重岩 함병화, 春野 김상봉, 青湖 임준철, 竹青 이명행, 高山 진명준 씨 등 모두가 대장부 남아요, 풍류남아이다. 학식을 갖춘 고고한 인격자들이기에 오로지 일심(一心)으로 서로 믿고 의지했다. 옥당은 사고무친(四顧無親) 외로운 자였다.

"청산리 벽계수야 쉬이 감을 자랑마라
일도 창해하면 돌아오기 어려우니.
명월이 만공산하니 쉬어간들 어떠리."

황진이의 시 옥당의 열두줄 가야금 산조는 노익장네들의 애간장을 녹인다. 명행씨의 일품이라, 추임새인 장고에 맞춰 공산성의 산천초목마저도 숨을 죽인다. 이번엔 심곡(深谷) 이기호씨가 한가락 뽑는다.

"새벽 서리 찬바람에 울고가는 저 기럭아

소상강 뱃머리에 철석철석 부딪히는 파도소리
멀고 먼 황천길 나 홀로 가는데 그 멀기도 하네…."

구슬픈 이기호씨의 회심곡 가락에 모두가 시무룩해지며 인생의 허무함에 눈물짓는 하루가 공산성 진남루에서의 일과 끝이다. 붉은 해가 서산머리에 기울 때 이들은 실컷 놀다 집으로 향하는 것이다. 깨끗한 선비정신을 담은 풍류남아들이었다. 아쉬움의 여운을 남긴 채….

1982년 9월 3일, 오늘 하루도 잘 놀았다. 번폐스러운 일상을 잊고 시조(時調)의 가락에 초아(超我)의 경지였다. 호단 선우씨는 일기를 쓸 때에 한문을 섞는데 초서(草書)를 섞음섞음 쓴다. 소싯적에 각고의 노력을 기울이던 서체에 연연하기 때문이었으리라. 하나밖에 없는 자식마저 알아주지 않으니 각고의 노력이 허사다.
'개관인식(蓋棺認識)이라, 내 죽으면 자식, 손자들이 읽고 할애비의 학문과 인생역정을 알고는 새삼 탄복하지 않을까? 그걸 기대하는 내가 어리석지는 않을는지?'
다정다감한 선우씨의 기우(杞憂)다.
며느리와의 약속대로 돈 만원이 조반상 숟가락 옆에 엎어져 있다. 그 후로 한 달 두 달 최선우씨의 밥상에는 꼬박 만 원짜리 한 장이 얼굴을 쏘옥 내민다. 선우씨는 밥상의 김자반보다도 현찰(現札)이 반갑다.
몇 달이 지났다. 6월이었다. 가끔 현찰이 밥상에서 바람타고 도망

종생기(終生記) 67

치는 걸까? 보이지 않을 때가 있다. 이렇다 저렇다 하는 아들이나 며느리의 말도 없었다. 최노인도 똑같다. 이럴 때면 최노인의 심사는 죽고 싶은 생각 뿐이다. 황금만능(黃金萬能)이라더니 돈 없으면 행세를 할 수 없다.

"에미야, 밥상머리 용돈이 십리 밖으로 뺑소니 쳤더냐?"

묻고 싶지만 최노인은 꾹 참는다. 그만치 심기가 깊었다. 그날은 죽치고 사랑채에서 누웠다. 일종의 항거이자 항변인 것이리라. 불효의 아들내외한테 말이다.

최노인은 아들하고는 정이 없어 일상의 대화조차 드문 편이다. 아들은 묻는 말이나 대답할 정도다. 불효막심한 지고…. 삼강오륜의 부자유친(父子有親)을 모르는 걸까?

하루는 밥상을 받쳐들고 온 며느리가 시아버지 앞에 쪼그리고 앉는다. 움츠린 자라목이 아닌가?

"아버님, 죄송해요. 요사이 여름철이라서 야외로 다 빠져 투숙객이 거의 없어요. 그리고 가을이 오기 전에 석유보일러도 교체하고 내부 수리도 해야해서 이틀에 한 번씩 만오천원을 드릴 테니 존졸히 쓰세요."

며느리는 시아버지의 뜻도 묻지 않고 단도직입적으로 밥상을 건네면서 말 하는 게 아닌가. 경제적 사정이 악화라는 얘기다.

며느리의 울상이 된 말에 최선우씨는 입맛을 쩍 다시면서

"그래 알았느니라. 너희 형편대로 하여라. 불경기는 알고 있는 터다."

그 외 두 말이 없는 선우씨였다. 숟가락 옆에 놓인 만오천 원이 죄

인의 눈초리처럼 점철되어 보인다. 그 돈마저 받기는 싫지만 어쩔 수 없다. 친구들과의 신의가 있기 때문이리라. 빈자소인(貧者小人)이라고 했겠다. 이젠 체면치레도 맘대로 할 수 없게 됐다. 낙심천만이다.

8인방이 돈을 모아 중국 안휘성 황산에 돌계단을 걸으며 운무(雲霧)를 완상(玩賞)하고, 계림의 이강(理江)에 배를 띄워 옥당의 풍요로운 가야금 반주에 맞춰 시조를 읊는다는 것은 죽어 생전에 어려울 것만 같았다. 하늘의 무지개를 잡는 한낱 꿈이 돼버린 것 같다. 꿩새가 열두 번 울었다.

그 날은 날씨가 어지간히 후덥지근하더니 점심을 먹고 난 뒤 장대비가 내리친다. 그럴라치면 옥당의 사랑채 부운정은 들떠있다. 오가는 행인이 뜸하니 옥당을 가운데 앉혀놓고 8인방은 덩실덩실 춤을 출 때도 있다.

비 내릴 땐 옥당이 분주하다. 산성공원 전남루에 가지 않고 둘러앉아 잡담을 나눈다. 홍어탕에 소주를 많이 들어 거나하게 취했다. 부침개도 곁들였다.

"춘강 명준이, 요즈음 옥당이 갈수록 안색이 좋지 않단 말이야! 청아하던 그 옥음이 쇠잔해지고 탁하단 말일세. 걱정이네."

"나도 동감이네. 내색도 하지 않는 것을 물어서 긁어 부스럼을 만들기도 그렇고… 하여간 지켜봄세."

춘강 명준씨와 심곡 기호씨와의 대화였다. 대화에 춘삼 만복씨는 동감이란다. 8인방 홀애비들은 삭막한 세상에 옥당이 없다면 생에 의미가 없다는 얘기다. 모두들 옥당한테 자기 아내 이상으로 빠져 있는 게다. 대리만족이랄까?

"옥당이 저 세상으로 가면 먼저 달려가고 장례 절차라던가 후속 조치를 우리가 해야 하지 않는가?"

모두가 손을 저으며 옥당의 병환에 관한 일을 발설한다.

"당연지사지, 우리 혈서를 씀세."

8인방 동지의 혈맹(血盟)이다. 바늘로 검지를 찔러 한지에 일필휘지(一筆揮之)로 썼다. 결연한 혈맹이 아닌가? 혈서의 내용은 일심동체의 한자(漢字)였다.

세월이 간다. 요즈음 최선우씨의 얼굴에는 먹구름이 끼었다.

며느리가 용돈을 주지 않을 때는 아예 모임에 나가지 않는 벽창호 같은 최노인이었다. 그의 사정을 잘 아는 옥당과 친구들은

"부담 갖지 말고 꼭 오게나."

의리에 사는 친구들의 간청이었지만 벼룩도 낯짝이 있다고 철면피로 꼬박꼬박 공짜로 점심 대접을 받을 순 없었다. 서양 속담에 늙으면 첫째가 저금통장이요, 둘째는 늙은 마누라요, 셋째는 충견(忠犬)이라 했거늘 맞는 말이다.

의기투합이 된 노병들은 부운정에서 점심 들고 낮잠 한숨에 산성공원 진남루에서의 일과는 변함이 없었다.

그런데 알다가도 모를 일이었다.

"옥당이 그전만 못해. 청아하던 목청이 탁하고 얼굴이 갈수록 창백하단 말이야! 포동포동 알토란같던 몸매도 야위고…."

8인방 친구들의 이구동성(異口同聲)이다. 세상은 비밀이 없는 법이다. 옥당의 얼굴에 웃음꽃이 사라지니 모두가 시무룩하다. 옥당이 입원을 했다.

"선사님들 제 몸에 병이 들었대요. 위암 말기랍니다. 수술을 받겠지만 냉큼 병이 나을지 모르겠네요."

점심 끝에 식혜를 한 잔씩 돌리면서 이렇게 말하던 옥당 이복녀 여사는 울음을 삼키고 있었다. 물론 병원에 입원하기 전 일이다. 대전의 종합병원에 입원했는데 진작에 옥당 본인의 통장에는 돈이 없었다. 가난이 원수요, 죄다.

8인방이 추렴을 했다. 병원비는 옥당의 주택을 담보로 대출을 받았다. 절차는 선우씨가 맡아서 처리했다.

그러한즉 8인방 친구들의 점심은 식당에서 칼국수나 순대국밥으로 요기를 한다. 소주 한 잔씩을 곁들이며 공원에서 시간만 때우고 돌아온다. 사는게 재미가 없다. 옥당의 자리와 역할이 얼마나 컸던가를 절감한다. 그러다가 투병생활을 하던 옥당은 초로 65세에 나비가 되어 꽃구름타고 하늘로 갔다. 망연자실(茫然自失)할 일이다.

요조숙녀 옥당은 8인방의
애틋한 짝사랑이었다.
풋풋한 짝사랑이었다.
아련한 짝사랑이었다.
그네들의 수족이었다.
절세의 가인(佳人), 이복녀 여사 옥당의 집 부운정에 8인방은 제

물을 차려놓고 빈소(殯所)를 지켰다. 썰렁하다. 찾는 문상객도 없었다.

녹음을 해둔 8인방의 시조가락과 회심곡을 빈소에서 들었다. 마지막 가는 인생의 덧없음과 무상을 절감하게 한다. 회심곡은 슬픔의 분위기를 더한다.

염습(殮襲)은 손재주가 있는 청호 임준철씨가 주관을 했으며, 배꽃처럼 곱던 시신의 얼굴에 분(粉) 세수를 하고 연지곤지를 찍으니 새새댁처럼 곱고 평화롭다. 수의(壽衣)로는 옥당이 즐겨입던 옥색 비단 치마저고리를 입히니 학처럼 고고하다. 삼베로 된 수의는 본인이 싫다고 했다. 인조견으로 했다.

"여보게들 곱던 섬섬옥수를 마지막으로 실컷 만져 보게나."

춘야 삼봉씨의 진심이었다. 모두가 손등을 대어본다. 따스하고 인정 많던 손길이 얼음장처럼 차디차다. 섬섬옥수가 아니었던가.

하루 장(葬)은 서럽고 2일장으로 장례를 마치는데 음식 장만 등 집안 정리는 8인방의 아들, 며느리들이 물심양면으로 협조했다. 훈훈하지 않는가! 그런대로 장례의 격식은 갖추어 줬으니 체면치레는 했다.

옥당의 장례날, 8인방 친구들은 굴건제복 대신 검정양복에 건을 쓰고 왼쪽 팔에는 삼베로 된 완장을 둘렀으며, 며느리들은 검정치마 저고리를 착용하여 격식을 차리도록 했으니 이만하면 가는 사람에게 예우는 베푼 셈이었다. 주룩주룩 빗방울도 뿌려주지 않는가.

장의차에 동승한 8인방 노익장들은 어버이가 돌아가신냥 목 놓아 대성통곡 했다. 삶의 터전을 잃은 것과 뭣이 다르랴! 공주에서 대전으로 운구되었다.

　대전 정림동 화장터는 인산인해(人山人海)였다. 저승으로 가는 입관(入棺)들이 나래비를 했다. 초등학교 입학생들처럼 앞으로 나란히 줄을 섰다. 그날, 축축이 가을비가 내려 이별에 슬픔을 더하는 게 아닌가? 한 줌의 재(灰)로 가는 길이 이다지도 분주할 수 있는가? 평생 인생의 여정이 무상하기 짝이 없어라.

　8인방 친우들이 정림동 시립화장터까지 동행하여 화장한 유골은 유언에 따라 당일 진남루에서 빤히 내려다보이는 공주산성 공원 아래쪽의 금강여울 물에 뿌렸다. 말하자면 산장(散莊)인 것이다. 관에 비밀리였다.

　옥당은 남편과 일찍 사별하고 일점 혈육도 친지도 없었다. 사고무친(四顧無親) 혈혈단신(孑孑單身)이었다. 추적추적 내리던 한나절의 비는 그치고 솔바람이 살살 옷깃을 여미게 한다. 시신을 강물에 뿌린 후 옥당의 집에 들려 8인방의 벗들은 뒷정리를 말끔히 한 후 술을 억배기로 마시고 실컷 통곡한 후에 영정사진을 보며 부운정에서 동숙을 했다. 의리 있는 일이다.

　옥당이 가고 2년의 세월이 흘렀다. 8인방의 하루 생활이 리듬이 깨지고 흐지부지한 일과가 되버렸다. 마땅하지 않는가?

　밥을 먹어도 모래알을 씹는 것 같았으며 소태맛이었으니 죽을상이다. 죽음엔 노소가 없으리. 하해같이 마음이 넓은 팔팔하고 벽창대소(碧昌大笑)의 성격을 지닌 춘야는 없다. 속내를 잘 드러내지 않는 과묵했던 춘삼 만복씨도, 중산 병화씨도 가버렸다. 새벽녘 잔잔

종생기(終生記) 73

한 호수같이 깔끔하던 청호 준철씨마저도 가니 살아 남아있는 몇 사람은 갈바람의 낙엽처럼 흩어져 삶의 즐거움을 잃는다.

선우씨는 독서로 일과를 보냈다. 공자가 말한대로 종심소욕불유구(從心所慾不踰矩), 뜻대로 행하여도 법도에 어긋남이 많다고 자신을 질책하는 선우씨였다.

덧없는 세월은 쉴 틈도 없이 간다. 가는 세월, 오는 세월은 인정사정이 없다. 잡을 수도 막을 수도 없는게 아니던가? 무료한 일상이다.

하루는 최노인이 여관카운터 옆을 지나는데 아들내외가 과일을 들면서

"아버님 때문에 울화통이 터진단 말이예요. 요즈음은 바깥에도 안 나가시면서 화단에 잡초도 안 뽑아요?"

며느리의 시아버지에 대한 화살이 분명했다. 그날은 일요일이었다. 불만의 표출이었다.

"관절염이 있으신 아버님께서 쪼그리고 앉아 풀 뽑기를 원한단 말이요."

가재는 게 편이라고 아들은 애비편이었다. 요사인 용돈도 건너뛰는 때가 많다. 그래서 선우씨는 빈궁한 형편이라 외출하기도 겁이 나는 하루하루였다.

'피가 섞이지 않았으니 며느리는 남의 자식이라 틀린 데가 있구나.'

선우씨는 늦게서야 깨달음을 얻은 것 같다. 금지옥엽(金枝玉葉)

처럼 키워 온 아들 놈 하나가 제 여편네한테 휘둘리는구나. 가엾다.
 논어(論語)에서도 이르기를
'군군, 신신, 부부, 자자(君, 臣, 父, 子)라 했거늘….'
 어떻게 살아 온 인생역정인데, 머슴 취급을 하다니 불쾌하고 섭섭하기 그지없다. 이젠 부귀도 공명도 다 필요 없다. 세상 살기가 귀찮다. 진즉에 산고랑에 농토라도 장만하여 움막이라도 짓고 혼자서 조용히 살면 그 얼마나 좋을까마는 후회막급이다. 절간에 들어가 승려생활을 하고 싶다.
 '아서라, 내가 죽어 주는 게 너희들을 편하게 해 주는 길이다. 생로병사(生老病死)의 순리를….'
 이렇게 생각한 최노인은 이때부터 자식에게 피해가 덜 되는 안락(安樂)의 자살방법을 골똘히 연구한다. 마누라 없는 아들과 며느리의 아성(牙城)은 난공불락(難攻不落)의 요새지(要塞地)처럼 느껴지는 최노인이었다.
 '며느리라는 존재는 남의 자식이라는 존재가 분명한 걸까? 연놈들이 밥 처먹으면서 어지간히 애비 욕을 했으렷다.'
 최노인은 며느리를 "아가, 아가" 부르면서 금쪽같이 위했다. 늙어 쓸모없으니 배반을 하는 게다.
 아기처럼 최노인의 눈에는 눈물범벅이다. 정든 세상을 자살로 마감할 결심을 하니.
 "대물림을 원치 않는 것 같으니 애비가 쓰던 잡동사니를 불태워 없애버리는 게 낫겠다."
 어느 날 며느리한테 던진 말이 가슴 아프게 떠오르는 선우씨였다. 그렇게 결단을 내리니 홀가분했다. 손수 쓰던 애장품인 문방사우(文房四友)라던가 서책을 정리한다는 뜻이다.

최노인은 서예에도 조예가 깊어 초서(草書) 흘림체에는 자타가 공인하는 대가이다. 사진첩이며 서찰(書札)과 삼국지, 초한지(楚漢誌) 등 고전을 보자기에 싸 놓고는 또 눈물이다. 양지바른 날 문종이에 싸서 두 번 절하고 불태울 계획이다.

'서예를 익히느라 청춘을 불살랐지. 무던히도 고심초사 했단 말이야.'

한지에 붓으로 쓴 천자문을 쓰다듬으며 또 눈물이다.

'어차피 인생이란 공수래공수거(空手來空手去)이니 미련없이 버리고 간다. 제행무상(諸行無常)이란 말이 틀린 말은 아니야.'

애지중지 하던 애장물을 문종이에 깨끗이 싸서 앞마당 한 가운데에 모았다. 선우씨는 술 한 잔을 부어놓고 사배를 올렸다. 뜨거운 눈물 흘리며 성냥불을 그었다. 그날은 햇살이 밝았다.

'내일 모레 저승에서 만나자꾸나.'

값진 인생, 알찬 인생이라고 흔히 얘기들 하지만 살다보니 인생살이가 아무것도 아니란 것을 절감하는 최노인이었다. 괴로울 땐 낳아주신 부모님이 원망스러울 때도 있었단다.

'치사스런 연놈들 내가 죽어줘야지.'

선우씨는 아들 내외에게 욕지거릴 퍼붓고 싶다. 그래도, 자식을 위하는 마음에서 죽음의 날은 따뜻한 봄날을 택했다.

선우씨는 일찍 기상했다. 아끼고 가꾸던 강남여관 앞 뜨락의 정원수도 둘러보았다. 목백일홍, 라일락, 진홍 단풍나무, 모두가 정이 담뿍 들었다. 주위를 말끔히 비질했다. 이발소, 목욕탕에도 들렀다. 이 세상과 작별의 준비다.

아들, 며느리, 손자, 손녀와는 도타운 정분이 없기에 미련이 없다. 아들 며느리는 시원섭섭하다고 하렸다. 결단코 오늘 밤이 거사(擧事)의 날이다.

독거하던 사랑채인 선우씨의 방도 말끔히 쓸고 닦았다. 틈바구니는 비닐테이프로 붙였다. 아껴두던 와이셔츠 넥타이에 칠순잔치 때 맞춰 입은 검정 양복도 꺼내놓고 목 놓아 울어 제끼니 가슴이 후련했다.

다음은 옆의 가게에 들러 댓병 소주 한 병을 사다놓은 다음 방 안에 화로를 들여 연탄 석 장 밑에 번개탄의 불을 붙였다. 연탄 중독에 토해서 추접지근한 마지막 얼굴을 보이기 싫어 전날에 저녁밥은 미음으로 했다. 연탄화로 옆에 선우씨는 천정을 바로 보고 정자세로 눕는다. 아랫목 벽에 십장생 병풍을 드리우고 평소에 쓰던 돗자리 위에 풀을 먹여 간직했던 깨끗한 옥양목을 꺼내 깔고 반듯이 눕는다.

'나, 선우는 간다. 회자정리(會者定離)요, 생자필멸(生者必滅)이니 미련 없이 훌쩍 떠나간다.'

독백을 하면서 마지막 유서를 썼다. 옷 입은 채 그대로 관(棺)없이 선영(先塋)의 네 어머니 옆에 묻어 달라고….

아들 내외가 아침에 일어나니 정원수에 보이지 않던 갈가마귀가 앉아

"까악, 까악."

울어댄다. 흉조를 알리는 신호탄이 아닌가?

짧은 인생, 인간은 육신보다 영원불멸의 영혼이 더 중요하다. 호랑이는 가죽을, 인간은 이름 석 자를…. 다 필요 없느니라. 안휘성에 황산(黃山)의 운해, 기암괴석, 심곡(深谷), 돌계단을 걷지 못한 것과 계림(桂林)의 이강(理江)을 아니 보고 죽는 게 못내 한이 맺히는 최선우씨였다.

'내 좋아하던 푸른 하늘아 잘 있어라. 다시 못 올 인생이여! 안녕, 안녕.'

이튿날, 늦게까지 부친이 일어나지 않기에 외아들 일권씨는 방문을 열었다. 부친은 돗자리 위에 반듯하게 누워 계셨다. 입 언저리에는 토사물(吐瀉物)이 흥건히 적셔져 있었다. 호단(豪端) 최선우 선생의 죽음이었다.

1980. 1

대전역 교향곡

"잘 있거라, 나는 간다. 이별의 말도 없이 떠나가는 새벽열차, 대전 발 0시 50분, 세상은 잠이 들어……."

밤은 적막한데 손님이 없어 파리채를 들고 안정애의 대전블루스를 나지막이 부르는 여인이 보였다. 대전역 앞 서광장에서 오른쪽으로 돌아가면 주황색 건물 대한통운 정동 0번지 포장마차집 주인댁 정선영 여사다. 남편은 없다. 비록 15㎡ 이내의 작은 포장마차집이지만 고대광실 부럽지 않게 산다. 30년을 이곳에서 포장마차집을 경영, 대전의 홍보대사 역할도 하는 60대 초반의 걸죽한 여인이다.

대전역은 대전광역시 관문이다. 교통의 요람지이며 전 국토의 중심부에 위치하여 전 국민이 이곳을 거쳐가지 않은 자가 거의 없을 것이다. 호남지방은 서대전역을, 영남이나 수도권 지역의 사람들은 대전역을, 달빛 보며 스쳐갔으리라. 드나드는 길손은 대전역에 대한 옛 추억을 말한다.

"밤 깊은 플랫폼에서 열차를 세워놓고 번갯불에 콩 튀기듯 들던

가락국수가 일품이었지."

포장마차에 들른 길손들은 늘 대전역의 구내 가락국수 맛을 토로한다. 대전역의 길손이 기분 좋았다하면 대전블루스, 남행열차를 소리죽여 부른다. 대전역과 연계돼 있는 대전 지하철역 애기도 나왔다.

"이번 역은 대전역입니다."

안내 방송이 끝나는 순간 전동차 안에는 구수하고 정다운 대전블루스의 대금 소리가 애간장을 녹인다.

역광장을 무대로 송충이처럼 모여 있는 노숙자들의 작태! 관권(官權)으로도 어쩔 수 없단다. 이것이 큰 흠이다. 대전의 관문에 먹칠을 하고 있는 것이다. 외국 사람에게 부끄럽다. 이곳의 한 모퉁이에 정동1번지 포장마차 집은 낮 11시가 넘어서 새벽까지 영업을 한다. 그러나 대전역 주변의 환경정비 사업으로 전전긍긍한다.

왜정시대부터 있던 2층의 낡은 가옥이 추물이 됐다. 유서 깊은 대전역 광장, 정동1번지 황토색 휘장의 포장마차 상판에는 작은 태극기가 꽂혀 있다. 밋밋한 바람결에도 흐느적거린다. 가로 30㎝ 세로 20㎝의 산뜻한 태극기다. 포장마차 객줏집 주인 정선영 여사는 단군의 자손으로 태어난 것을 자랑스럽게 여긴다. 애국정신이 유별나다. 기품(氣品) 있는 만고의 여걸이다. 성미는 걸죽걸죽하며, 산둥성이의 바위 덩이처럼 덕지덕지 정이 많다. 자학자습하여 식견(識見)도 깊다.

어느날 기차여행 중인 젊은이들이 입실했다. 정여사의 포장마차 안에서 소줏잔을 나누며 국토를 논하는 그들의 얘기를 옆에서 듣다가 혼줄을 내준 적이 있다. 곁에서 지켜보던 정동댁은 그들의 논리를 반박한 적이 있다. 그만치 자질도 있다.

"젊은이들, 국토를 논하는 것은 좋아요. 삼천리 금수강산, 반만년 오랜 역사를 지닌 내 조국이요, 공기 좋고 물 맑은 자랑스런 터전이란 걸 알아야 해요. 스마트폰이 세계 1등이잖아요. 나쁜 점만 얘기하면 안돼요."

정동댁은 웃음 띤 얼굴로 학생들을 달랜다.

"아주머니 말씀을 듣고 보니 수긍이 가지만, 열강의 틈바구니에서 자원도 부족하고 내 놓을 게 없단 말예요."

젊은이들은 잠시 말을 멈추고 권커니 작커니 한다. 정동댁의 긍정적인 말솜씨에 기분 좋게 쭉 들이켠다. 문전성시로 대화의 장이다.

"뻥 뚫린 도로에, 삼면이 바다이고 보니 해산물은 얼마나 많단가요. 아, 남쪽 쪽빛 바다에 옹기종기 떠 있는 밤하늘에 혜성 같은 섬들이여!"

금세 젊은이들은 생각을 바꾸었다. 영탄(詠嘆)이다. 소란을 피던 젊은이들도 떠났다. 자리가 뎅그렁 비었다. 금세 노란 양재기에 파리떼가 엉금엉금 모여든다. 놈들도 한낮에 술 생각이 난 걸까? 어젯밤에는 늦게까지 술잔을 들던 중앙시장 시계포사장 박영길 씨가 의미있는 얘기를 했었다. 혈혈단신, 사주팔자가 엉망인 박영감이다.

"정선영 여사는 인생의 상담자요, 임자와 마주앉아 얘기 나누면 십년 묵은 체증이 뻥 뚫린데닝게!"

박영감은 정동댁을 칭찬하며 마른 기침을 토한다.
"기쁨을 함께 나누면 배로 늘며 슬픔도 함께 나누면, 반으로 준다는 말이 있지 않소이까?"
맞장구가 한창인데 박영감의 단짝 친구인 문용씨와 종만씨도 들렀다. 그들은 꼼장어 한 접시를 추가했다. 상대방의 말에 귀담아 듣는 태도가 정동댁의 장점이다. 포장마차에서 보고 들은 세상사는 얘기도 쏠쏠하다. 대화의 자료가 무궁무진한 그녀였다.

대전역 서광장의 대형 꽃시계도 뭇사람의 시선을 모은다. 팔자 좋게 누워서 자태를 뽐내는 것 같다. 옆에 네 그루의 느티나무 그늘 아래 낮잠을 즐기던 노숙자들은 눈을 비비며 행인을 훑는다. 돈이 됨 직한 깔끔한 여인네들을 호시탐탐 노리는 것이다. 그들을 퇴치할 방도는 없을까? 나라 망신이다. 관권이 민권을 헤쳐나가기는 어렵다.
"정동 아줌마, 요새 재미 좋지라우?"
노숙자인 고주망씨가 염소수염을 훑으며 족제비상의 얼굴을 디밀었다가 멋쩍어 스쳐간다. 볼썽사나운 그를 볼 째면 시커먼 바퀴벌레가 문틈 새에서 기어 나오는 것처럼 움찔한다. 학력도 있다는데 실패한 인생이다.
고주망씨가 잔돈푼이나 생겼는지 빼꼼 얼굴을 또 디밀었다. 진열대에 놓인 소라, 전복, 멍게, 해삼, 돼지족발을 피아노 건반 훑듯 쳐다본다. 수캐처럼 군침을 흘린다. 바람결에 포장마차 둘레가 들썩들썩, 대전역 광장을 마파람이 쓴다.
"각다귀(노숙자)들은 그 언제 새 삶을 찾을는지?"

정동댁 혼자의 걱정거리다. 이럴 땐 담배 한 개비가 기막히지만 품위상 참아왔다. 오뉴월의 하룻빛은 막강하다.

"아이고 지랄, 낮빛이 금방네 쨍쨍거렸는데, 밉살맞은 빗방울이여? 들라는 길손은 아니들고 애꿎은 물방울만 튕겨 오는구만."

정동댁의 푸념이다. 장삿속 30년에 거친 말도 늘었다. 그녀는 포장마차 의자에서 퍼질러 늘어지게 자다 깨었다. 앙증맞은 첫여름 햇살에 쥐어뜯겨 낮잠 속에서 먼저 가버린 서방님을 봤으니 어지간히 깊은 꿈결에 빠진 게다.

한낮 여우비가 대각선으로 퍼부으니 아녀자의 치마폭 밑 같은 포장마차를 겨냥할 수밖에……. 빗방울은 저돌적이다. 대전역 미끄름한 광장을 지나 북서쪽으로 꺾어들면 삼성동 방향이다. 대한통운 뒷골목쪽에 낡은 2층집들과 황토색 포장마차가 일렬로 들어서 있다. 정동 1,2,3번집, 부산집들은 격전지의 야전군 막사 같다. 정동댁은 손님이 없을 때는 찬송가를 부르거나 대전블루스, 남행열차를 불러 맘의 평정을 추구한다. 생활습관이 됐다. 홀몸인 만큼 옆에서 간섭할 사람이 없으니 홀가분한 생의 진미를……. 종교는 두루뭉술이다. 때로는 술좌석 틈바구니에 비집고 앉아 작부(酌婦)가 되어준다. 그럴라치면 맥주 몇 병 추가는 식은 죽 먹기다. 장사 수완이 좋다. 그래서 중년층의 씨알머리 없는 사내들은 그녀를 정동의 누님이라고 칭한다. 성미가 둥글둥글하며 질박한 탓이다. 이번엔 중동복덕방 권영감탱이가 지저분한 몰골로 들어섰다. 농을 잘한다.

"정동 마님은 대전역의 청지기야!"

정동댁의 솜씨 있는 파전을 좋아하는 권영감의 능청맞은 말이다.

그도 굴곡진 인생을 살았다. 단골손님이다.

"조부께서 팔자가 사나워 왜정시대 목척교 밑에서 거렁뱅이 생활을 했다오. 부끄럽습니다."

들창코를 훌쩍거리며 털어놓는 권영감의 추억담은 흥미진진했다. 애환 어린 목척교는 중앙데파트, 홍명상가의 건물이 헐리고 예쁘장한 아치형의 다리가 놓인 그 자리는 왜정시대에 거지들의 소굴이었다. 거지왕 김춘삼(金椿三)의 자서전에도 대전역 주변의 애환 어린 중동, 정동의 얘기가 심심찮게 등장한다. 빼곡했다는 유곽(遊廓)의 흔적은 이미 사라졌다.

"거지왕 춘삼씨의 책에 목척다리 밑에서의 거렁뱅이 생활이 그립답니다."

권영감과 정동댁은 목척교 얘기로 시간 가는 줄 몰랐다. 대전역 주변에 밤의 불빛이 떠오른다. 김춘삼의 품바타령이 그립다. '일자나 한 장 들고 보니 일월이 송송 야송송' 아치형 목척교에 오색불빛이 찬란하다.

대전역 광장이 시끌 법석이다. 노사분규가 일어난 모양이다. 노숙자들도 한몫이다. 모꼬지(잔치)이다. 논두렁의 메뚜기처럼 날뛴다. 대전역 광장은 투쟁의 격전지요, 분규의 운집장소로 떠들어대니 무엇이 무엇인지 주변 사람들은 등한시한다. 등하불명격이다.

여름 하지가 지났다. 불로 달구던 해도 짧아졌다. 남인수의 '이별의 부산정거장'에 나오는 노랫말처럼 "보슬비가 소리 없이 내리니 오늘은 공치는 날일까?" 정동댁은 날아드는 파리 떼를 쫓으며 애꿎은 푸념을 늘어놓는다. 호랑이도 제 말 하면 얼굴 내미는 걸까? 덥수룩한 중장년층의 손객이 들어섰다. 반갑다.

"하이트와 참이슬로 두 병만 주이소예, 그게 맛이당겨용."

그러면서 배낭을 성급히 벗어제낀다.

"어서 오세요. 안주는 뭣으로요?"

"마른오징어 꼬랑지나 구워 주시십다요."

나그네는 쿼쿼, 심사가 신통치 못한 모양이다. 정동댁은 부지기수의 나그네들을 접한다. 얼굴빛만 봐도 속내를 들여다볼 수 있다. 길손은 참이슬과 맥주로 소맥을 주조하여 상어 주둥이 같이 벌려진 입에다 퍼붓더니 황소 같은 눈물을 하염없이 흘린다. 또 들이마신다. 예사롭지 않는 작태이다. 말 못할 사연이 있는가 보다.

그녀는 만고풍상을 겪은 경험으로 속인(俗人)들의 심리분석은 박사였다. 옷매무새가 허렁허렁한 걸 보니 '집 나간 마누라를 찾아 헤매는 걸까? 여편네들이 건뜻하면 집을 뛰쳐나가는 세상이니 쯧쯧.' 쉽사리 말 걸기가 거북하다. 정동댁은 모르는 체하고 본업에 열중할 수밖에 없다. 포장마차에는 술 한 잔에 시름을 달래는 사람이 이렇게 많다. 포장마차 이음새 바닥의 철길 쪽 질펀한 수채 구멍에서 "띠루, 띠루." 지렁이의 울음소리가 덩달아 나그네의 심금을 적신다. 화음을 잘도 맞춘다.

이럴 때 대전블루스 곡은 정동댁 몫이다. 포장마차 기둥벽에 붙인 조양정신(造糧精神)에 눈길이 간다. 또순이 기질도 있는 그녀는 장사 밑천은 꼭 움켜쥔다. 파종할 종자는 먹지 않는 정신이다. 대전발 0시 50분의 노랫말처럼 늦은 새벽 포장마찻집의 전등 불빛은 잠이 없다. 정동집, 부산집, 군산집……. 광장에 즐비한 대전역 노래비에 기대인 노숙자들은 어디로 잠적한 것일까? 늦게서야 낯익은 노숙자 한 사람이 포장마차에 코를 디민다.

"누님, 강원도 김가 놈과 치고 박고 싸웠단 말예요. 소주 한 잔 주슈."

노숙자 박진관씨는 정동댁을 누님이라 부른다. 속상한 일이 있으면 꼭 찾아와서 괴로운 심정을 풀어 제낀다.

"아이고, 어쩌다 싸웠어? 동생아! 세상에서 제일 소중한 그것을 여자들 앞에서 내놓고 오줌 안 갈겼지?"

"쓸데없는 소리 말고 얼른 소주나 줘요. 그건 제 무기요, 자랑인 걸요."

박씨는 꼬기작거려 움켜쥔 돈 천원짜리 두 장을 괴춤에서 꺼내 식탁에 놓는다. 포장마차에서 김치 한 점에 2홉 짜리는 3천원 받는다. 그러나 정동댁은 노숙자들 만큼은 2천원을 받고 어묵 한 점에 따끈한 국물을 제공한다. 진관씨는 의미있는 눈길을 퍼 붓는다.

"정동 아줌마는 누님이자 연상의 연인이지요."

진관씨는 눈치코치 없이 떠들어대며 자랑스럽게 발설하지만 누구와 잠자릴 같이 했다던가 그런 일은 함구했다. 노숙자 박진관씨는 진중한 점도 있었다. 정동댁은 잔정이 깨알같이 자글자글했다. 손님들이 마시다가 남긴 소주는 따로 모았다가 친근한 노숙자에게 권하기도 했다.

그들은 외롭다. 대부분은 장가를 잘못 들은 자들이다. 일시적인 일탈(逸脫)행위와 사업의 실패, 경제적인 파탄으로 무능력자가 됐을 때 가족들한테 버림을 받았다. 홧김에 가정을 뛰쳐나왔다. 그러고 보니 염치없어 떠돌아다니는 것이다. 희망도, 양심도 몽땅 저버릴 수밖에 없다. 가정에서 아내가 따뜻한 손길만 내밀면 되돌아갈 수 있다. 정동댁은 친동생 같은 진관씨의 손목을 다정하게 잡아준다. 가정으로 돌아가라고….

"이봐요, 아우님 살다보니 예쁨도 잠깐이요. 미움도 순간이라, 그저그저 사랑과 용서가 마음 편한 일이라우. 용서하는 맘으로 날 쳐다봐요."

부처님 같은 정동댁의 말이다. 진관씨는 그 말이 뭣인가 깨달았다는 듯이 단숨에 소줏잔을 비운다. 염화시중의 미소다.

"누님, 그러면 맘을 바꿔 볼까요?"

"암, 암. 그게 최고 아니겠소? 개과천선하여 고향으로 돌아가요. 고개 숙여 가족들에게 용서를 구하고 일을 시작해요."

노숙자 진관은 자신이 바퀴벌레처럼 살았단 것을 깨닫는다. 마침 옆에 사람이 없어서 둘이선 손가락을 걸었다.

"노숙인 박씨와 정동댁은 깨알 같은 사이라지?"

펨프[1] 아줌마들이 더러는 주둥아릴 까벌린다는 얘기를 안동 할멈한테 들었지만 사실이 아닌 만큼 정동댁은 치지도외(置之度外)했다. 동물에겐 귀소본능(歸巢本能)이 있는 게 아닐까.

"정동 누님, 고마운 말씀입니다. 그러나 논두렁을 베고 죽을망정 고향집은 안 돌아갈란다요."

진관씨는 일구월심, 철천지 한이 박혀있는 것 같다.

---

1) 펨프 : Pimp - 뚜쟁이

"내 나이가 어때서?"

이번엔 강경집 김옥분 할망구가 담배를 꼬나물고는 쭈그렁 밤송이 얼굴을 디민다. 혼자서 씨부렁거린다. 중동, 정동 지역은 지난날에 유곽이라 해서 매소부(賣笑婦)들이 우글거렸단다. 성매매의 우범(虞犯)지대다. 노파는 아가씨한테 손님을 엮어주는 이름하여 뚜쟁이…. 푼돈이 생기면 잔치국수 고봉때기 한 사발에 소주 한 잔을 즐기는 주태배기 할망구다.

"늙수그레한 영감탱이가 지나기에 꾀었지랑. 노인이, 이 나이에 무슨 색시입니까? 하기에…. 처사님 연세가 어때서요? 살살 꾀었더니 수코양이처럼 따라 들더만, 대어를 낚은 객돈으로 한 잔 하는 것이오. 정동댁도 한 잔 들어요."

호들갑을 떨며 구멍 뚫린 만원짜리 지폐를 움켜쥐고 까르르 웃는다. 천진난만한 애기 같다. 하기야 요즈음 백세 시대라, 영감탱이들도 정욕을 참지 못하여, 비아그라 먹고 색시집을 찾는다. 쥐도새도 모르게는 옛말이다.

"아이고 가만 있으면 오금탱이가 저리당께로."

강경집 할멈은 한 잔 들고 길손의 뒤를 좇는다. 꾸부정한 노파의 뒷모습이 살갑지 않다.

황토색 포장마차 지붕은 쏟아지는 늦여름의 햇볕에 달궈져 헐벗은 몸이 가려운지 여린 바람에 흐늘거리고 있다. 낙지, 꼼장어, 쭈꾸미, 해삼, 우동, 가락국수 등 황토빛 배색의 목재에 흰 글자로 쓴 고딕체의 안내판이 허기진 자에게 게슴츠레한 눈빛을 긁어모은다. 필부(匹夫)가 들어선다.

"밤 12시, 정차한 기차에서 내려, 들던 대전역 플랫폼의 가락국수 맛은 영영 잊지 못하겠어요."

또, 추억담이다. 정동댁도 꼭 말참견이다.

"우리집 가락국수 맛도 일품이라오."

"정말요? 한 번 맛 좀 봅시다 그려."

들른 길손은 또 가락국수타령이다. 그래도, 여름에는 냉면이 제격이겠지? 정여사는 어깨를 쭈뼛하며 가락국수에 어묵가닥과 고춧가루를 듬뿍 뿌려 대접한다. 지금은 대전역 대합실에 가락국수 판매점이 있다. 그렇지만 옛날의 그 맛이 아니란다.

"김가야, 각기우동맛이란 게 낫겠다."

"그건 왜놈의 말이 아니냐?"

허, 허! 웃으며 나누는 열차 손님들의 얘기가 듣기에 정겹다. 9월 중순 경 국지성 호우가 기승을 부리는 한나절. 정동댁은 곰삭은 새우젓에 오이 허리를 듬뿍 찍어 막걸리 한 대접을 들이켰다. 기분 만점 얼큰하다. 70대 쯤 보이는 길손이 노배기를 하여 들어선다.

"대전역 정동에서 목척교가 가까이 있다지요?"

장대비에 젖은 바지를 툭툭 털면서 단도직입으로 묻는다. 이럴 때 정동댁은 대전의 지리에 대하여 아는 대로 자상하게 가르쳐 주는 것이 그녀의 대전사랑 정신이다. 왜, 묻는지 궁금하다.

"우선 따끈한 국물에 소주 한 병 주실랍니까? 비에 젖어 떨립니다."

정동댁은 어묵에 파를 듬뿍 썰어 넣어 안주를 준비한다. 포장마차 안을 휘둘러 살핀 뒤 길손은 나이답지 않게 멋진 언어를 구사한다.
"음식 냄새가 몽글몽글, 꽃구름처럼 피어 오르네요."
길손은 뜬금없이 목척교 얘기를 꺼낸다.
"아저씨, 목척교를 물으시는 이유라도 있으신가요?"
정동댁은 흰 앞치마에 손을 닦으며 묻는다.
"김춘삼 형님 때문이죠. 미천한 이 몸도 소싯적 밥 빌어먹은 적이 있지요. 거지왕 춘삼 형님도 소년시절 어머님 찾으러 대전에 왔다가 목척교 밑에서 거렁뱅이 생활을 했다는군요."
술잔을 기울이는 노인은 콧물을 훔치며 쓰라린 과거를 돌이켜보는 듯했다. 예천에서 왔단다.
"거지생활 할 때에 목척교 움막에서 읊어대던 춘삼 형님이 좋아하던 품바타령이나 불러볼까요?"
그는 주섬주섬 옷매무새를 챙긴다.
"영감님, 지금 손님이 없으니 들려주실 수 있겠습니까?"
손님과의 융합을 좋아하는 객기(客氣) 있는 그녀다. 정동댁은 손객들의 비위맞추는 데는 이골이 났다. 노인은 벌떡 의자에서 일어난다. 비어있는 양은냄비와 숟가락을 요구한다.

얼씨구 씨구 들어간다.
절씨구 씨구 들어간다.
작년에 왔던 각설이 죽지도 않고 또 왔네.

요놈의 소리가 천냥을 주고 배웠네.
한푼 벌기가 땀이 난다.

품바타령에 바쁘게 지나던 길손도 머리를 디민다. 덩실덩실 춤추는 사람도 있다. 빗줄기는 굵기만 하다. 들창코 권영감탱이도 김춘삼 얘기를 더러 했는데…….

그 날도 먹구름이 하늘을 덮어 날씨가 음산하다. 한줄금 하려는가? 이번엔 정동 터주대감 만덕씨가 입실했다.
"임자, 경기가 좀 어떤가?"
"그렇지유, 뭐!"
"그렇지가 최고지. 그렇지란 전과 후가 동일하단 뜻잉게로, 무탈하다는 얘기겠지랑. 좋아, 좋아요."
초로에 접어든 남녀의 속내 깊은 대화였다. 대한통운 뒷골목에서 구두병원을 하는 만덕씨이다.
"임자는 어느 세월, 길 가에서 이 장사를 하겠능가? 이 몸한테 와요."
"이 놈의 영감탱이가 날 호강시켜 주려는가? 뚱딴지같은 말을…. 뜬금없게시리…."
"그야, 임자한테 대단한 관심이 있으닝게 그렇지?"
정동댁은 멋진 말로 받아 넘긴다.
"난, 휘발유가 다할 때까지 정동1번지 골목길에서 차를 몰겠어요. 방구석에 처박혀 있다가도 예만 나오면 맘이 편하다오."

정동댁은 어느새 술상을 만덕씨 앞에 대령한다. 손님이 마시다 남겨놓은 소주 반 병에 오징어두루치기 한 접시이다. 둘은 고향이 영동 심천면 동향이어서 속을 드러내놓고 농을 한다. 간담상조(肝膽相照)다. 만덕씨는 신조가 현찰 박치기이다. 치사하게 외상술은 하지 않는다. 그래서 정동댁은 고향친구 만덕씨가 버팀목처럼 든든하다. 은근히 그가 좋다. 포장마차 안에 손님은 없었다. 남녀는 권커니 작커니 했다. 라디오에서 추억의 팝송 시간이 끝나고 채널을 돌리니 '대전블루스' 곡이 튀어나왔다. 안성맞춤이다.

'잘 있거라 나는 간다. 이별의 말도 없이…'

둘이선 말이 필요 없었다. 노래에 빠졌다.

"임자, 비 오는 날 문 닫고, 블루스 한 곡 맞추러 가지 않겠나?"

만덕씨가 정동댁의 눈치를 살핀다.

"그야 좋지요. 팔자가 그러면 얼마나 좋을까만 소녀는 가게를 굳게 지키렵니다. 그곳에 가면 사랑에 맞춰, 노래에 맞춰, 율동에 맞춰, 좋기는 좋아요."

만덕씨가 농담으로 건넨 말인 줄 알면서도 정동댁은 좋은 말로 사절한다. 복숭아, 포도의 고장 영동 얘기를 나누고 만덕씨는 구둣방으로 돌아간다.

늦은 여름 대전역 서광장의 한낮, 네 그루의 느티나무 그늘 아래와 노래비 주위에는 노숙자들이 배꼽을 드러내 놓은채 낮잠을 즐긴다. 시계탑 주위에도 할 일 없는 노인들이 파리떼처럼 모였다. 한낮의 폭염이 누그러졌다. 입술에 빨간 칠이 범벅이 된 늙수그레한 여인을 꿰차고 들어선 사나이 누구일까? 진열된 술안주를 맘대로 고를 수 있어 자주 들르는 특급 손님 범산씨다. 미남이며 홀애비인 그는 춤바람 난 유한마담들을 마늘꾸러미 엮듯 달고 다닌다. 대전역 반경에는 콜라텍이 깔려있어 낮에도 빙글빙글 돌아간다.

쾌남아에 돈을 뿌리는 남정네 곁에는 꽃뱀들이 황금 박쥐처럼 붙어 다니기 마련. 원도심 대전역 주변에 한량들의 진풍경이다. 범산씨는 매상을 올려주어 VIP손님은 분명하다. 그는 여자들에게 지갑을 열도록 하는 재주가 있다. 꽃뱀들은 거머리처럼 붙어 애교를 떠는데 가관이다.

"그 놈의 세월호 법인가, 무정세월호 법인가! 놀러가다 죽은 놈들 특별대우를 해달라고? 그러다가 나라살림 물말아 먹겠다. 오라질 놈들…. 그러나 죽은 학생들은 불쌍하지."

목줄기에 빗방울을 훔치며 내갈기는 범산씨의 일갈이다. 말이 걸쭉하다. 그럼직도 하다. 요즈음 대전역 광장에는 민권운동가 천지이다. 세월호 법으로 오가는 사람 붙잡고 억지춘향식으로 서명을 받는다.

"천안함 사건 때도 서명을 받았던가요?"

다그쳐 묻는 행인도 있었다. 그러나 그들은 고개를 돌리며 대답이 없다.

기승을 부리던 더위, 8, 9월도 갔다. 가을이 왔다. 포장마차에 손님이 없을 때는 가슴이 달아오른다. 이럴 때 정동댁은 '대전블루스' 한 곡으로 허전함을 달랜다. 대파와 마늘을 까고 술안주 준비를 한다. 바바리코트 차림의 이목구비가 뚜렷한 장신의 손님이 들어섰다. 신사도가 물씬, 향내도 물씬하다.

"소주 두 병에 매콤한 안주나 한 접시 주세요."

신사는 들어서자 연거푸 담배연기를 뿜어댄다. 매콤한 낙지볶음을 준비하려다가 큰 입을 딱 벌린 아구에 눈길이 간다. 정동댁은 그걸로 칼질을 한다. 고춧가루를 듬뿍 뿌린다. 들고 후딱 가버리는 손님은 뒤통수가 예쁘다. 스치는 갈바람에 쇠파이프로 얼기설기 엮은 갑바천의 출입문이 달그락 장단을 착착 맞춘다. 초가을인데도 바람이 찰 때가 있다. 요즈음 감기 기운으로 정동댁은 몸이 으슬으슬하다.

"어째서 오늘따라 손님이 없을까?"

월요일은 포장마차 앞으로 지나다니는 길손마저 뜸하다. 날씨가 서늘해지니 파리떼들만 염치없이 기어든다. 정동댁은 애꿎은 파리채만 날린다. 식탁 위에 늘어놓은 소라, 피조개, 낙지, 대하, 멍게 모듬이 미운 오리새끼 마냥 을씨년스럽게 보일 뿐이다.

분위기가 어두울 땐, 라디오에서 흘러나오는 바이올린 소리도 위안이 된다. 삶을 절규하는 듯한 바이올린의 선율이 포장마차 안을 물안개처럼 번진다. 낯선 신사양반은 말 못할 괴로움이 있는 것 같다. 은은하면서도 저돌적이며 폭풍노도가 몰아치는 음률이랄까? 내면 세계의 어둠을 잠재워주는…. 광란적인 선율에 정동댁의 심사(心思)가 파노라마처럼 출렁거린다. 잠시의 침묵이 분홍색 포장의 뚫어진 구멍 사이로 햇살처럼 분출된다.

이번엔 시무룩한 낯빛으로 신사 한 분이 들러, 단숨에 소주 한 병을 꿀꺽꿀꺽 들이켠다.

"주인마님, 대전의 시인 이소준님의 '못잊을 대전의 밤'을 읊어도 될까요? 원래 시제는 목척교이지요."

밑도 끝도 없는 손님의 청에 정동댁은 쾌히 승낙한다. 시인의 가슴은 늘 따뜻하다고 칭찬을 아끼지 않는 정동댁이다. 신사는 객쩍은 표정을 지으며 경건한 자세를 취한다.

전동차가 대전역을 지날 때 나오는
대전 블루스
목척교를 지나도 환청처럼 들리는 노래
못 잊을 대전의 밤이여!
세월은 가도 목척교는 남아있어
희미한 가로등,
흐르는 물 위에 그림자를 비춘다.
난간에 기대서서
옛 사랑을 그리고 싶은 목척교여!

낯선 자의 시낭송에 정동댁은 흠뻑 빠져든다. 방랑자 같다. 낯선 자의 멋진 시 한 수에 정동댁은 힘찬 박수를 보낸다. 쭈꾸미 한 접시를 덤으로 대접한다. 포장마차 사이로 노르테테하며 갈색으로 얼룩진 역광장에 느티나무 낙엽들이 생떼를 부린다. 어떤 놈은 바람을 피해 포장마차에 숨죽여 기어 든다. 술 한 잔에 말없이 나가는 길손의 뒷모습이 암연히 수수롭다. 방랑시인 김삿갓을 방불케한다. 식탁 앞에 맥없이 뒹구는 낙엽 한 잎도 시 한 수에 취한 걸까? 이렇게 정동댁은 낭만적인 일면이 있다.

허름한 포장마차에서 시인의 시 한 수를 들었으니 흐뭇하다. 사람 볼 줄을 아니 시인이 고맙다. 어디를 가나 포장마차집은 얽히고 설킨 마음을 푸는 절간의 해우소(解憂所)라 할까?

훌쩍 가을도 가버렸다. 지긋지긋한 길고 긴 겨울이다. 대전역 광장에 동글동글 공중에서의 윤무(輪舞), 하늘의 천사, 굵직한 눈발이다. 눈을 흠뻑 뒤집어 쓴 채 손님이 들어선다.

"대전역에 첫눈이 내리면, 꼭 만나자던 그 여인…."

혼자서 뇌까리는 길손은 넋 나간 자처럼 흐느적거린다. 바람을 맞았나? 귀퉁이에 맥없이 주저앉은 길손은 낮은 목소리로 술을 청한다. 반 미친 사람 같다. 눈발이 흩뿌릴 때는 벚꽃 이상으로 예쁘다. 그러나 이 놈이 녹을 때는 밉다. 금세 포장마차 주변에 눈이 쌓이면서 이내 질펀하다. 그러나 평화스럽다.

"무슨 괴로운 일이라도 있으신가요?"

정동댁은 말을 건넨다. 조심스럽다.

"아닙니다. 바람을 맞은 것 뿐이외다."

"아, 누군가 약속을 깨뜨렸군요."

"예, 한 달 전 기차 안에서 우연히 만난 여인과의 약속인데, 첫눈이 내리는 날 대전역 노래탑 밑에서 만나기로 손가락 걸며 약속했지요. 서로가 파란 우산을 쓰고요."

"몇 시에 만나기로요?"

"12시에 만나기로 했는데 14시가 되어도 안 보이는 구만요. 빌어먹을…."

길손은 겸연쩍은 표정을 지으며 파란 우산을 팽개친다. 단념했다는 듯 술잔을 높이 든다.

"바람맞았습니다. 아주머님과 대작이라도 하며, 아픈 맘을 달래야 겠네요. 꿩대신 닭은 아니올시다. 기대가 컸는데 황소바람을 맞았어요."

길손과 만나기로 한 여인은 이혼남과 이혼녀였단다.

"천우신조, 좋은 기회였는데 안됐군요."

오늘은 사랑에 속아 병든 자를 만나서 하루가 간다. 괜시리 씁쓸하다. 펑펑, 눈발이 퍼붓는다. 망중한 때 보았던 외화 '쉘부르의 우산'에서 애상적인 장면이 아른아른 하였다.

"일색(一色)은 소박맞기에 십상이며, 박색(薄色)은 소박을 안 맞는대요. 믿음직하며 손 굵고 수더분한 여자를 택해야 일생이 편합지요."

길손과 이런 말로 소통을 펴나간다.

"주인 아주머님, 요즈음 잘 나가는 진성의 '안동역에서' 라는 노래 한 번 불러 볼까요?"

"좋아요. 불러 보세요."

길손은 안동역의 가사를 대전역으로 바꿔 천정을 보며 청승맞게 부른다. 분위기에 안성맞춤곡이다.

"오는 건지, 안 오는 건지? 새벽부터 눈은 내리는데…."

애꿎은 파란 우산을 발로 차내며, 노래로 시름을 달랜다. 길손과 한참 이야기꽃을 피우고 있는데 진천 하숙집 김영감이 자라목처럼 비쭉 머리를 디민다.

"맛있는 것 혼자 먹나 하고…."

늘 던지는 말버릇이다.

"왜 새침떼기마냥 머리만 디밀우? 들어오시구랴. 손님하고 얘기 중이라오."

"아니요. 날씨도 쌀쌀하니 중앙시장 먹자골목에 돼지국밥이라도 사먹으러 가는 참이요."

정동 0번지 포장마차는 사랑방 구실이다.

"따끈한 순대 한 첨만 남겼다 가져와서 입에 넣어줘요."

"암, 암, 그러구 말구. 내 사랑, 정동 마님이여."

총총 사라지는 김영감의 싹싹한 말대꾸에 정동댁은 흡족하다. 대전역에서 가까운 중앙시장은 시민이 사랑하는 전통 재래시장이다. 그러나, 주거지는 외곽에 정하고 대형매점에 밀려 찾는 손님이 줄어서 문제다. 원도심(구도심) 활성화를 들고 일어나는 참이다. 문제는 굵직한 기관(機關)이 빠져나간 탓이다. 썰물과 같다.

깊은 산속 절간의 풍경(風磬)소리는 아닌데 추녀 끝이 덜렁덜렁, 동지섣달 매서운 칼바람이 쥐어짠다. 절기에 맞는 두툼한 털신을 사 신고 정동댁은 온기를 느낀다. 빼꼼, 대구여인숙 할멈이 쭈그러진 밤송이 얼굴을 디민다.

"할멈, 들어와 손발 좀 녹이세요. 색시 손님은 낚아 챘당가요?"

대구할멈은 지나는 길손의 얼굴빼기만 비쳤다하면 노소불문이다. 돌틈 사이의 다람쥐마냥 튕겨 나와 접근한다. 염치, 체면 불고다. 철면피로 행세한 게 반평생이다. 찰거머리다.

"예쁜 색시가 있어요. 사랑하기에 딱 좋은 나이같네요."

어슬렁거리는 길손의 앞을 가로막고 수작을 부리는 것이 이골이 났다. 주위의 시선 때문에 목소리는 숨죽인다.

"예쁜 색시면 뭐합니까? 바퀴벌레 신센걸요."

쇠잔한 노인의 목소리가 포장마차 안으로 새들었다. 돈에 눈이 멀어 닥치는 대로 손님을 유인하는 대전역 골목길의 정동, 중동의 해파리 같은 잉여물이다.

인간 군상(群像)들이 정점에 도달하면 하향곡선이 있는 법. 권력, 재력, 명예, 건강도 마찬가지다. 윤회(輪回)사상이다. 정동댁은 소규모의 길거리 포장마차집은 목도 좋고, 음식 맛도 괜찮다. 다다익선(多多益善) 격으로 장사수완이 좋았다. 불가(佛家)에서 말하는 보시(普施)도 아끼지 않는다.

오늘도, 대전역 광장에서 모꼬지(잔치)하는 날이다. 연말이 다가와 더욱 그렇다. 찬송가 소리가 하늘의 뭉게구름 속을 파고든다. 교회에서 음식을 싣고 와 노숙자와 쉬러 나온 노인들을 대접한다. 요즈음은 여성 노숙자들도 끼어들어 눈살을 찌푸리게 한다. 그러나 배고픈 자에게 오병이어의 기적을 낳게 하는 날이다. 부지런만 하면 여성에겐 일자리가 많다. 변동에 있는 꿈이 있는 교회에서 행사를 한단다.

"정동 아줌마, 여전하십니다."

"네, 어서들 오세요."

꿈이 있는 교회에서 행사를 마치고 찾아온다. 가락국수를 찾는다. 색소폰을 부는 신강주, 김태규, 이내국, 이경철님 네 분과 예원당에서 서예를 하는 이덕규 권사님, 오총사는 대전역의 0시 50분 대전블루스와 가락국수 맛에 반해서 이따금 찾아오는 점잖은 고객이다. 정동댁은 그들의 이름까지 잠기장에 써 놓았다. 그래서, 이름을 기억하니, 그들도 좋아한다. 상술이기도 하다.

구름이 걷힌 겨울의 대전역 광장은 달빛 전쟁이다. 한국철도청과 시설공단 고층 건물에 숨어있는 보름달빛이 요요하다. 두 쌍둥이 건물은 대전역의 표상이요, 상징이다.

아, 정든 대전역이여! 푸욱, 따따따…. 대전 지하철역에 전동차가 다가서면 어김없이 흘러나오는 대전블루스에 차 안에서 잠자던 사람은 부스스 눈을 뜬다. 뭇사람의 심금을 울리는 벗이다.

"누가 저런 멋진 곡을 대금으로 연주했단 말인가? 만나보고 싶네."

이렇게 말하는 탑승객이 있다.

"어머, 벌써 대전역이여? 추운데 차 안에서 한 숨 자다 가고 싶구만시리."

전라도 사투리의 노인이 투정을 한다. 대전역 광장은 국토의 심장부, 대한민국 백성이라면 상삼도(上三道), 하삼도(下三道) 도민들은 대전역을 거쳐간다. 호남선 서대전 역사(驛舍)는 인천국제공

항 못지않게 꾸며놨다. 서대전역의 화장실은 쾌적하고 넓다. 기차역 가운데서 전국 으뜸이란 말도 있어 이래저래 대전 시민의 자긍심을 북돋운다.

"1990년대에는 서대전역 광장에 목화꽃도 피었지라우. 보리, 호밀냄새가 콧구멍으로 빨려들어서 실컷 놀다 기차를 놓쳐 버렸지라우."

최신식 건물이 들어서기 전 서대전역 광장은 대형 오지그릇에 각종 야생화를 심어 고객을 모으고 꽃들의 전시장이다. 그 바람에 역장이 영전을 했다.

'아, 아! 향수(鄕愁)에 젖은 대전역 광장이여!'

오지랖이 넓은 정동댁은 대전역과 서대전역을 쌍둥이로 여기고 아련한 정을 쏟았다. 요즈음 정동댁은 무료할 때에 하늘의 구름을 본다. 기차 타고 멀리 여행이라도 했으면…. 대전역 광장 뒤쪽에 한국철도청과 시설공단의 쌍둥이 건물이 다정스레 얼굴을 비빈다. 만추가경(晚秋佳景)이라 만산은 홍엽에 젖었다. 산절로 물절로 계룡산에 갑사, 동학사, 대청호의 호반길! 대전역은 4통8달의 관문이다.

"한약 골목이 어디인가요?"

묻는 사람이 많다. 약령(藥令)시장은 대전역 앞쪽 중동에 몰려있다.

"대전 용전동 고속버스 정류소는 오색불이 번쩍이는 숙박시설도 많던데, 역전은 잠 잘 데가 마땅치 않아유!"

아녀자처럼 머리를 뒤로 묶은 중년층의 길손이 포장 안으로 들어서며 약령시장을 묻는다. 외동아들한테 보약을 해주겠다고 서산에서 왔다는 얼배기 같은 길손은 행실이 굼떠보인다. 김밥덩이를 두 개씩 포개어 목구멍에 곱빼기로 넘긴다. 목구멍이 포도청이란 말이 실감난다.

"역 주변은 모텔보다 여인숙을 더 선호하지요. 색시 장사하는 데가 많아서 문화도시로서 대전의 체면이 말이 아닙지요."

정동댁은 대전의 앞날을 걱정한다. 평택, 아산 같은 생산성 도시로 탈바꿈도 했으면…. 물론 문화적인 측면은 대전을 따라 붙을 도시가 없다지만…. 정동댁은 손님이 왕이라는 경영방침엔 변화가 없다. 바가지를 씌운다던가? 그런 말은 생각도 않는다. 외래어로 노하우(묘책)라던가? 하는 특별한 식당의 경영방침, 그건 없다. 값싸고, 맛 좋으며 정성스런 간이식당일 뿐이다.

"밥 좀 더 드릴까요. 반찬도요."

돼지가 예뻐서 밥 잘 주는가? 길손을 잡아 묶어서 돈 많이 벌려는 우렁이 속 마음이지…. 그렇지 않다. 그녀에겐 순수하고 정의로운 마음가짐 옹달샘에서 나오는 청정한 물이다. 정한(靜閑)마음가짐이다. 야월삼경 보름달이 한국철도청 건물에 걸쳐있다. 달을 보니 황홀하려니와 달빛 화살에 젖어 노년의 쓸쓸함에 눈물이 맴돈다.

'내가 누굴 위하여 밤잠도 못자며 동분서주한단 말인가?'

정동댁은 가슴에 손 얹어 자문자답한다. 따룽개, 피붙이도 없는 팔자에….

윤년(閏年)이란 게 있다. 태양력에서는 4년마다 한번씩 2월 28일을 29일로 만들어서 윤년이라고 한다. 태음력에서는 5년에 두 번의 비율로 1년을 13개월로 정하여 조상의 산소를 이장하며, 혼례를 치루는 등 유동인구가 많다. 그래서, 포장마차는 간접적인 덕을 본다. 예부터 윤달이 든 해에는 얘깃거리가 많다. 2월에 윤달이 들면 보리농사가 풍년이며 5월에 윤달이 들면 늦장마와 전염병이 기승을 부린다.

엊그제는 시장기를 때운다나? 탁발스님이 뽀얀 얼굴을 디밀고 잔치국수를 주문했다. 5~6월의 고된 안거(安居)가 끝났다면서 역전 앞의 노숙자 얘기가 또 화두(話頭)다.

"여자 노숙자가 산발을 하고 남정네와 섞여 있는 걸 보고 놀랬어요. 소줏병을 벌려놓고 난투극을 벌이니 중생(衆生)들이 가여웠다오."

스님은 국수가닥을 늘려 후루룩 삼키면서 속가(俗家)를 질타한다. 불가의 동향과 무소유의 법정(法頂) 스님 얘기도 나온다.

"예, 그런 것 같아요. 법정(法頂) 스님의 설법대로 세상이 모순 덩어리요. 고해(苦海)가 아니겠습니까? 그러나 꼭 그런 것만은 아니겠지요."

스님과 속녀(俗女)의 평범한 대화였다. 며칠 전에 정동댁은 손님이 놓고 간 법정 스님의 저서를 읽은 적이 있다. 이심전심으로 터놓고 맞장구를 친다. 길손과의 정담도 보시(普施)요, 봉사가 아니겠는가?

포장마차 주변이 시끌덤벙하다. 대전역 주변에서 관포지교(管鮑之交)로 통하는 노인들이다. 듣던 목소리이다. 죄암죄암 호두알을 굴리며 황영감, 주영감이 들어 선다. 삼성동의 단골손님이다.

"어서 오세요."

"정동댁, 몰라보게 예뻐졌수다. 기둥서방이라도 숨겨뒀는가?"

두 노인은 푼수데기 소릴 듣는다. 그래서 인근에서는 주책바가지 황주객(黃酒客)으로 통한다. 소주 한 병에 두부 한 접시를 주문했다.

"주가야, 전동차에서 뭘 봤느냐?"

황노인은 괴춤을 추스르면서 다그쳐 물었다. 경로석에 점잖게 앉아 반석역까지 망중한을 즐겼단다.

"어른, 애들 할 것 없이 스마트폰인가, 대포탄이던가? 시커먼 매미처럼 눈 앞을 가리고 있는데, 가히 장관(壯觀)이지 않던가?"

두 노인은 학생들에겐 한사코 책 읽기를 권면한다. 포장마차 안은 초로의 여인을 놓고 너털웃음판이 벌어진다. 문명의 이기(利己)를 알 만도 한데 두 노인은 학생들에겐 한사코 책을 들어야 한다고 권한다.

"주가야."

"왜?"

"주가는 인생졸업장을 언제 받겠는고?"

"그야 갈 때 되면 가는 거지."

황가의 느닷없는 질문에 주영감은 술잔을 들었다 놓는다. 황당한 낯빛이다.

"이놈아, 백세 시대에 갈 날이 창창한데 생뚱맞게끔, 쯧쯧."

주영감은 자못 언짢다는 듯 황영감의 가리쟁이를 긁는다. 땡감을 씹은 게슴츠레한 표정이다. 옆에서 듣던 정동댁이 말 참견을 한다.

"죽음을 백번 생각하면, 백번 죽는 것이래요. 한 번만 생각하면 한 번 죽고요. 손님이 놓고 간 금강일보를 보니 이완순 소설가님의 글 제예요. 죽을 때 죽더라도 너무 말씀 마세요."

세상 만사에 달관(達觀)한 좋은 말이 아닌가. 실제로 요즈음 정동댁은 몸이 아파서 죽음을 생각한다.

"주가야, 돈 모아서 고속열차 타보자. 부산 자갈치 시장에 들러 광어회를 실컷 먹자꾸나. 그땐 임자도 문을 닫는 날이여."

아리송한 여운을 남기고 처사들은 총총이 사라진다. 하기사 생활에 쫓겨 흔한 고속열차 한 번 못타본 정동댁이다. 그녀는 동행하리라고 맘을 정한다. 두 노인은 역마살(役馬煞)이 끼었다고 말하지만, 그들이 부러운 정동댁이다. 여인은 국내여행이라도 하고 싶다.

'동행을 해야지…'

대전역 광장에 끊이지 않고 눈발이 내린다. 가늘게 내리는 것이 아니고 그야말로 솜덩이처럼 굵직히다. 더뿍더뿍 내리는 눈송이에 마음이 평온하다. 눈발이 내릴 때는 반갑고 무한한 상념에 젖는다. 그런데 그놈이 녹을 때는 질편하다. 색깔도 흙먼지에 섞여 볼상사납고 불편하다.

정동 0번지 포장마차집 상단에 게양된 소형 태극기가 눈송이에 묻혀 새악시처럼 목을 떨구고 있다. 불행을 예감한 걸까? 제행무상(諸行無常)이라, 착한 사람에게도 일이 안 되려면 뒤로 넘어져도 코가 깨진다는 말이 있다.

평소 낙천적인 정동 아줌마에게도 어두운 그림자가 다가서고 있다. 건강에 적신호가 울린다. 여러 날 얼굴이 부석부석하고 밥맛이 없다. 구강(口腔) 건조증에, 메추리알 같은 동글동글한 구슬 같은 것이 목과 얼굴 주위에서 잡힌다.

이리저리 살펴본 피부과 의사는 "임파선 암 같아요." 자신만만하게 얘기하는데에 정동댁은 더욱 놀란다. 일에 대한 의욕이 꺾인 것은 당연지사다. '열심히 살아온 나, 정선영인데….' 자책과 자괴감(自塊感)에 눈물이 주루룩 흐른다. 좋은 일도 많이 했는데 '왜, 나에게 고통을….' 기아(飢餓)선상에 고통받는 아프리카 어린이들을 위한 자선금도 꼬박꼬박 헌납한 정여사다.

문제는 건강! 술을 가까이 한 죄로 간질환에 심근경색증도 건강검진 결과가 나왔다. 신경성 위궤양까지 겹쳐 몸이 쇠약해졌다. 고독으로 인한 우울증도 도외시 할 수 없지만 극기(克己)를 해왔다.

"사람이 아프면 돈 많이 벌어 뭣하는가?"

대전역 골목길 사람들은 지껄여댄다. 매일 드나들던 은행의 문턱도 뜸해졌단다. 자신을 겨냥하여 주위 사람들이 손가락질 하는 것 같았다. 대전역 광장의 천기(天氣)를 품은 정동 1번지 포장마차도 입소문이 나돌아 쇠락의 길로 향하고 있다. 정동댁은 자식이 없다. 단골 지인(知人)이 있을 뿐이다.

"아주머님은 자녀분이 보이지 않네요."

"없지요. 전 석녀(石女)와 같은 처지이지요. 자녀가 있으면 자녀로 인해 기쁘겠지만 또 그로 인해 근심 걱정도 생길 게 아니겠습니까?"

권커니 작커니 오가는 대화다. 죽은 딸자식 얘기는 입 밖에 내기는 싫고, 석녀(石女)라는 우스갯소리로 돌리는 때가 많다.

'내 뜻대로 태어난 게 아니다. 부모의 뜻도 아니다. 부모님 서로 좋아서 태어난 천성지친이 아닌가?'

정동댁의 인생철학이다. 자식에 대한 기대는 없다. 자신을 채찍질하며 일터로 향한다. 그녀는 육신은 병들었을지언정 마음만은 넉넉하다. 미소짓는 얼굴은 할인이 없다라고 말한다. 억지춘향은 아니다.

'내일은 국제 난민기구에서 펼치는 자선기금을 보내야지.'

마음이 넉넉한 그녀는 자신의 몸을 불태우면서까지 남 도울 요량이다. 철도개통 100주년을 기념하여 우송대학교에서 설립한 대전 블루스의 노래비는 역광장에 설치한 꽃시계탑의 초침 소리와 어우러져 향수의 여운을 남긴다.

대전역에 까만 어둠이 내린다. 세월 속에 묻힌 애환과 긴 여정. 만남과 이별의 아픔을 싣고, 어디에서 와 어디로 가는 걸까? 분주하게 오가는 군상(群像)들! 동광장, 서광장의 가로등은 밤안개에 젖어 희미한데, 정동 0번지 포장마차 사장인 정은영 여사의 쾌차(快差)를 비는 것 같다. 목척교를 터벅터벅 걷노라면 밤비에 젖어 환청처럼 느껴지는 못잊을 대전의 밤이여!

"잘 있거라 나는 간다. 이별의 말도 없이. 떠나가는 새벽열차 대전 발 0시 50분. 세상은 잠이 들어 고요한 이 밤, 나만이 소리치며 울 줄이야. 아, 아 아 붙잡아도 뿌리치는 목포행 완행열차."

정다운 그 노래가 들리는 정동 0번지 포장마차집들은 대전의 관문이다.

    정동 0번지 포장마차집 정여사는 병관리를 잘하여 이제 몸이 쾌차해졌다. 지금도 대전역의 홍보대사이자, 어둠의 빛을 밝히고 있다.

2016. 2

병상의 백합화

　　차설령 씨는 개척교회 목회자이다. 1935년생 올해 41세이다. 차익철 씨와 김소분 여사 사이에서 외동아들로 태어났단다. 어머님이 처녀 때부터 신앙생활을 했으므로 모친의 뜻을 받들어 주 예수 섬기기에 일찍 눈을 떴다. 일찍 목회자의 길을 택했다. 그는 정규신학대학교 출신이며 물려받은 땅으로 농사를 짓는다. 부모님, 처자식을 거느리며 신앙생활에 전력투구할 입장이다. 그에게는 살고 있는 공주집에서 9km 떨어진 한적한 산골마을에 교회를 짓고 목회생활을 하며 여남은 되는 학생들을 모아 중고등과정의 학습을 시킨다. 월명재건학교이다. 신자는 거의 노년층이며 30여 명쯤이다. 그는 집에서 교회까지 우마차가 다닐 수 있는 신작로를 자전거로 출퇴근한다. 1970년대에는 생활환경이 열악했다.

　　차 목사는 신앙생활에 두 가지 목적을 두었다. 하나는 시골에서의 신앙생활이요, 둘째는 돈 없어 진학 못 하는 중학교 졸업자를 모아 고등학교 과정을 가르쳐 검정고시에 합격하면 학력을 인정받아

사회에 진출시키거나 대학에 진학시켜 국가 사회에 공헌할 수 있는 엘리트 일꾼을 만드는 소명이었다. 목다원교회에서는 십일조 등 헌금은 입 밖에도 내놓지 않으며 자력으로 교회운영을 한다.

　차 목사는 서시에 나오는 윤동주의 시를 좋아한다. 주기도문이나 사도신경 못지않다. 하늘을 우러러 한점 부끄럼 없기를……. 정직하며 청빈한 행실로 주님을 섬기는 게 마음속의 동그라미이다. 신념이었다. 자신의 율법이다.

　정안면 두만리 마을에서 공주 전막을 거쳐 시목동 변두리 마을까지는 자전거길인 금강둑을 거쳐야만 된다. 옆에는 달빛 모래사장에 광목띠를 펼쳐놓은 듯한 둑방길을 지나면 옆에 공주 국립결핵병원이 있다. 미국 워싱턴의 백악관 같은 하얀 벽면의 국립결핵요양원은 경남 마산과 충남 공주 두 곳뿐인데 산과 물이 어우러져 맑고 자연경관이 수려한 곳이라서 결핵환자들이 정양하기에는 안성맞춤이다. 새 봄이다! 결핵병원 건물 둘레의 측백나무 울타리 안에는 싱그러운 잔디밭이 있어서 한나절에는 환우들이 도란도란 이야기를 나눈다. 먹이를 찾는 들녘의 황새들처럼 보일 때가 있다. 잔잔한 금강물과 산성공원이 어우러져 있기 때문이다.

　황혼의 저녁나절 차 목사는 목다원 교회에서 재건학교 학생교육과 성경공부를 마치고 퇴근하는 길이었다. 병원 잔디밭의 측백나무 울타리 옆을 지나고 있었다. 자전거의 체인이 벗겨지면서 길 위에 나동그라졌다. 차 목사는 풀섶에 있는 나뭇가지를 집어서 크랭크에 체인을 감는데 냉큼 쉽지가 않다. 옆에서 인기척이 났다. 측백나무

사이의 철조망 쪽을 보았다. 푸른 환의를 입은 가녀린 여인이 차 목사가 작업 중인 모습을 재밌다는 듯 응시하고 있는 게 아닌가! 여인과 차 목사의 눈길이 마주쳤다. TV에서 볼 수 있는 전설의 고향에 나오는 구미호 같은 여인의 쏘아보는 눈빛과 무엇이 다르랴? 절치부심 원한에 묻힌 여인이 유령이 되어 잡아 삼키려는 듯 차 목사의 온몸에 짜릿한 전류가 흐르고 소름이 끼치는 것이 아닌가! 차 목사 자신에게 어떤 시련을 안겨줄 인생의 전환점 같은 불길한…….

자전거 체인을 다 감고 둑방길의 풀섶에 손바닥의 기름때를 닦으려고 할 때에

"아저씨, 이 종이로 손을 닦으셔요."

유령처럼 보였던 여인이 차 목사에게 신문뭉치와 손수건을 건네주는 게 아닌가. 측백나무 사이로 건네주는 그녀의 손등이 보석처럼 매끈하다.

"고맙습니다."

차 목사는 건네주는 종이뭉치를 받았다. 신문지로 기름 묻은 손을 대충 닦고 손수건은 그대로 건네주었다. 표연히 서있는 그녀와 눈빛이 마주쳤다. 월하의 박꽃처럼 고운 미녀였다. 이럴 땐 하늘에서 내려온 선녀처럼 보인다. 여인은 움직이지 않고 제자리에 장승처럼 서 있었다.

'왜 나한테 선심을 베푸는 걸까? 손수건 까지도……. 낯모를 여인이?'

어쨌거나 차 목사는 도둑질하다 들킨 자처럼 흠칫했다. 차 목사는 시목동 집의 서재에 모나리자 상을 걸어놨는데 어둠속에 귀신처

럼 얼비쳐 사진을 떼어버린 적이 있다. 그 생각이 불끈 났다. 모나리자상이 어둠에는 뇌살적이요 천년 한을 품은 원귀처럼 느껴졌던 것을……. 그리하여 그 사진이 유명세를 타는 것일까? 왜 낯모를 남정네에게 선심을 베푸는 걸까? 하얀 손수건까지? 둘이선 탐색전으로 침묵이 흘렀다.

"대단히 감사합니다. 언젠가는 보은을 해야 할 텐데 병원에 계신지 얼마나 됩니까?"

"3~4년째예요. 지리한 생활이지요. 무료하답니다. 환우들과 할 얘기도 없고 오후 한나절에는 태양을 벗삼아 그림그리기에 몰두하는 거예요."

여인은 싸늘한 인상답지 않게 엷은 미소를 보이면서 하루 생활의 일면을 말했다. 오랜기간 사귄 자 같은 직감이 아닌가. 그리고는 한 옆에 세워놓은 수채화 한 폭을 들어 보여주는 것이다. 공주산성공원과 굽이굽이 흐르는 금강의 주변이 담긴 25호 정도의 잔잔한 그림이었다. 쇠붙이가 자석에 이끌리듯 이야기를 나누고 싶다. 앗, 그림 속에 금강둑을 달리는 자전거 탄 사나이가 삽입되어 있었다. 내가 습관처럼 쓰고 다니는 베이지색 빵모자를 쓴 사나이는 바로 내가 아닌가?

차 목사는 측백나무 가지를 짚고 의아함과 호기심으로 그림을 살핀다. 사진을 들여다보는 것처럼 선명하다.

"그림 속의 인물은 제 앞에 서 계신 분이예요. 전 사고무친(四顧無親)한 외로운 사람이에요. 이맘때쯤이면 시계바늘같이 정확한 시간에 맞춰 자전거로 지나가시는 분이 선생님 아닙니까? 하늘에 있는 일점혈육 오라버님 모습 같아서 두고두고 보려고 그림에 담은 거예요. 고장난 자전거가 인연을 맺어 준 거지요. 그림속의 인물은 바로 선생님이랍니다."

그녀는 나를 직시하면서 먹은 마음을 풀어헤친다. 차 목사를 선생님이라 불렀다.

"선생님, 그림이 완성되면 드리고 싶은데 기꺼이 받아주시겠어요?"

"영광이지요. 기꺼이 받겠습니다."

길에서 소매 깃을 스쳐도 인연이라고 했다. 몇 가지 이야기를 나누고 차 목사는 작별을 고했다. 인간이란 소명과 직업의식이 있는 것이다. 차 목사도 그러했다. 그림으로 인하여 공주국립결핵병원 송혜련 중증환우와 목다원교회의 차설령 목사는 인연이 되어 관계를 맺게 된다. 그림은 목다원교회 차 목사의 거실에 걸어놓고 보았다. 폐결핵환자 송혜련은 약속을 잊지 않고 그림을 기증했던 것이다. 금강변의 시야가 한눈에 잡히며 베이지색 빵모자 쓰고 페달을 밟는 자신의 모습이 생동감이 있어서 좋았다. 주마가편하듯 달리는 모습이 바람 속의 채찍질 같다. 소명에 더욱 매진해야겠다고 기도를 했다. 집에 돌아와서 이다.

차설령 목사! 여호와 주 하나님을 섬기는 그에게 혜련을 알고 난 후부터 몽유병이 돋아났다. 아롱아롱 떠오르는 송혜련의 고운 얼굴, 그녀를 알고 난 후부터 아내를 옆에 두고는 뒤척이는 습관이 생겼다. 성직자로서의 계율과 십계명을 저버린 일일지어다.

"요즈음 고민거리라도 생겼어요?"

남의 속도 모르고 걱정해주는 아내다.

'주님을 섬기는 사역자로 무절제한 생활은 안 돼..내 가정, 목회자 생활, 재건학생들 지도에 열중해야지. 그러나 혜련한테 그림도 받았고 하니 결핵치료에 대해서 상세히 물어보고 약값이라도 적선해 줘야겠다.'

다짐을 해보는 차 목사였다. 순수한 인간적인 배려이리라. 1960~70년대의 산골아이들은 상급학교에 진학하기 어려웠다.

차 목사는 화, 목, 일요일 저녁에는 처자권속이 있는 시목동으로 귀가한다. 그 외에는 목다원교회에서 숙식을 해야 했다. 밤 7시~11시까지는 재건학생들을 가르치며, 화, 목, 일요일에는 책임자를 정하여 자율학습에 임한다. 분주한 나날을 보내는 차 목사였다. 그러므로 송혜련과 마주한 지도 달포는 지났다. 차 목사는 혜련을 만나고 싶었다. 그리웠다.

그날은 화요일, 교회에서 일찍 나왔다. 한들한들 길가의 미루나무 가지를 흔들어대는 시원한 오후. 결핵병원 수위실에 주소, 성명을 써놓고 들어갈 수 있었다. 수위실에서 병실의 동, 호수를 확인했다. 일단은 병원 잔디밭 쪽으로 가보기로 했다. 잔디밭에 둘러앉아 정담중인 혜련을 먼발치에서 볼 수 있었다. 둘이 대좌하여 잔디밭에 자리를 잡았다. 그동안의 격조했던 이야기와 혜련의 치료과정을 듣기로 했다. 안면이 수척했다. 결핵진단이 나오면 입원, 격리수용, 정양, 자택치료 등으로 구별되고 직장은 당연히 휴직 또는 퇴직으로 혜련의 설명을 통해 알게 되었다. 혜련은 정양의 과정이며 오갈 데

없는 독거입장이 확인되어 국비의 지원을 받아 장기간 요양상태라고 했다. 병실은 3동 101호. BCG접종, 인절미 같은 핏덩어리 이야기며 폐결핵 초기엔 음성, 치료예정기간 6개월, 약값이 매월 1600원 (주석 : 1970년 기준), 3개월마다 공복에 받는 가래 검사, 6개월마다 X레이 촬영, 규칙적인 약 복용을 잘 지켜왔으나 약이 결핵을 이기지 못했는지 이 지경이 되었다고 한탄했다.

"목사님, 이 책은 '결핵의 발견과 화학요법'이란 거예요. WHO가 1965년 제네바에서 발행한 건데 돌려가면서 읽고 있지요."

보건세계였다. 혜련은 의서를 펼쳐보이며 환우들의 필독서라고 했다. 혜련의 저녁식사 시간도 있고 해서 그런 정도로 이야기를 나누고 차 목사는 귀가했다. 젊은 목회자 차설령 목사는 이단자인가? 하나님의 독생자 주 예수를 배반하고 있는 걸까? 기독교의 율법을 하나, 둘 깨부수는 걸까? 정신적인 간음자(姦淫者) 아닌가?

'금요일 철야기도회에 꼭 참석하라고? 그렇다면 생업에 힘써야 할 젊은이들은 낮에 쏟아지는 단잠에 쫓겨 능률적으로 일할 수 있을까? 새벽기도에 꼭 참석해야 주님의 참된 신봉자라고? 새벽출근을 해야 할 직장인, 아침식사를 준비해야 할 주부들……, 맞지 않는 강요이리라. 자신의 실생활에 걸맞는 일과에 맞게 의식주 해결에 치중하면서 정직하고 바른 태도로 하나님을 찬송하며 살아가는 모습이 신앙인의 길이 아닐까? 실생활을 등한시하는 것은 있을 수 없다! 오늘날 교회는 기업화 되어가고 있다. 소형차를 타야 할 목사가 독일산 벤츠를 타려고 한다. 탕자 같은 허황된 목회자는 지탄받아야 한다. 가난한 자들을 구제하기 위한 모범과 귀감이 되어야 하지 않

을까?'

목회자는 검약한 생활을 선호해야 한다. 목다원교회 등나무 아래에 앉아서 차설령 목사는 상념에 젖는다. 정처없이 떠가는 조각배 구름 한 점을 넌지시 보며 갈등에 젖어드는 심사를 풀어헤친다. 가을의 맑은 하늘을 좋아하는 차 목사는 고뇌에 젖는다. 성령에 완벽히 임하지 못할 걸까? 실생활과 신앙생활에서 반신반의의 고뇌에 젖는다. 거의 목다원교회에서 주일의 반은 혼자서 반은 부모님이 계신 공주 시목동 가정을 지킨다. 두 집 살림을 한다. 노부모님 모시고 남매가 있다. 솔직히 말한다면 차 목사의 두 남매는 적성에 맞는 예술계와 이공계를 가도록 상의가 되었다. 부친이 목사이니 억지로 신학대학을 보내기는 싫다. 올가미에 매어 인생의 목표를 정해주는 것은 죽어도 싫은 차 목사 내외의 신념이었다. 신앙은 둘째요 실생활 우선주의자인 차 목사 부부였던 것이다. 모든 종교활동이 그렇게 되어야 한다는 일념이었다. 세상의 모든 목회자들은 의식주 해결을 자신들이 해야 한다는 주장이다.

차 목사와 혜련은 병원 측백나무 사이를 두고 또 만났다.
"목사님, 아끼는 정물화 한 점을 또 드리고픈데 기꺼이 받아주시겠지요? 공짜는 아니예요."
송혜련은 눈웃음을 치면서 뜻을 밝혔다.
"영광이지요. 이번엔 집에 걸어놓고 밤낮으로 보겠어요. 뚫어지게 쳐다보면 그림에 구멍이 나겠지? 빵모자도 벗어던지고 머리카락 송송……."

차 목사는 농담을 던진다.

"크게 부담은 갖지 마시고요. 물감도 사고 약값이 필요하니까요. 족히 2만원은 받을 수 있겠지요?"

혜련 양의 서슴없는 요구였다. 1970년대 초에 2만원은 거금이었다. 한달치 공무원들의 급료와 맞먹는 금액이었다. 쌀 두가마니 값이었다.

그후부터 차설령 목사는 공주 결핵병원 옆을 오갈 때는 고개를 측백나무 안쪽으로 당연히 돌리는 습관이 생겼다. 관성의 법칙처럼……. 자라목이 돼가고 있다. 혜련의 모습이 보이지 않을 때는 못내 아쉽다. 그만치 정이 들었다는 얘기다. 때로는 젊은 환자들 속에 끼어 희희낙락 대화하는 것도 볼 수 있으며, 혜련이 홀로 잔디 위에서 의자를 놓고 그림을 그리는 모습도 볼 수 있었다. 외톨박이의 독자적 행보라고 할까? 그러나 차 목사는 일일이 아는 체를 할 수 없다. 목회자의 입장도 그러하거니와 금강둑방길에는 통행인도 많아 입소문도 무시 못 한다. 불러 세울 수도 없으며 모르는 체 지나가는 게 상책이리라. 차설령 목사, 정녕코 그는 사탄에 빠져드는 걸까? 마귀에 홀려드는 걸까? 혜련, 그녀를 알고부터는 심령이 뒤숭숭! 바른 영적 기도도 되지 않고 설교도 어눌하다. 다윗왕이 부하의 아내 바세바를 느끼고 난 후부터의 심정과 비유해봄직도 하다. 차 목사에게 설마 늦바람은 아니겠지? 순애보일까?

"여보, 요사이 몰골이 수척해졌어요. 농번기에 할일도 많은데 왜 밤잠을 설치는 거예요? 목회활동이 힘들지요? 학생들 가르치랴……."

이른 새벽 부시시 눈을 뜬 아내가 남편의 가슴에 손을 얹으며 수상한 눈치를 챘는지 걱정을 한다. 정상적이 아닌 남편의 생활태도를 직감한 후였다. '오, 주여 흔들리는 제 마음을 바로잡아 주십시오.' 설령 씨는 잠든 아내 곁에서 두 무릎을 꿇고 기도했다. 콜록콜록 아랫방에서는 노부부의 가는 기침이 자신의 죄책에 가슴을 쑤신다. 여인도 사람인데 가까이 하는 것이 왜 죄가 되는 걸까? 중학교 3학년, 고등학교 2학년인 민희와 민수는 방에 불을 켜고 새벽 공부를 하는 모양이다. 차설령 목사가 제대로 목회 활동을 못하는 것은 주체할 수 없을 만큼 심사가 흔들리기 때문이리라! 송혜련에게 빨려 들어가기 때문이다. 자신이 두렵다. 외롭고 가여운 송혜련 방년 25세! 허허벌판을 누비는 버려진 들개 같은 그녀에게 구원의 손길을 펴고 싶은 솔직한 차설령 목사의 신앙고백이었다. 허공을 바라보며 그녀를 연모할 때에 차 목사는 몽유병 환자가 된다.

그런 와중에도 차 목사는 생각을 달리하여 목회에 힘쓰며 향학에 불타는 재건학생들을 열심히 가르쳤다. 검정고시 날짜도 다가온다. 국어, 수학, 영어 등 필수과목에 중점을 두었으며 학생들한테는 논두렁에 서다가도 중요문제를 암기토록 했다. 차 목사는 학습자료 준비와 정보수집, 교재 연구에 치중했다. 뙤약볕 아래 교회 주변의 농작물 가꾸기에도 정력을 쏟았다.

'혜련이를 미술 과목은 물론 한 과목 떠 맡겼으면 얼마나 좋을까? 그럴 단계가 아니다. 각혈을 하고 객담이 그치지 않는 그녀에게 청탁을 할 수 없다. 폐병환자인 애인을 들여세웠다고 화살이 빗발치리라.' 벙어리 냉가슴 앓듯 괜시리 혼자서의 고민이었다. 눈 깜짝할 사이에 시간은 흘렀다. 그러는 동안 가끔은 닭튀김 같은 간식거리에다 약값에 쓰라고 연민의 편지 속에 바삭바삭한 새 돈으로 바꾼 지폐를 넣어 결핵병원의 측백나무 너머로 살짝 넘겨주는 일을 잊지 않았다. 추수의 곡물 매각 대금에서 축내는 것이었다. 순수한 하나님의 뜻일까? 사모의 정에 독극물을 살포하는 걸까? 부모님과 아내에게 큰 죄를 짓고 있는 것이다. 사탕(蛇湯)을 구입하여 먹게 한 적도 있었다.

  8월 이맘때쯤이면 금강의 물안개가 모락모락 피어올라 공산성을 덮는다. 하교하는 공주사범대학생 선남선녀들이 무리를 지어 금강변의 제방을 기러기 떼처럼 줄지어 거닌다. 청춘이 부럽다. 때로는 비둘기 떼들처럼 흰 모래사장에 둘러앉아 학습내용을 토론하면서 꿈의 나래를 편다. 청운의 꿈, 차 목사도 한때는 그랬다. 오늘도 차 목사는 자전거로 퇴근하는 길이었다. 낭만과 꿈이 있는 대학생들이 부럽다. 그들은 사도(師道)의 길을 걸어야 할 국가의 중추적인 존재들이 아닌가! 나이 40 중반이면 불혹이라 했거늘 난 뛰어난 게 없다. 자괴감에 빠진다. 종교의 가치관과 주관이 확고부동하지 못한 자신을 질책하는 것이었다. 퇴근길에 혜련이 그림을 그리는 모습이 시야에 잡혔다. 이젤(畵架) 옆에는 흰 가운을 입은 젊은 의사가 혜련의 옆에 바싹 다가서서 그녀의 작업하는 모습을 넋 나간 사람처럼 주시하고 있는 것이 아닌가? 차 목사는 사랑을 빼앗기는 건가? 샘이 났다. 푸른 환의를 입은 그녀에게 흰 가운을 입은 젊은 의사는 떡 하나 던져 미끼로 삼는 걸까?

"혜련이, 나 왔어. 여기야."

소리치고 싶었지만 자존심이 생겨 목구멍에서 음성이 되짚였다. 먼데서 눈이 마주쳐 그녀도 흘끔 차 목사를 쳐다봤다. 여느 날 같으면 화필을 집어던지고

"목사님!"

부르며 반겨 달려들 것 같았는데 오늘은 냉랭했다. 못 본체했다. 젊은 의사와 이야기만 나누며 화필로 손놀림만 한다. 돈 없는 시골 목사를 멀리하고 재력 있는 젊은 의사와 사랑놀음을 하는 걸까? 괜시리 시샘이 났다. 자전거의 페달을 힘껏 밟으며 집으로 돌아선다. 기분이 쓸쓸함을 느낀다. 젊은 의사도 혜련의 미모에 빠져드는 걸까? 페달을 힘껏 밟았다. 여인의 순정은 바람결에 흔들리는 갈댓잎 같다더니 대학때 읽은 소설속의 요부 카르멘의 행실이 가슴을 쥐어박는다. 지독한 시기 질투이자 시샘이다. 조강지처인 착한 아내 외엔 난 절대로 다른 여인에게 이성을 느낄 수는 없다. 주님의 심부름꾼인 목회자가 아닌가?

여름 태풍이 강성을 부리고 며칠 후였다. 퇴근시간에 맞추어 혜련이 측백나무 사이로 빼꼼이 얼굴을 내밀고는 차 목사를 기다리고 있었다. 차 목사는 자전거를 세웠다.

"별일 없으셨어요?"

"별일 없이 무사히 잘 지냈지? 혜련 씨는? 태풍 피해가 있었을 뿐이야."

"네 목사님, 내일 금요일 밤 아홉시 경에 이곳으로 나와 주실 수

있겠어요? 그 시간은 자유시간인데 측백나무 사이로 빠져나가서 백사장을 거닐며 진지한 이야기를 드리고 싶어요."

차 목사는 그럴 시간을 고대하고 있는 참이라 쾌히 승낙을 했다. 내키지는 않았어도……. 마귀의 유혹, 악령의 침투, 차 목사는 방황한다. 미녀의 유혹에 어쩔 수 없이 무너지는 게 남정네이던가! 성직자로써의 간음이며 불륜이다. 남과 여의 결과를 보라. 가을도 겨울도 갔다.

화란춘성(花蘭春城)하고 만화방창(萬化方暢)이라. 금강변에 늦봄이 진수성찬이다. 개망초, 달맞이꽃은 흐드러지게 피어 오히려 달빛을 우습게 여긴다. 남녀의 은밀한 밀회를 조롱하는 걸까? 그렇지만 순수한 마음의 차 목사는 전혀 그렇지 않다. 병든 자를 돕고 싶은 인간관계뿐이라고 결론지었다. 금강물이 달빛에 너울져 곰나루 쪽으로 흐르고 산성공원의 성벽에선 옛 백제의 북소리가 터질 것만 같다.

"목사님, 제 고향은 인천, 아버지는 일찍 돌아가셨고 어머니는 나 모르게 재혼하셨어요. 외롭게 생활했어요. 늦게 말씀드려 죄송해요. 세살 위인 오빠와 고아원에서 자랐지요. 어쩌면 목사님은 제 오빠와 쏙 빼닮았을까요? 오빠는 몹쓸 병으로 총각 때 세상을 떠났답니다. 오후 산책시간 늦게에는 목사님이 자전거로 이 길을 지나가십니다. 먼발치에서 오라버님을 뵌 듯 반갑지요. 그림 속에 목사님의 빵모자가 증인이에요. 대화를 나누고 싶은 생각이 간절했지요."

예까지 지난 일을 낱낱이 털어놓는 그녀는 손수건으로 제비꽃 같은 입을 가리며 가는 기침을 연신 토한다. 고드름 같은 핏줄기다. 칸나꽃잎보다 더 빨간 선혈이 흥건하게 잔디를 적신다. 밤 이슥토록 이야기를 나눴다. 폐결핵 중기라는 진단을 받고 인천 앞바다에 투신자살하려 했던 일과 구사일생으로 마음을 정리한 후 꿈꿔왔던 그림에 전력투구한다는 것, 투병생활에 열중하면서 차설령 목사를 만나 종교생활에 귀의하면서 번뇌를 잊고 싶다고 혜련이는 조곤조곤 이야기했다. 산속으로 들어가 비구니가 될까도 꿈꿨다고 한다. 서로의 신상 얘기는 이제까지 미뤄왔었다. 병동(病棟) 생활이 주된 화제였다.

"오, 주님이시여! 이 어린 딸의 간곡한 구원의 말을 들으셨나이까? 주님의 따뜻한 품에 안아 사랑의 손길로 어루만져주시옵소서."

차설령 목사는 그녀에게로 생명의 빛을 비춰주고 싶었다. 소금의 역할을······.

"제 병은 인천에서 얻었어요. 결핵환자를 극진히 돌봤지요. 그래도 간호사 생활할 때 꿈도 많고 즐거웠어요."

혜련은 폐질환에 대해서 갖가지 정보를 들려줬다. 어스름 달빛에 안개는 끼고······ 늦게서야 구름 속에 하얀 달빛마저도 이들을 훔쳐보니 밤의 천국이다. 강변둑 커브길을 돌아서는 차량의 전조등 불빛이 시야를 어지럽히는 주위의 경관이다. 손수건을 깔고 달빛을 본다. 혜련이 먼저 차 목사의 오른쪽 어깨에 머리를 댔다. 쟈스민의 향기랄까? 여자 특유의 어머니에 구수한 젖냄새 같은 머리카락 내음이 차 목사의 코끝을 자극한다. 아내의 냄새와 같다.

"목사님, 죽은 최씨가 산 김씨의 소원을 들어준다죠? 소녀에게도 목마른 갈망이 있어요."

"무엇인데?"

"의남매를 맺는 거예요. 목사님은 오라버님, 송혜련은 귀여운 여동생, 세파를 헤치며 목회활동을 더불어 하는 거예요."

"내가 오라버니 자격이 있나? 가난한 사역자이자 빈털터리인 걸?"

차 목사는 겸허히 혜련의 청을 물리친다.

"몸이 나으면 목사님의 목다원교회에서 오빠의 재건학생들을 가르치며 주님을 섬기는 사역자가 꼭 되고 싶은 걸요. 분골쇄신 하겠어요."

"결혼해서 애기 낳고 화랑을 꼭 차리고 싶다고 언젠가 얘기했지 않아?"

"저는 벌써 결혼 따위는 포기한 사람이에요. 오빠가 꼭 되어주시는 거죠?"

그녀는 차 목사의 손목을 쥐고 흔든다.

"오라버니가 돼주는 건 주님의 뜻이라 하겠지만 주위에서 떳떳하게 봐줄까? 새파란 아내를 놔두고 미녀와 붙어다닌다고?"

혜련에게 한 쪽 폐의 절제수술을 해야 한다는 얘기도 있었다. 병원비라도 보태야 하는데 그녀의 청을 들어주기도 부담스럽다. 행실도 바르지 못한 것 같으며 혜련의 속내를 헤아리기 어려운 차설령 목사였다. 지난번의 이야기를 혜련에게 하고 싶다.

"며칠 전 요양소 옆을 지날 때 흘끔 쳐다보니 젊은 의사와 다정히 앉아 희희낙락한 모습을 봤었지. 젊고 발랄한 미남 의사였어. 외국

소설 속에 나오는 집시의 여인 카르멘이 떠오르더군. 카르멘은 애인이었던 호세한테만 정을 준 게 아니었어. 인간이란 질투의 화신이던가? 억제하지 못할 투기심이 불끈거리더군. 카르멘은 애인이 한두 명이 아니었으니까."

"아, 지독한 오해셨어요. 김해진이라는 흉부외과의사인데, 독신주의자세요. 제 그림을 무척 좋아하며 물심양면으로 절 돕는 고마운 의사선생님이랍니다. 닥터 김은 의성 히포크라테스의 선서를 그대로 실천하는 명의지요. 오빠, 심려를 끼쳐드려서 미안해요."

금상첨화다. 달빛에 혜련의 미색이 출중하다. 잠시의 침묵이 바람결에 출렁이는 금강의 여울 속으로 빨려갔다. 차설령 목사도 남자다. 성직자라 해도 이성은 느끼는 법.

"혜련을 하루라도 안 보면 보고 싶은데, 혜련은 그렇지 않지? 혜련도 내가 보고 싶다고? 자전거의 체인은 벗겨지지 않겠구만…."

중국 4대 미녀 중 하나인 서시는 가슴앓이 병이 있어 괴로운 표정을 지으면 얼굴이 더 예쁘게 보였단다. 창백한 낯빛에 헝클어진 표정을 짓는 혜련의 얼굴이 차 목사에게는 이쁘게만 보이지 않는가. 차 목사의 애틋한 표현이다. 혜련은 오해라는 말을 거듭 강조했다. 차 목사에게 사랑의 전류가 흘러 스파크를 내려했지만 억제한다. 혜련은 닥터 김의 얘기는 일축하고 대화를 바꾼다.

"죽고 싶어도 목사님이 꿈결에 뵙고파서 눈을 감지 못할 것 같단 말이에요. 세상 떠난 친오라버님의 환영인가 봐요."

혜련은 차 목사의 손을 꼭 잡아 끌어당겨 여인의 볼을 매만지도록 한다. 오른쪽 어깨에 얼굴을 묻는다. 금방 혜련은 아기사슴같이 잠이 들었다. 둘이선 말이 필요치 않았다.

"주여, 사탄의 나락에서 이 몸을 구원해주시옵소서. 저는 주님의 사역자이옵나이다."

차 목사는 인지상정으로 혜련의 어깨를 감싸며 토닥여준다. 그 이상의 사랑의 행위는 성령의 위력으로 억제하는 차 목사이다. 그는 훤칠한 체구의 미남인지라 혜련 같은 절세의 가인도 말려들 만하다. 차 목사는 허우대가 미끈하다. 미녀 혜련도 반했다. 가시 박힌 끄나풀이 그들을 옥죄는 게 아니던가! 그러므로 신앙의 힘은 위대했다. 거리감을 두었기 때문이다.

"혜련, 요즘 치료는 어떻게 받고 있으며 그림은 어떤 그림을?"

"허물고 망가진 인생, 치료는 무슨 놈의 치료예요. 왼쪽 허파의 환부에 공동이 커졌대요. 싹둑싹둑 절제수술을 하다가 이대로 눈을 감았으면 해요. 운명에 순응하고파요. 팔자소관인 걸 어찌 할 도리가 있겠습니까?"

그녀는 퉁명스럽게 말했다. 세상을 포기했다는 뜻이 아닌가?

"아니, 그 정도로 확대되었단 말이야?"

"예, 그렇다나 봐요. 요즘 숨쉬기가 더욱 거북하답니다. 가래떡이 조청처럼 찐득찐득합니다."

가늘게 말하는 혜련은 돌아서서 연신 기침이다. 재건학생들을 가르치고 싶다더니 세상을 포기하고 싶단다.

"오, 주여, 연약한 이 여인을 살려주시옵소서. 완쾌되어 학생들을 가르칠 수 있는 힘을 주십시오."

"그래도 그림 그리는 시간이 행복하고 수족을 움직일 수 있는 것만 해도 생명의 보람을 느꼈는데요. 화방의 꿈은 물거품이 된 것 같지만요."

"거지도 얻어먹을 수 있는 힘만 있어도 행복하다고 했어, 팔다리가 멀쩡한데 힘을 내요."

"저에게 생의 마지막 목표는 목사님의 재건학교에 가서 미술, 가사 선생님이 되는 거예요. 열심히 할 테니 채용해주시는 거죠? 무보수가 조건이고 수요일과 일요일만요. 병실의 소독약 내음이 지겹단 말이에요. 새장에서 벗어나고 싶어요."

"수술만 잘 받으면 채용해주지. 열심히 노력해 봐요."

차 목사는 연신 묵도를 한다. 오래도록 얘기하고 헤어졌다. 혜련은 마음의 갈피를 못 잡고 있었다. 2, 3년동안 차 목사와 혜련은 이렇게 만났다.

수확의 계절 가을은 빨간 고추잠자리와 함께 무르익는다. 추풍낙엽에 옷깃을 여미고 을씨년스럽다. 두만리 목다원교회에도 경사가 났다. 재건학교 학생 중에서도 병수, 달웅, 인환 셋이 우수한 성적으로 고등학교 검정고시에 합격을 했으며 축하의 잔치가 벌어졌다. 언젠가 혜련은 봉사하는 자세로 목다원교회에 닥터 김과 들러 청을 한 적이 있으나 그녀의 뜻을 액면 그대로 수락할 수는 업었다. 차 목사는 난처했다. 두 번째는 영업용 차로 교회에 왔는데 신도들이 의아해했다. 하룻밤 교회의 숙소에서 묵어가도록 선처했다. 그날 밤은 교회에서 가까운 박세일 집사댁에서 차설령 목사는 하룻밤 신세를 졌다. 혜령의 간절한 청을 들어주는 것도 인간적인 면에서 용납

할 수 있다는 게 차 목사의 판단이었다. 결단을 내렸다. 혜련을 초대하기로…. 교회에서의 이러쿵저러쿵 말은 없는 것 같았지만 차 목사의 마음은 개운치가 않았다. 병마와 싸우는 처녀를…….

"혜련이 교회 숙소에서 하룻밤 묵으니 있을 만해?"

며칠 후 병원 측백나무 울타리에 가까이 온 혜련에게 자전거를 세우고 물어봤다.

"불안했어요. 하룻밤 묵는데 병실의 소독약 냄새가 그립다는 걸 깨달았어요. 참 교회의 자연경관이 좋았어요. 감사했습니다."

혜련은 마음을 고쳐먹은 모양이다. 하기사 병 치료 문제도 있고 교인들의 의아해하는 눈쏠림을 무의식으로 돌릴 수는 없으렷다. 그 후부터 목다원 교회의 이야기는 꺼내지 않았다.

"잘 생각했어. 병원을 떠날 생각은 하예 하지 말아요. 투병하여 승리의 나팔을 부는 거야."

"승전고를 울리며 축배를 들면 그 얼마나 좋을까만 전 자신이 없어요."

이때, 밤하늘의 유성이 하늘을 가른다.

"혜련, 공든 탑이 무너지지 않도록 마음 단단히 먹고 힘을 내, 병이 나으면 구라파 여행이라도 시켜 줄께."

차 목사에게 자신없는 이야기지만 용기를 돋워주었다. 혜련 아가씨는 꿈도 많았다.

"오빠, 고마워요. 이젠 마음 놓고 오빠라고 해도 되죠?"

"암, 되고 말고……."

"오빠, 오빠."

혜련은 소리높이 웅변조로 외쳤다. 그녀에게는 일점 혈육 세상 떠난 오라버니가 무척 그리웠던 것이다. 혜련에게 심리적으로 대리 만족이었으리라.

"그러면 목사님이 피붙이라 여기고 가슴에 안겨도 되죠? 오빠!"
"그래 좋아."

혜련은 차 목사의 가슴에 머리를 묻는다. 그녀의 긴 머리가 늦가을의 강바람에 펄럭인다. 수술에 대한 것과 생활 주변의 이야기를 나누고는 차 목사와 혜련은 헤어졌다. 그런데 그날 이후부터 혜련이 산책시간에 자태를 나타내지 않았다. 전화가 없으니 통화할 수도 없었으며 산책 나온 환자들에게 일일이 물을 수도 없는 상황이었다. 혜련은 병원의 측백나무 울타리를 빠져 나오는데 이골이 났다.

한 달의 시간이 흐른 뒤에 차설령 목사는 시간을 내어 혜련을 면회키로 작정했다. 요즈음 차설령 목사 자신에게는 신체적 변화가 생겼다. 가끔 미열이 나고 가는 기침을 하며 몸이 나른해지면서 몸무게가 빠지는 게 아닌가?

"애비야, 무슨 일 있니? 요즈음 얼굴이 수척해졌구나."

노모의 간절한 말씀이었다. 차 목사의 부친은 자잘한 가정사에는 시시콜콜 캐묻지 않는 성격이기에 매사를 도외시한다. 차 목사는 요즈음 설교가 우둔해졌으며 기도도 어눌해졌다.

"여보, 왜 기침을 하며 몸에 열이 나는 거예요? 병원에 가세요. 교회에서 무슨 일이 생겼나 잠도 안자고 뒤척이시는 거예요?"

현철한 아내 정숙은 남편을 세밀히 지켜보고 있던 것이다. 아내는 혜련과의 깊은 관계를 전혀 모르고 있었으며 가정사에만 전념하고 있었다. 그도 그럴 것이 노부모를 모시고 애들 뒷바라지에 전담이 많아 분주했다.

"환절기라서 감기들은 모양이에요. 걱정하지 말아요. 콜록콜록."
차 목사는 아내를 토닥여준다.

며칠 후 차 목사는 혜련의 생일을 맞아 백합꽃 송이를 사들고 면회실에 들렀다. 10월 그믐이라고 했었다. 당직하는 늙수그레한 직원이 얼굴이 불그스레 해가지고는
"애인이 또 한 분 찾아오셨구만. 말썽 많던 송혜련 씨는 7일 전 작고했어요. 수술 후 상태가 안 좋아 영면했습니다."
청천벽력 같은 얘기다. 애인! 내가 그렇게도 품행이 방정하지 못했단 말인가?
"시신은 어떻게 처리했습니까?"
"화장한 유골을 유언에 따라 금강물에 뿌렸답니다. 그림도 같이유."
아무렇게나 뱉어내는 직원의 말에 갖고 온 흰 백합꽃송이를 땅에 떨어뜨렸다. 미인박복이라는 말이 틀린 것은 아니구나.
"오, 주님이시여. 생일날 백합꽃 한 아름을 사 달라 했는데……."
차 목사는 연거푸 주님만 찾는다. 반 실성한 사람 같다. 차 목사와 혜련과의 사랑은 지고지순한 사랑이었다. 이승과 저승 사이, 죽음이 찰나인데 차설령 목사에게 잠깐의 플라토닉 러브다 말 못할 고뇌를 안겨주지 않던가? 병원을 나서는데 추적추적 가을비가 내리고 있었다.

"혜련이, 저 하늘나라에서 괴로움 다 잊고 편안히 쉬어. 나도 이 세상 사람이 아닐 때 만나보아. 안녕, 영원히."

돌아서는 차설령 목사의 눈에 눈물이 비오듯하다.

금강의 잔물결이 공산성과 어우러져 석양에 출렁인다. 혜련과 마주쳤던 국립공주결핵병원, 병동 옆의 측백나무는 잔가지마다 애수에 젖어 바람결에 몸부림치는 걸까? 그러나 지금은 모두가 사라지고 아파트 숲만이 팽팽하다.

1978. 9

물봉숭아집

⦁
⦁
⦁

　나른한 초여름의 따끈한 햇살이 강성을 부리다가 잔잔해진 저녁 나절, 아산, 둔포 소도시의 귀퉁이에 있는 장례식장을 오가는 차량들이 빗발치듯합니다.
　슬레이트 지붕의 낡은 집 굴뚝에선 몽글몽글 피어오르는 저녁연기가 아련히 허공을 적십니다. 그 길을 고교 1학년인 영민이는 터벅터벅 걸어서 할머님이 혼자 계신 집으로 갑니다.
　"강경 새우젓 사세요. 뜨끈뜨끈한 생두부가 있어요."
　한낮이 사그라지는 침침한 골목에서 동생 영수가 빼꼼 얼굴을 내밉니다. 영수를 보자 동네 꼬마들은 잘됐다는 듯 영수 어머니의 흉내를 냅니다. 얼굴이 일그러집니다.
　"야, 우라질 놈들아! 코빼기를 분질러 놓겠다."
　듣기도 민망할 만큼 험한 욕지거리가 화살처럼 영민이의 귀에 박힙니다. 꼬마들과 영수 사이에 곧 몸싸움이 벌어질 판국입니다. 가로수에 잠자리를 마련하던 참새들도 개구쟁이들의 난장판을 재미

있게 구경합니다.

뻗정다리이자 사팔뜨기요, 어머님이 똥차 몰며 골목길 장사한다고 왕따를 당한 분노에 찬 영수의 한 손엔 돌멩이, 한 손엔 긴 막대기를 들고 황새의 긴다리 뻗정다리로 애들한테 쏜살같이 달려듭니다. 돌멩이로 눈이라도 맞힐까봐 덜컹 겁이 납니다.

"영수야, 참아라. 집으로 가자."

형은 성난 들고양이처럼 숨을 할딱거리는 동생 영수의 손을 잡아끌고 집으로 발걸음을 돌립니다. 울화통이 치민 영수의 심장박동소리는 쉽게 가라앉지 않습니다. 영민은 동생의 콧잔등에 묻은 흙먼지를 닦아줍니다. 앞쪽의 골목길에서 어머님의 외치는 목소리가 완행열차처럼 다가옵니다.

'새우젓 사세요, 육젓이 있어요, 따끈따끈한 두부도 있어요. 예쁜 어머님들 어서어서 나오세요.'

골목길을 지나는 어머님의 애잔한 목소리입니다. 늘 그 소리를 듣는 동네 애들은 어머님 차의 꽁무니를 뒤따르며 흉내를 냅니다. 애처롭게 들리는 음성입니다. 육성이 녹음된 봉고 트럭에서 릴레이처럼 흘러나오는 소리는 영민네 가족에게는 슬픈 소리입니다.

골목길을 누비는 소리, 고즈넉한 여운을 내는 어머니의 차가 모퉁이를 돌자, 이내 개구쟁이들이 억세게 흉내 내는 소릴 듣고 동생 영수가 가만히 있을 턱이 없습니다. 끓어오르는 분노에 영수는 보이는 게 없습니다.

영수는 철봉으로 다져진 쇠뭉치 같은 힘을 보여주려 했지만, 영민형 때문에 허사입니다. 어머니의 짐차는 여운만 남긴 채 뒷골목의 어둠 속으로 숨어들어 갑니다.

"영수야, 철없는 아이들이야, 참는 사람이 이기는 거다."

골목에서 뛰어놀던 아이들은 닭 쫓던 개처럼 멍하니 있다가 참새처럼 흩어집니다. 영수도 씩씩거리며 집으로 향합니다. 형제는 집 가까이 왔습니다. 대문 앞 바윗돌은 예나 제나 할머니 몫입니다. 할머니는 손녀와 두 손자를 눈이 빠지게 기다리고 계십니다. 지팡이를 턱 밑에 괸 채 지는 해를 바라보고 계십니다. 할머니는 저녁노을을 좋아하시니까요.

"할머니!"

둘은 달려가서 할머니의 품에 젖강아지처럼 안깁니다. 할머니의 가슴에서 백설기의 시루향기 같은 냄새가 콧속을 파고듭니다.

"오냐, 내 새끼야. 오늘 100점 먹었쟈? 선생님의 입 똑바로 쳐다보며 공부 했지야?"

할머니의 판에 박은 되풀이입니다.

'100점 받기가 그리 쉬운가?'

4학년인 영수는 할머니의 말씀이 못마땅하다는 듯 눈두덩을 씀벅거립니다.

영민이 아버지는 교통사고로 돌아가셨습니다. 그래서 모두가 생활력이 강할 수밖에 없습니다. 할머니, 어머니, 영민이, 영희, 영수 다섯 식구가 오순도순 달팽이처럼 붙어삽니다.

친구들은 산으로 들로 놀러가는 주말과 일요일이지만, 영민이와 바로 밑의 영희는 주유소에 아르바이트를 하러 갑니다. 남매가 손세차를 합니다. 아르바이트로 남매가 벌어온 돈을 어머니에게 맡기면 반으로 접어서 길쭉한 양말 속에 넣고 입맞춤을 하시는 어머니입니다. 날이 갈수록 두둑해지는 만큼 보람도 쏠쏠합니다. 양말에 담은 돈자루는 어머니가 관리를 합니다. 매월 25일이면 그것을 개봉합니다. 온가족이 둘러앉아 양말 속의 돈을 셈하고, 그 돈은 적금을 넣고, 생활비는 어머니가 부담합니다. 학급 친구들은 용돈이 생기면 군것질을 하지만 삼남매는 못 본 체하고 지나쳐 버립니다. 하마처럼 찬물을 마십니다.

먹구름이 깔린 주말에도 남매는 손세차를 하여 만오천 원을 손에 쥐었습니다.

"사장님, 손님이 없을 때 빈 의자에 앉아서 공부를 좀 해도 될까요?"

사장님이 허락을 하셨습니다. 염치없는 일이지만 남매는 학습장을 꺼내 공부를 합니다.

고등학교 1학년인 영민이는 키가 작아 맨 앞줄에 앉습니다. 친구들한테는 대추방망이로 통합니다. 주유소 세차장 한 켠에 나무의자와 세차장 옆의 헌 책상이 친구입니다.

세차 손님이 없는 틈을 내어 공부를 하는 것을 보고 주유소 임찬수 사장님은 기특하게 여깁니다. 세차장 안쪽으로 부는 하늬바람이 송글송글 맺힌 영민이의 땀을 씻어줍니다. 집에 돌아와서는 다음에 배울 교과의 예습을 합니다. 일을 마치고 돌아온 어머니는 아이들에게 말씀하십니다.

"오늘은 너희들이 받아온 돈으로 할머님 모시고 고기를 구워먹자."

중학교 3학년인 영희는 소리를 치며 좋아합니다. 오장육부가 뒤틀릴 정도로 정말 먹고 싶습니다. 일하는 것은 힘들지만, 정말 행복한 순간입니다. 하늘나라에 계신 아버지도 기뻐하실 것 같습니다. 영수는 사팔뜨기 눈을 치켜뜨고 메기입처럼 벌리면서 고기쌈을 연신 구겨 넣습니다. 그 모습이 측은하면서도 귀엽습니다. 영민이는 가족들 모르게 주먹을 쥡니다.

'내가 열심히 벌어 동생의 사시눈 수술을 받도록 해야지.'

형의 마음이 간절합니다. 형제의 깊은 사랑이 아닐까요?

엊그제는 영민에게 기분 좋은 일도 있었습니다. 한 손에 영어 단어를 외우면서 집으로 향하는 길이었습니다. 행길에서 어머니의 봉고 트럭에 동네 아주머니들이 둘러서서 흥정하는 소릴 지켜봤습니다. 개미떼처럼 웅성웅성 골목을 메웠습니다.

'어머님의 반찬이 상했다 해서 싸우는 건 아닐까?'

가끔 겪는 일이었습니다. 어머님 일에 대해서 조바심을 하는 영민입니다.

"아주머니, 강경젓갈이 짭쪼롬 해서 간이 딱 맞데이."

다행히 말다툼이 있는 것이 아니었습니다.

"제 친구가 경영하는 강경중앙젓갈 상회에서 도매를 하는데 인심이 후하지요. 숙성을 잘 시키는 기술이 있어 대한민국에서는 특급이라는 소문이 자자합니다. 강경 젓갈을 사가세요. 듬뿍듬뿍 드리겠습니다."

수다스런 아주머니들의 주고받는 얘길 들을 수 있었습니다.

"어머님 옆에서 좀 도와드릴까요?"

"넌, 얼른 들어가서 할머니 발이라도 닦아드려라, 그리고 공부하거라."

어머님은 효부이고 좋은 엄마셨습니다. 어머님이 하시는 반찬 장사를 아들에게는 보여주기 싫으셨습니다. 아들이 일류대학을 나와 고등고시에 합격하여, 검사, 판사 되는 게 어머니의 간절한 꿈이셨습니다. 하지만 영민이는 자꾸만 돈 벌 궁리만 하게 되었습니다. '목구멍이 포도청'이란 옛말이 있듯이 당장 먹고사는 게 문제라 어쩔 수 없었습니다.

주말에 세차장에서 일을 하다 영희가 말을 건넵니다.
"오빠!"
"왜?"
"오빠 때문에 내가 세차거리를 놓친단 말이야. 오빤 나하고 헤어져서 다른 일을 하면 안 될까?"

실제로 그렇기도 했습니다. 이제는 영희도 컸으니 혼자서 세차 일을 할 수 있을 거란 생각도 듭니다.

모처럼 영민이는 집 가까이 평택사우나탕에 갔지요. 주말과 공휴일에는 근처 사업장에서 일하는 외국 근로자들이 몰리는 바람에 주인아저씨가 쩔쩔 매는 것을 볼 때가 있습니다. 집 사정과 일할 수 있는 자신감을 말씀드리니, 주인아저씨가 일하는 것을 허락해 주셨습니다.

주말에만 일하고 시간을 따져 일당을 준다고 했습니다. 동생 영희와 따로 일할 거리를 찾은 것입니다. 목욕탕 안에 대야, 널려진 수건을 한자리에 모으고, 솔로 바닥을 닦는 일입니다. 대야 안쪽, 탕의 바닥이 깨끗해야지 쾌쾌한 냄새가 덜 납니다.

"기특한 학생이구나. 휴일에는 목욕 손님이 많단다. 겨울에는 더 초만원이지. 팬티만 입고 날 따라오너라."

주인아저씨는 친절하게 안내합니다. 황토방, 보석방을 여니 뜨거운 김이 얼굴에 화끈히 몰아칩니다. 벌거숭이 아저씨들이 다닥다닥 붙어 육체미 자랑을 합니다. 더러는 탕 바닥에서 네 활개를 펴고 누워있는 사람도 있습니다. 영민이는 팬티만 입은 자신이 부끄럽기도 합니다. 평택에는 공장이 많아서 외국근로자들이 많지요.

"일손이 모자란단다. 세신대가 두 개 놓여 있으니, 넌 손님의 등을 책임지거라."

오른손엔 세신포를 꼭 쥐고 왼손을 포개어 때를 미는 방법을 자세히 알려 주십니다. 영민이는 목욕탕에 가면 출입구 신발장과 널부러진 수건 정리, 화장실을 청소합니다. 바닥에 널려진 화장지를 종량제 봉투에 담아 넣고, 탈의실을 쓸고, 봉걸레로 닦고, 타일 바닥을 얼음판처럼 매끄럽고 반짝반짝 빛이 나게 닦습니다.

수증기가 몽글몽글 피어나는 탕 안에는 상상의 나라인 지상천국 같습니다. 바깥에는 매서운 추위에도 이곳은 벌거숭이로 후줄근히 구슬땀을 흘립니다. 보석, 황토, 통나무 한증막이 나란히 있습니다. 대기실에는 탈의실 옆에 매점과 이발칸, 구두닦이칸, 수면실이 있는데 주인아저씨 혼자는 손발이 열 개가 있어도 모자랄 것 같습니다.

일하는 것을 지켜보신 주인아저씨가 칭찬하시니 영민이는 우쭐

해서 더욱 열심히 찾아서 일합니다. 신발장도 말끔히 쓸고 닦아낸 다음, 목욕실 안으로 들어가 아무데나 나동그라진 목욕 수건도 플라스틱 통에 정리를 합니다.

세상일은 맘먹기에 달려 있습니다. 주인정신이라는 말이 있습니다. 목욕탕 안의 일은 열심히 해도 표가 나지 않을 때도 많습니다. 하지만 주인이 된 맘으로 영민이는 맡은 일을 열심히 합니다.

때밀이를 가르쳐 주신 아저씨는 세신대에 불곰 같은 체구를 가진 분을 닦느라고 송글송글 땀범벅이 됩니다.

"아저씨, 힘드시지요?"

"어디 돈 벌기가 쉬운 일이 있다더냐? 세신포를 가져와서 같이 닦자구나."

불곰 같은 아저씨의 체구가 워낙 컸습니다. 가끔은 까다로운 손님을 접할 때도 있습니다.

"야, 멍청아. 삼척동자도 너보단 낫겠다."

허리가 구부정한 할아버지한테 호되게 꾸중을 들었습니다. 허벅지 사이의 부끄러운 그 곳에 손끝이 덜 갔던 모양입니다. 세신포 자락이 살짝 비껴갔기 때문입니다. 매사는 결과가 중요하다고 합니다. 성심을 다해 닦고, 가볍게 안마를 하는 것도 잊지 않습니다.

영민이는 평택사우나탕에서 구두 닦는 일도 배웠습니다. 원래는 주인아저씨의 몫이었지만 잽싼 손 놀림이 흥미롭습니다.

"구두는 광발을 잘 내야만 되느니라."

주인아저씨는 열심히 사는 분이었습니다. 부모님이 병환으로 돌아가시고 보육원에서 자랐답니다.

"이리 와라. 초벌, 재벌이라는 것을 가르쳐 주겠다."

초벌은 구두의 때를 닦아 약칠을 하는 일이며, 재벌은 구두의 빛을 내기까지의 과정입니다.

'하면 된다. 하면 된다!'

영민이는 외쳐봅니다.

목욕탕에서 일을 한 일당을 받았습니다. 일요일 10시부터 18시까지 수고한 노임입니다. 이만오천원이 하얀 봉투에서 방긋 미소를 보였습니다.

'할머니 드실 순대와 동생 영수의 크레파스랑 화첩을 사야겠다.'

차 닦는 일보다 일당을 더 받고 나니 기분이 더욱 좋습니다. 돌아오는 길에 호주머니에 넣은 영어 단어장을 꺼내 외웠습니다. 공부는 책상 앞에서 꼭 하는 것은 아니니까요.

"할머니, 순대 잡수세요."

할머니는 어린아이처럼 맛있게 드십니다. 영수는 크레파스를 가슴에 안고 좋아합니다.

"시작이 반이다. 영민이와 영희가 벌어온 돈은 가정에 큰 보탬이 될 것이다."

어머님은 양말 속에 돈을 넣으며 뿌듯한 표정을 지으십니다.

하늘은 진종일 회색빛입니다. 추적추적 내리는 빗줄기가 영민이의 옷깃을 적십니다. 이렇게 날씨가 음산할 때는 목욕손님이 더 부쩍댑니다. 단골손님인 임찬수 사장님이 영민이의 나이와 학교를 묻고는 때를 밀어달라고 합니다.

"예서 일하니?"

"예, 주말에만 아르바이트를 합니다."

임 사장님이 장한 일이라고 칭찬해 주서서 더욱 용기가 납니다. 어느 날 영민이는 사장님께 건의를 했습니다.

"사장님, 이곳 목욕탕이 평택에서 제일이지요? 할아버님들이 오시면 공짜로 등이라도 밀어들이면 어떨까요?"

"좋지, 좋아. 그렇게 해볼까!"

주인아저씨는 영민이의 의견에 대찬성입니다.

어스름 밤, 하늘의 별을 보며 집에 돌아왔을 때 영민이 어머니는 연필을 입에 물고 그 날에 벌어들인 돈을 셈하고 계셨습니다. 주판 알이 짜그락거립니다.

"영민아, 수고했구나."

"어머님도 고생하셨어요."

서로 격려를 잊지 않습니다.

아랫목에 못 보던 강아지가 목을 빼고 어머니 옆에 앉아 있습니다. 구슬 같은 눈망울을 굴리며……. 온 가족이 할머니 방에 모여 도란도란 이야기꽃을 피웁니다.

"강경에 사는 엄마 친구인 중앙상회 오영미 사장님이 강아지 한 마리를 보내왔단다. 우리 공주님 영희 닮아서 예쁘지?"

"할머니 친구하라고 옆에서 재우면 어떨까요?"

머리가 좋은 영희의 의견입니다.

"아이고, 싫다, 싫어. 똥 싸뭉개면 귀찮단 말이다."

할머니는 두 손을 내저으며 사양하십니다. 그 바람에 가족들은 까르르 웃음바다가 됩니다. 역시 웃음은 마술과 같아서 사람들을 행복하게 하는, 무더위 때의 찬바람과 같습니다.

"얘, 영민아 단풍들면 뒷동산에 할매 업고 올라간다 했쟈?"

"예, 그러고 말고요. 할머님을 등에 업고 소풍 갈 거예요."

영민이는 할머니의 소원을 들어 들이겠다고 다짐했습니다. 할머님께서는 젊어서 다녀오셨다는 설악산 울산바위를 늘 말씀하십니다.

오늘도 영민이의 발걸음은 무겁습니다. 어머니의 장사차가 눈에 띄었기 때문입니다. 학교에서 늦게 집에 돌아오는 길에 봉고차의 꽁무니는 깃털 빠진 들꿩처럼 허전해 보입니다. 후미진 도램동 골목길로 아나콘다 뱀꼬리처럼 사라지는 것을 영민이는 바라봅니다. 넋나간 사람처럼 말입니다. 모두들 집으로 돌아가는데 어머니는 거리를 지킵니다.

"강경 중앙 젓갈, 사세요. 청국장도 왔어요. 청국장은 위암 예방에 최고랍니다."

어머니의 봉고 트럭 확성기에서 애잔한 소리가 울려 퍼지면 길가에서 놀던 아이들이 참새떼처럼 어김없이 기어 나와 차의 뒤를 따라 붙습니다. 이번에는 개구쟁이들의 차례입니다. 어머님의 목소린 애절한 것 같은데 다른 장사들의 흉내는 아우성입니다.

"짭조롬한 조개젓이 있어요. 벤댕이젓, 어리굴젓, 조개젓이 있당께요."

어머님의 흉내를 내니 화가 치밀어 오릅니다. 주먹맛을 보여주고 싶었지만 동생들을 생각해서 참기로 합니다.

세월은 산고랑의 물처럼 잘도 흘러갑니다. 영민이의 가족은 자신들의 맡은 일에 정성을 쏟을 뿐입니다. 영민이는 고등학교 3학년, 영희는 중학교 3학년, 막내인 영수는 초등학교 5학년이 됩니다.

영민이는 학교 공부를 마치고 집에 가는데 다세대 주택의 거미줄 같은 길이 떠들썩했습니다. 어머님의 차와, 영광굴비의 생선차, 전자제품 중고품 차가 뱀의 똬리처럼 뒤엉켜 아우성입니다. 결국엔 어머니와 영민이의 양보로 뱀의 똬리는 풀어집니다. 어머님의 당당한 태도는 처음입니다.

"저놈의 장사치들! 밤낮없이 골목이 터지게 시끄러워 살 수가 없단 말이지, 갓난 애기가 잠을 잘 수가 있나?"

길에 서 있는 할아버지가 푸르락 붉으락 역정을 냅니다. 영민이는 그 자리에서 굳게 결심을 합니다. 어머님을 하루빨리 골목장사를 그만하시게 해야겠다고. 동네 할아버지의 푸념도 알 만합니다. 확성기 소리로 골목이 소란한 걸 영민이도 공감하고 있습니다. 영민이는 눈물을 삼킵니다. 뒤엉킨 차들이 풀리고 어머니는 기운이 다 빠졌는지 집으로 돌아가자며 자동차 시동을 겁니다. 어머님의 녹음된 목소리가 비둘기 날개 타고 저녁연기에 실려 메아리치는 듯합니다.

'어머님이 다른 일을 하면 안 될까!'

영민이는 골똘히 생각에 젖어봅니다.

그날밤, 영민이는 앞뜨락의 감나무 기둥을 잡고 국어시간에 배운 옛시조를 읊어봅니다.

'태산이 높다하되 하늘아래 뫼이로다
오르고 또 오르면 못 오를 리 없건마는
사람은 제 아니 오르고 뫼만 높다 하더라'

좋아하는 양사언의 시조를 낭송해 봅니다. 어눌한 가슴이 뻥 뚫린 것처럼 시원합니다. 힘들 때마다 돌아가신 아버지 생각에 눈물이 납니다.

어머니 방에 낡은 추시계는 재깍재깍 쉴 틈이 없습니다. 영민이는 똘똘 뭉쳐 돈을 모았습니다. 영민네 통장은 비온 뒤에 대나무 싹 자라듯이 숫자가 늘어났습니다. 티끌 모아 태산이란 말이 맞는 것이 아닐까요?

영민이는 밤잠을 설치며 골똘히 생각에 젖었습니다. 어머님을 설득시키기는 쉽지 않을 것 같습니다. 10년이 넘은 세월을 봉고트럭을 몰고 다니며 반찬 장사를 했는데, 바꾸어보시라고 제안하는 것은 쉽지 않은 일이기도 했습니다.

학생들이 잘 먹는 떡볶이, 김밥, 어묵, 돈가스, 도너츠 장사 같은 것도 좋을 텐데. 머릿속에서만 맴돌았습니다. 아산 둔포 도서관 옆에 중학교, 초등학교가 있고, 도서관도 있으니, 시장기가 돌면 틀림없이 끼니를 때우거나 간식거리를 찾는 사람들이 많이 있을 것 같아 장소는 그쪽이 좋을 듯싶었습니다.

저녁에 가족이 한자리에 모였습니다. 둔포 도서관 옆 감나무가 있는 옆에 빈터가 있는데, 그 땅을 빌려서 컨테이너를 설치하여 먹거리 장사를 하면 좋겠다는 의견을 말씀 드렸습니다.

"어머니, 오백만원이 모아졌으니 한번 부딪쳐 봐요."

"좋다. 뜻이 있으면 통한다고 했으니 한번 해보자."

한참 동안 깊은 생각에 골몰하던 어머니도 영민이의 말에 동의를 합니다. 벌써부터 먹거리 장사를 고민하고 계셨다고 하면서 장남 영민이의 생각을 받아들이십니다. 어머니는 영민이와 함께 장사할 빈터 땅 주인을 찾아갑니다.

"그야, 빈터인데 빌려 드릴 테니 쓰시유, 임대료나 잊지 말고 줘요."

자녀들을 다 키우고 혼자서 쓸쓸히 사는 할머니도 허락하십니다. 만사형통입니다. 일이 착착 풀립니다. 영민이네 사정을 잘 아는 할머니가 도와주신 일입니다. 식당 설치는 아버지의 옛 친구 분이신 전영태 아저씨가 맡아 주셨습니다. 음식점의 이름은 어머님이 좋아하시는 '물봉숭아집'이라고 간판을 달았습니다.

장사를 시작하는 날, 어머니는 시루떡과 국수를 준비하여 가까이 지내는 이웃사촌들을 초대하였습니다. 영희는 식당 둘레에 고무풍선과 만국기를 달아 꽃대궐 같습니다.

"친구들아, 제 버릇 개 주냐? 청국장, 도토리묵, 두부, 어묵은 가게 안에 마련해 놓을 테니 가끔 들려."

어머니는 개업식에 온 친구들의 손목을 잡으며 큰소리로 말씀하십니다. 봉고트럭을 몰며 10년 세월을 잊을 수가 없으신가 봅니다. 식당 옆에 젓갈, 반찬 장사도 겸해서 하시겠답니다.

영희의 단짝 친구들도 알록달록한 오색 풍선을 식당 출입구와 천정에 매달고 고운 테이프로 늘입니다. 삼원색 풍선이 보드라운 아기 볼처럼 생긋거립니다. 작은 폭죽도 터뜨립니다. 축제 분위기가 대단합니다. 솥단지마다 보글보글 맛자랑을 합니다.

영민이는 친구들에게 별미 음식을 공짜로 먹게 합니다. 떡볶이를 허겁지겁 먹으면서 마냥 즐거워합니다. 영민이의 친한 친구 상현, 건우, 하연이는 '사랑의 집' 축가도 불러서 모두를 기쁘게 합니다.

차림표는 어머니 친한 친구인 오영미, 전선옥 아줌마가 아크릴에 새겨 오셨습니다. 모두들 자기 일처럼 기뻐했습니다. 형제나 다름없는 건우와 상현이 엄마가 고마웠습니다. 감나무 밑의 하얀집이 신기루처럼 쌍무지개 위에 떠올랐습니다. 꽃바람 친구도 불러들였습니다.

'까르르'

어머니들의 해바라기 같은 웃음소리에 스치는 하늬바람도 어깨춤을 춥니다. 두둥실 흘러가는 흰구름 한 점도 창 사이로 비집고 들어와 축하를 합니다. 물봉숭아집 안에는 칼도마소리, 웃음소리가 그치지 않습니다.

장사를 할망정 어머님은 살색이 곱고 미인이라는 얘기를 듣지요. 돌아가신 아버지의 얼굴이 떠오릅니다.

창가에 숨어서 아버지의 혼령이 바라보고 있는 것 같습니다. 영민이도 아버지 생각이 간절하여 눈물이 납니다. 사람이란 기뻐도 눈물, 슬퍼도 눈물을 흘리나 봅니다.
 음식 장사는 예상 외로 잘 됩니다.
 "어서 와요. 또, 와요. 모자란 것 있으면 달라고 해요."
 단골 고객은 거의 학생들입니다. 미인이신 어머님이 지극한 친절을 베풀어서인지 단골이 점점 늘어 납니다.
 "학생, 밥 한 숟가락 더 받을까?"
 먹는 것을 봐서, 어머니가 덤으로 주시는 라면에 밥 한술은 인기 폭발입니다. 밤에는 지나는 아저씨들이 가락국수를 찾습니다. 젊은 엄마들이 아기의 손을 잡고 찾아옵니다. 새벽 6시면 어김없이 문을 열고 저녁 12시에 문을 닫습니다.

 영민이는 사우나탕에서 일하는 것을 놓지 않았습니다. 학교 공부를 마치면 어머니의 식당에 들러 설거지도 돕고, 음식물 쓰레기를 치우는 일이며, 주변 환경을 깨끗이 하기 위해 신경을 씁니다. 힘들 일이 있을 때는 두 주먹을 꼭 쥐며 마음을 다스리고 공부에도 게으름을 부리지 않습니다.
 아스라이 어려웠던 지난날의 옛 추억이 가슴 절절하게 그리울 때가 있겠지요. 그날을 위해 한시도 게으름을 부릴 수 없습니다. 골목길을 누비던 지난날 어머님의 애잔한 목소리를 잊을 수가 없습니다. 영민이네 집에는 웃음꽃이 피는 게 당연하겠죠.
 알콩달콩 물봉숭아 집 앞 뜨락에 동그란 노랑꽃이 지나가는 벌나비들을 모아들입니다. 영민이 어머니가 봉고트럭에 음식을 싣고 다니는 반찬 장사는 안개 속으로 사라지는 이야기입니다. 젊은 날의 아련한 추억입니다.

　영민이는 음식점 둘레에 물봉숭아를 심었습니다. 어머니 손끝에는 물봉숭아 꽃잎이 곱게 물들여져 있습니다. 식당영업이 날로 번창하였습니다.

　'하면 된다'는 말이 거짓은 아닌 것 같습니다. 영민이는 다시 한 번 다짐을 합니다. 나중에 어른이 되어 성공을 하면 가난한 학생들에게 장학금을 주어야겠다는 꿈을 키워봅니다. 커다란 꿈이 청소년의 가슴 속에 파도치며 하늘거립니다.

2009. 10

백혈병 천사

．
．
．

"까악깍!"

밝고 명랑한 초롱초롱한 눈빛의 영란이에 세사는 집 해묵은 감나무 잔가지에 앉은 아기 까치가 아침 인사를 합니다.

'나는 몹쓸 병에 걸린 걸까?' 코피를 흘리며 학교에도 못 가고 ……'

영란이의 나약한 참새가슴은 옴찔하여 펑펑 타들어 갑니다. 감나무 잎이 얼비쳐 보여요.

할머님 가슴팍에 얼굴을 묻으며 영란이는 보챕니다.

"할머니, 나 죽는 거야? 죽기 싫단 말이야."

"네가 죽다니, 어디서 그런 몹쓸 말을 들었느냐?"

"운동장에서 노는데 종영이가 소문을 퍼뜨렸단 말야. 백혈병 걸리면 죽는다나?"

"영란아, 그건 새빨간 거짓뿌렁이지. 넌 나을 수 있어. 약 잘 먹고 규칙적인 생활을 하면 꼭 낫는다 하더라."

할머니께서는 힘겹게 말문을 여셨습니다.
"할머니, 밥 먹기 싫어요."
영란이는 밥투정을 했습니다. 그러나 밥 먹는 것도 노력이라고 영양 섭취에 무진 애를 썼습니다.
"백혈병 같으니 큰 병원에 가서 진찰을 받아 보십시오."
할머니는 감기 몸살쯤이야 저절로 나으려니 했습니다. 미심적어 가까운 병원에 들렀더니 의사 선생님으로부터 하늘이 꺼질 듯한 말을 들었던 것이지요. 영란이 할머니는 행길에 비닐을 깔고 채소 장수로 손녀와 살고 계십니다. 근근한 살림이지요.
영란의 백혈병 얘기가 수다스런 아낙들의 입을 통하여 산안개처럼 번졌습니다. 그런 일이 있은 뒤부터 소녀는 친구들의 곁눈질에 주눅이 들었어요.
"오, 주님이시여."
할머니는 영란이가 듣지 않게 낮은 목소리로 하느님만 찾으셨습니다. 잦은 미열에 뜬 눈으로 밤을 지새우는 영란이었어요. 병원비 때문에 당장 입원을 못했던 거예요.
'부모님이 옆에 계셨으면 얼마나 든든할까?' 영란이는 눈물이 비오듯 베갯잇을 적셨습니다. 또, 붉은 코피를 흘립니다. 할머니는 모르쇠 할 수 없었습니다. 큰 병원에 입원하기는 벅찬 일이었지요. 그러나 학교의 앞장과 주위의 도움으로 큰 병원에 입원했답니다.
"급성 백혈병이 확실한 것 같아요."
병실 바깥에서 들리는 의사 선생님과의 대화가 영란이의 귀를 때렸습니다. 할머님은 채소 장사를 접으시고 고모님과 교대로 병실을 지켜 주셨어요. 곧바로 입원을 했습니다.

"할머님, 치료 잘 받으면 꼭 낫겠지요?"

자신감이 넘치는 영란이의 성미였으니까요.

"선생님, 선생님 꼭 낫게 해 주시는 거죠?"

할머님에 애끓는 그 말씀이 소녀의 가슴을 찌릅니다.

"암, 암. 내 새끼 꼭 낫구 말고……."

가슴 조이는 병원 생활이 시작됐습니다. 새장에 갇힌 새들이 떠올랐어요. 무균실에서의 생활이 답답했으니까요.

"잘 치료 받으면 함박꽃처럼 활짝 웃는 날이 올 것입니다."

태평동 사시는 고모님이 오셨어요. 담당 의사선생님은 할머님, 고모님의 눈빛을 맞추며 믿음직한 대답을 했답니다.

"선생님, 선생님 하라는 대로 할 테니 꼭 살려 주시는 거죠? 오, 주여."

할머니는 의사 선생님의 하얀 옷자락을 꼬옥 잡으시며 목이 타도록 애원하셨어요. 영란이가 멀찌감치에 있었으니 안심하고 말 할 수 있었으니까요. 혈액암에 대한 종합 검진을 받은 다음의 얘기입니다.

"백혈병은 혈액 세포를 생산하는 골수 내의 조혈모 세포 안에서 악성 세포가 만들어지는 것입니다. 급성과 만성으로 나눠지며 치료 방법은 골수이식과 항암요법 등이 있지요."

담당 의사 선생님의 그 말을 듣고는 할머님의 간이 콩알만해졌다는 걸 훔쳐 들었지 뭐예요?

"백혈병, 백, 백, 백……. 백혈병이 무엇이람?"

영란이는 보지도 듣지도 못한 병 이름이랍니다. 여고를 졸업한 고모님도 잘 알 수 없는 치료방법이라면서 "예, 그래요?" 할 수 밖에 없었답니다.

"선생님, 말로만 듣던 골수이식이란 뭣인지요?"

"그것은 치료 상태를 지켜보면서 다음에 상의하면 어떨까요?"

의사선생과의 알 수 없는 어른들만의 대화가 안개속의 희미한 유령처럼 느껴졌답니다. 골수이식이란 뭣일까요? 병원에 있으니 보고 듣는 것도 많습니다. 피의 성분에는 흰피틀, 붉은피틀, 혈소판, 수분 등이 있는데 흰피틀이 붉은피틀을 마구 잡아 먹어 백혈구가 늘어난답니다. 그래서 수혈을 하고 골수이식을 하는 등 가족들은 도대체 무엇이 무엇인가를 알 수가 없었어요. 무균실이라는 곳에서 고통스럽게 지내며 꼬박 약을 챙겨 먹었어요.

무균실에 들어올 때는 의사 선생님, 간호사 모두가 마스크를 합니다. 영란이에게 산토끼처럼 뛰놀던 바깥세상이 좋았습니다. 항암치료라는 것은 어린 소녀에게 고통의 연속이었습니다. 당연히 학교는 휴학했지요. 병원을 내집처럼 드나들던 지가 여러 달이 지났습니다. 몸은 좋아지는가 싶었습니다. 뼈마디가 가늘어지고 백짓장 같은 얼굴에 탈모는 됐지만 병이 나으면 제자리로 돌아가 예쁘게 자란다나요? 지역 자선 단체와 한국혈액암협회에서 도움이 끊이지 않아 어리둥절했습니다.

"고맙습니다. 고맙습니다. 꼭 나아서 은혜를 갚겠습니다."

영란이는 되뇌이며 감사한 마음으로 투병생활에 온 힘을 쏟았습니다. 어릴 때 부모님의 사랑을 받으며 옹알이 하던 때가 그리워요.

"병마와 싸워서 이길 거야! 내 자신과의 약속이야."

"암, 그래야지. 귀여운 내 새끼야, 꼭 나을 거야."

"할머니, 마음 튼튼 몸 튼튼하겠습니다. 만세, 만세!"

자신 있게 말 하는 영란이를 할머니는 으스러지도록 안아주셨습니다.

그뒤 병원에서는 입원하여 계속 치료를 받으라고 권했지만 그럴 돈이 없었지요. 어쩔 수 없이 병원에서도 가정에서의 요양을 허락했습니다.

노경수 담임 선생님께서는 학교 도서실에서 창작 동화, 위인전 등을 빌어다 주셨습니다. 책읽기를 좋아하는 소녀는 책속에 묻힙니다. 꿈과 희망이 그 속에 넘칩니다. 12월이 되었어요. 흰 눈이 내립니다.

"할머니, 교회에 가고 싶어요. 아기 예수의 손목도 잡아 보고, 반짝반짝 빛나는 크리스마스트리와 눈맞춤도 하고 싶어요."

느닷없이 영란이는 할머니를 보챘어요. 시장에서 언 손과 발을 녹이시던 할머님은 허락해 주십니다.

"그렇게 하자꾸나. 주님께서 건강을 주실 게다."

믿음이 좋으신 할머님은 오로지 하느님께 의지하고 싶었던 거에요. 두터운 마스크를 준비했지요. 목사님도 교회에 나오는 것을 허락해 주셨으며 엉성한 머릿결은 부끄럽지 않았답니다.

고모부 내외분이 과일 바구니를 들고 오셨어요.

"영란아, 심심할테니 애완견 삐리 사 줄까?"

"싫어요, 안락사 장면을 텔레비전에서 봤단 말이예요. 병 들면 어찌한다지요?"

영란이는 손을 내 저으며 사양했습니다. 반려동물과 정이 들면 헤어질 때 슬프다고 얘기 들었지요.

할머님은 생활비를 벌어야 하십니다. 채소 파는 곳에서 언 손으로 조물조물 마늘도 까서 팝니다. 고모님께서는 간식거리를 들고 오시는 등 영란이 집에 개근을 했어요. 병이 쉽게 낫지 않아 병원에 또 입원했어요.

"영란아, 걱정 할 것 없어, 치료만 잘 받으면 꼭 나을 수 있지."

박신순이라는 이름표를 달은 간호사 언니는 침대머리에서 두 손 모아 기도를 아끼지 않았어요. 하늘의 천사처럼 보였습니다. 이따끔 변동 성당의 신부님과 수녀님들도 오셔서 기도를 해주셨습니다. 병원에서 나오는 밥도 입맛에 당겼어요. 그 안에서 소독약 냄새도 지난 날 엄마가 좋아하시던 향수 냄새로 여기니 참을만 했어요. 맘 먹기에 달린 것 같았습니다.

"밥 먹는 것도 노력이야."

의사 선생님의 말씀을 꼭 실천하도록 노력했습니다.

"지성이면 감천이란다."

귀가 닳도록 들려 주시는 할머님의 말씀이십니다.

병원 침대에서는 잠이 안 와요. 이럴 때 희미한 전등불에 눈길이 갈 때에는 처량한 맘이 들었다오. 돌아가신 아버지의 목소리. 3학년

반 친구들의 얼굴이 밤하늘의 별빛처럼 무리 지어 다가왔습니다. 그러나, 집 나간 어머니가 더욱 미워만 지니 당연한 일이겠죠?

고모님이 병원에 오시면 반갑습니다. 고모님께서 읽으시던 책을 보았습니다. '희망'이라는 책자인데 백혈병 친구들의 나눔 얘기가 찡하니 가슴이 뭉클했습니다. 하얀 눈이 펑펑 내리면 답답한 마음이 씻어질듯 합니다.

골수이식은 못했어요. 골수가 같은 사람도 찾지 못하였으며 턱없이 돈이 들었습니다. 항암치료를 받으니 머릿결이 빠져 엉성한 까치집 같았지만 어쩔 수 없는 일이 아니겠어요?

"매코롬한 닭발목이 좋단다. 꼭꼭 씹어 먹거라."

장사 일을 마친 뒤에 병원에 오시는 할머니는 간식거리를 들고 오십니다. 닭발목을 먹었더니 백혈병이 나은 것처럼 코피도 멈추고 기운이 솟았어요. 3학년 교과서를 병원에서 틈틈이 읽고 쓰곤 했어요. 그랬더니 맘이 양냥거려졌지 뭡니까?

"넌 백혈병 천사로구나."

병원에 들르신 김한나 수녀님이 공부하는 걸 보시고 칭찬을 해 주셨습니다. 어저께는 3학년 김남호 반장이 꽃바구니 속에 선물과 예쁜 편지를 보내 왔는데, 하늘을 나는 기분이었어요. 때로는 몸이 아플 때에도 기쁜 일이 많은 걸까요?

병원에서 겨울을 보내고 집으로 왔습니다. 병원생활은 답답하여 가슴이 터질 것만 같았습니다. 해맑은 봄 햇살이 꽃망울을 터뜨렸습니다. 톡톡.

"할머니, 할머니!"

할머님은 채소 장사일로 집을 비우셔만 됩니다. 부엌에서 부리나케 아침 설걷이를 하시는 할머니를 불렀습니다. 영란이네 세 사는 집은 재래식 주방이었습니다. 영란이는 꽃 이야기를 하고팠어요.

"왜, 그리 호들갑을 떠느냐? 찬 바람 쐬면 안 돼요."

할머니는 영란이를 나무랬어요. 봄이 왔다지만 찬기가 가시지 않은 바깥 공기였으니까요. 할머니의 깽마른 가슴속이 타들어만 가요.

"할머니, 목련 꽃잎이 떨어져 울고 있어요. 가엾단 말이예요."

영란은 땅 바닥에 떨어져 진흙 범벅이 된 꽃잎을 주워 볼에 쓸고 있었답니다. 백목련, 자목련은 꽃잎이 피고는 3,4일 뒤에는 자태를 감춰버리거든요. 그래서 못내 아쉬웠어요. 누루테테하면서 보들보들한 하얀 꽃잎이 땅으로 곤두박질치는 걸 보고 영란이는 남의 일 같지 않았습니다.

"영란아 보문산에 벚꽃이 피면 꽃구경 가고 싶다 했지?"

"예, 꽃 속을 헤 짚고 다니며 벌나비와 숨바꼭질 할래요."

영란은 보문산 꽃 얘기에 참새 가슴이 콩닥콩닥 뛰었어요. 내내 겨울잠을 자던 개구리와 마음이 통했으니까요. 할머니는 눈물을 속으로 삼키셨습니다.

할머니는 서러울 때일수록 세상 떠난 외아들의 빈자리가 넓어 보이고, 집 나간 며느리가 원망스러웠습니다. 어쩌겠어요.

영란이는 어두운 마음을 풀어 버리고 싶었어요. 부모님을 그리워하는 심정은 영란이도 마찬가지였습니다.

'부모님이 옆에 계셨으면 얼마나 좋을까나…….'

어머니는 아버지가 교통사고로 돌아가시자 1년을 버팅기다가 가출했답니다. 젊은 엄마는 가정과 자식이 소용 없는 걸까요? 어린 소녀는 매정스런 어른들의 세계를 이해할 수 없습니다.

"참 잘한 일이지, 네 엄마는 새파랗게 젊으니까 당연한 일이란다."

할머니는 아무렇지도 않다는 듯하서서 영란이는 마음이 혼란스러웠습니다. 눈두덩이 텡텡했어요.

"신랑 없는 젊은 여인네는 집 지키기가 어렵지."

주위에서 듣던 어른들의 얘기는 알 수 없었습니다. 자나 깨나 그리운 어머니의 따뜻한 손길입니다.

"어머니, 어머니!"

영란이는 담벼락에 얼굴을 비비며 어머니를 애타게 불러 보지만 대답이 없어요. 날아가는 참새 떼들이 멈칫합니다.

지난해 2학년 바른생활 시간에는 엄마 얘기가 나와 엉엉 울었던 기억이 납니다. 그때 엄마 닮은 이미란 선생님이 품에 안아 주시어 울음을 그친 적이 있었습니다.

햇살이 잦아질 때 영란이는 우울했습니다. 어둠 때문이겠죠. 땅거미에 앞마당의 참새 한 마리도 얼씬거리지 않습니다. 할머니는 시장에 나가셨습니다. 변동 네거리 지미 양품점 앞 구퉁이에 자리를 잡습니다. 시금치, 아욱, 상추, 돈나물, 애호박 등 푸성귀를 팔아요. 도시 사람들은 풋나물을 좋아하나 봐요.

손님이 없을 때는 하늘을 향하여 손녀의 백혈병을 낫게 해달라고

기도를 드리십니다.

'지성이면 감천이라.' 속담처럼 하늘이 영란이를 돕겠지요?

행길 구퉁이에 쪼그리고 앉아서 가엾은 손녀 생각에 할머님은 눈물 흘리실 때가 많았답니다. 스쳐가는 아줌마들의 눈빛을 살피면서

"예쁜 애기 엄마, 신선한 채소가 있어요."

할머니는 누구에게나 예쁜이란 말씀을 꼭 쓰신답니다. 그렇게 하면 지나치다가도 되돌아보며 어머니들은 채소를 잘 사간다는군요. 예쁘다는 말은 고슴도치도 좋아하는 낱말이 아니겠어요?

늦은 봄, 해 맑은 햇살이 얼굴을 간지럽히는 일요일, 영란이는 할머님과 오랜만에 교회에 갔습니다. 할머니 옆에서 붙어 앉아 신자들과 거리를 두었지요. 백혈병이 옮길까봐 염려가 되어서랍니다.

"많이 좋아졌구나."

이권직 목사님이 토닥여 주셨습니다. 친구들은 멀찌감치에서 거리감을 두었어요.

교회에 가면 하느님의 은총이 천정에서 별처럼 쏟아져 내리는 것 같았어요. 맘도 평안해 집니다. 예배를 마치고 컴컴한 집으로 돌아왔습니다.

"할머님, 프란치스코 교황님이 대전에 오신다지요?"

영란이는 흩어진 옷매무새를 옥쥐며 부푼 마음으로 말했습니다. 주인 집 정원의 감나무에 앉은 까막까치도 듣고는 "깍깍" 좋아합니다.

온통 나라가 들뜬 기분이었어요. 까치는 집에 손님이 오는 것을

미리 짐작한다죠? 영리한 날짐승이네요.

"교황님은 우리 손녀에게 사랑을 듬뿍 쏟아 붓고 가실 게다."

"아이 좋아라. 대전에 오시면 뛰어나가 반겨 맞이하겠어요."

"그러자꾸나."

영란이는 교황님의 손등에 입을 맞추고 싶었어요. 병을 낫게 해 줄 것이라고 믿었습니다. 자글자글한 할머니의 주름살에 미소가 번집니다.

그러나 어쩔 수 없는 사정으로 교황님을 뵙지 못해서 맘이 찡했습니다. 걸맞지 않는 계절의 소소리바람 탓이었겠죠? 학교에 못 나가는 것이 가슴 아픕니다. 영란이는 오늘도 병원에 다녀왔습니다. 그러나 병원비가 모자라 입원을 못하고 집에 있게 됐어요. 변동 수녀원의 하정은 수녀님께서 위문차 집으로 들르셨습니다.

"딸랑딸랑 강아지랑 놀아라."

수녀님은 강아지 인형을 주시고는 총총히 돌아가셨습니다. 강아지가 수녀님의 뒤를 따라가려고 발버둥 치는 것 같았어요. 학교에서는 성금 모으기를 한다고 힘을 내라는 선생님의 말씀을 흘려들었습니다. 영란이는 웅변처럼 외쳤어요. 혼자만의 방이었으니까요.

"친구들아, 영란의 희망은 의사란다. 백혈병 친구들의 등대불이 되어 줄란다. 힘내자. 파이팅!"

큰 거울에 비쳐 본 자신의 모습이 선녀처럼 얼비쳐 보였어요. 그러나, 가는 바람이 불어도 쓰러질 듯 나약해 보여서 자신이 가여웠어요.

저녁 나절 할머니가 닭발과 떡볶이를 사 오셔서 다람쥐처럼 굴리면서 먹습니다.

"우리 귀여운 강아지가 응애응애 울던 때가 엊그제였는데 많이 컸구려."

할머니는 손녀를 옴싹 안으면서 단 잠을 청해 주셨습니다. 목에 방울을 매단 인형 강아지도 동침을 합니다.

"자장, 자장."

할머니는 토닥여 주십니다. 영란이는 스르륵 눈을 감고 꿈나라로 빠져들었습니다. 행복한 찰나였지요. 할머님은 이튿날 "오늘은 쉬어야겠다." 하시면서 시장에 나가시지 않았어요.

태평동 고모님이 오셨어요. "고모님, 심심해요. 유등천에 가고 싶어요." 착한 고모님은 영란이 어머님의 몫이었어요. 풍선을 날리며 뛰노는 친구들이 부러웠어요. 빠알간 쪽다리로 아장아장 걸으며 먹이를 쪼아 먹는 비둘기가 몹시 자랑스러운지…….

"고모, 비둘기와 친구가 되고 싶어요."

들고 온 새우깡을 던져 주니 우루루 모여서 뺐고 빼앗기고 했지요. 고놈들 귀엽기도 했어요.

집에 오니, 할머님께서는 모임에 가셨다가 일찍 들어 오셨습니다. 할머니께서 사 오신 떡볶이와 닭발을 오물오물 먹었어요. 닭발은 백혈병에 좋다고 늘 사오십니다.

고모의 손을 꼬옥 잡으면서, 지난번 무균실에서 입원했던 일과 우리나라 혈액암협회에서 보낸 약과 가발 얘기를 나눴답니다. 고모님이 가까이 살고 계셔서 소녀는 든든했습니다.

"코피는 멈췄지?"

"예, 요즘은 안 나요. 하느님께 기도드리고, 약을 잘 챙겨 먹었으니까요."

영란은 앵무새처럼 종알거렸습니다. 유등천가 억새풀 사이로 실바람이 일어나니 흐르는 물결도 춤을 춥니다. 괴로운 항암치료 때문에 머리카락이 얼기설기한 영란이는 동화속의 「빠알간 머리 앤」처럼 붉은 모자 쓰는 버릇이 익숙해졌어요.

"외출 때는 마스크는 잊지 말아라. 감기에 걸리면 안 된다."

귀가 따가울 정도로 고모님은 당부하셨습니다.

영란이가 앓고 있는 지가 일 년이 다 되었습니다. 국수가닥 같은 실눈이 사락사락 내리는 날이었어요. 추워서 옷을 단단히 입고 영란은 할머니를 재촉하여 나들이 하고 싶었어요. 집에 박혀있는 것이 숨이 막힐 것 같았으니까요. 두툼한 덧옷을 걸쳤습니다. 고샅을 지나는 데 대동빌라 앞쪽에 휠체어가 멈추더니 깔끔한 여학생이 어른의 부축을 받으며 힘겹게 내리는 것이 아니겠어요?

영란은 할머니의 허락도 받지 않고 휠체어의 옆쪽을 손 내밀어 잡았습니다.

"언니, 어디 불편하세요?"

"고맙다, 고마워! 그런데 넌 누구냐?"

학생은 얼굴이 빨간해지면서 손을 저었습니다. 아무렇지도 않다는 표정이었어요. 여학생은 괴로운 표정을 지었습니다. 그러더니 골목의 꼬패집으로 오르면서 흔드는 하얀 손을 내리지 않습니다.

영란이도 아쉬운 듯 고개를 떨구었습니다. 옆에서 이를 지켜보시던 할머님께서는 흐트러진 치맛단을 추스르시면서 "우리 영란이는 하늘의 천사야, 천사!" 칭찬해 주셨어요.

그 해의 끝자락, 12월에는 변동 만두레로부터 쌀과 연탄을 받았답니다. 고마운 사람들도 많지요. 우리나라 혈액암협회의 도움이 없었다면 영란이는 어려움에 빠졌을지도 몰라요.

"혈소판이 감소하고 있어요. 골수이식은 기회가 올 것입니다."

할머니와 의사선생님과의 소곤거리는 밝은 얘기를 들었어요. 지금까지도 영란이 자신은 무엇이 뭣인지 알 수 없었습니다. 영란이는 집에 돌아와서 할머님 모르게 펑펑 울었습니다.

새 봄의 햇살과 함께 영란이가 4학년이 되는 해입니다. 학교는 제때에 못 다녔습니다. 만물이 쏘옥 여린 얼굴을 내밀어요.

"영란아 가자. 성당에 가자."

문 바깥에서 행숙이가 불렀습니다. 영란이는 나비날개 같은 봄옷으로 갈아 입고 와서는 학교생활에 대해서 알려 주었답니다. 성당 가는 것은 서로의 약속이었습니다. 성모 마리아님은 병든 자를 자비롭게 맞이하여 주십니다. 교회만 나가다가 오랜만에 성당의 미사에 참여했어요. 빨리 병이 낫게 해달라고 영란이는 기도했습니다. 성채는 마다했어요. 영란이의 집에 친구들은 놀러오지 않아요. 백혈병이 옮길까봐서 서로가 멀리합니다. 이럴 때에 복슬강아지라도 옆에 있었으면 위로가 돼 줄 텐데….

집에 돌아와서입니다. 영란이는 할머니의 옷깃을 잡았습니다.

"할머님, 꽃 속에서 벌나비와 숨바꼭질 하고 싶단 말이예요."

백혈병 천사

새봄의 양지바른 햇살이 방실거리며 손짓을 합니다.
"부엌에 가서 허드렛일을 해야겠구나. 그렇게 하마."
할머님은 승락을 해주셨습니다. 할머니는 영란이에게 손닦기를 권하셨습니다. 투병에 짜증이 꽉 박힌 소녀는 두루두루 요구하는 일이 많아진 걸까요?
"찬기가 가시지 않아 조심해야 하느니라."
영란이에게 간곡한 주의를 주십니다.
'내일은 고마운 분들께 감사의 편지를 써야겠다.'
영란이는 맘을 정리합니다. 새 학기가 되었으니 영란이는 마음의 안정을 찾지 못했어요. 지루한 하루 생활, 까만 어둠이 내리자 반짝반짝 별이 빛납니다. 그 속에서 부모님이 해맑은 미소를 선사하는 것 같아요.

"멀리서 반짝이는 별님과 같이
의좋게 사귀고서 놀아봤으면
높 푸른 나라, 별님의 나라
그곳에 나도 가서 살아 봤으면."

영란은 마당가에서 흐르는 별을 보며 동요를 불렀습니다. 먼 하늘나라에는 행복이 가득할 것만 같았으니까요.
이튿날에는 이런 생각을 했습니다.
'입 벌려 웃는 모습의 나팔꽃을 창틀에 심으면 어떨까? 나팔꽃과 벗이 되는 것이야.'

할머님께 말씀 드려 씨앗을 얻어 화분에 심었습니다. 할머니랑 흙을 만지니 기분이 쏠쏠했지 뭡니까? 빨강, 자주색의 곱디고운 나팔꽃이 창틀에 피어 영란이를 위로하겠지요?

'체, 사람만 친구인가? 여러 만물이 인간에게 친구가 될 수 있겠지?'

할머니 손잡고 유등천으로 갔어요. 단비가 내린 끝이라 보송보송한 풀잎들이 얼굴을 뽐냅니다. 행운의 네잎클로버는……?

자전거 길을 쌩쌩 달리는 아저씨, 팔 벌려 힘 있게 내딛는 어머님들, 발발이도 힘이 캥겨 쪼르르 잔 발을 굴립니다. 푸드덕푸드덕 새들도 날갯짓을 합니다.

"할머니, 하얗게 깔려 있는 꽃 이름은 뭐예요?"

"개망초라고 한단다. 밤에는 소금처럼 하얗게 빛이 나지……. 흐드러지게 피었구나."

할머니는 손바닥을 꽃위로 빙빙 돌리면서 코끝을 댔습니다. 백합꽃 향기는 없을 것 같습니다.

"영란아, 꿈을 주는 희망이라는 책자가 올 때가 되었을 텐데…."

할머니는 궁시렁거리면서 걸음을 재촉하셨습니다. 저녁에 시장 사람들과 만날 일이 있다나 봐요. 돌아오시는 길에 닭발을 또 사오셨습니다.

"영란아, 일주일 뒤에는 병원에 다시 입원해야 한다. 항암치료도 받아야 되고 잘 견뎌야 하느니라."

할머니는 간곡히 말씀하셨습니다. 항암치료를 받을 때에는 고통이 많지만 이겨낼 자신이 있으니까요.

오랜만에 영란이는 기차 타고 멋진 나들이를 합니다. 하이얀 날개 젖혀 새봄을 수놓던 벚꽃이 졌어요. 엊그제는 단비도 내렸답니다.

"보드라운 얼굴을 뽐내던 벚꽃이 자취를 감추니 연산홍이 길가에 지천이구나."

할머니는 기차의 차창 쪽으로 눈길을 주셨습니다. 스치는 전봇대가 뒤로 나자빠지는 것 같습니다.

기차는 옥천을 지나서 영동역에 도착했습니다. 큰 길가의 가로수는 몽땅 감나무이에요. 가을이면 홍시가 대롱대롱….

영란이는 할머님을 졸라서 막내 이모 할머님댁에 가는 길입니다.

"영동은 포도와 곶감의 고장이란다."

"홍시 파 먹고, 까치가 살기 좋겠어요?"

기차 안에서는 행복이 가득했습니다. 영동의 물 맑은 이모할머님 댁에 도착했어요. 머리가 희끗희끗하신 내외분은 할머니와 영란이를 반겨 맞이해 주었어요. 너른 들판에 과일 나무가 빼곡했습니다.

"예쁜 영란이 왔구나."

이모할머님 내외분은 반겨 맞이해 주셨습니다. 멍멍개는 꼬리를 흔들어 주었지요.

"영란아, 아픈 것은 좀 어떠냐? 요즈음 의술이 좋아서 못 고치는 병이 어디 있다냐?"

내외분께서는 위로를 해 주셨습니다.

편안한 하룻밤을 보내고 과수원길 들판으로 나왔어요.

"알프스의 소녀 하이디처럼 산속에 살고 싶어요. 양떼도 몰며 들꽃을 친구 삼아 뛰놀고 싶어요."

과수원길 노래를 불러 봅니다.

이모할머니 댁의 아랫녘에는 맑은 시냇물이 무리져 흐릅니다. 논두렁 밭두렁에는 개구리들이 놀아요.

"어머, 종이배를 만들어 타고 무지갯빛 나라로 흘러가고 싶어요."

영란이는 이모할머니 댁 봉석 오빠를 향하여 소리쳤습니다. 콩밭에서 콩새가 쪼르르 날아갑니다.

"난 말이야, 통나무배를 만들어서 너랑 함께 태평양으로 가고 싶단다."

봉석 오빠는 백마 탄 왕자님처럼 말했습니다. 조약돌로 돌팔매질하며 영란이는 물오리처럼 물장구를 치면서 손바닥을 짝짝거렸어요. 들판의 야생화에 흠뻑 젖어 시름을 잊었습니다.

"애야, 감기 걸릴라? 빨리 두터운 옷을 입자꾸나."

이모할머니는 두툼한 옷을 챙겨 주셨습니다. 봉석오빠는 네잎클로버를 따다가 영란이의 머릿결에 꽂아 주어서 행운이 올 것만 같았습니다.

울안에 토끼와 염소, 마당에는 닭들이 모이를 쪼고, 영란이에게 시골은 신비의 세계였습니다.

봉석 오빠는 반두를 곳간에서 꺼내 왔어요. 개울로 또 갔습니다. 잡힌 어린 물고기는 모두 물속으로 되돌려 보냈지요. 서산에 넘어가는 붉은 해를 잡아서 가슴에 안고 싶은 영란이의 마음이었습니다.

"하늬 바람이 옷깃을 파고드는구나."

"오빠, 하늬 바람이 뭐야?"

"저녁에 부는 서풍이란다. 그 바람을 먹고 과일들이 알알이 영근단다."

봉석오빠는 영란이의 손등을 다정히 잡아 손수건으로 닦아 주었어요.

집에 오니 두 할머님들은 빈대떡을 부치고 계셨습니다.

"빈대떡 부쳤다. 많이 먹고 빨리 나아라."

이모할머님께서는 요리 솜씨가 좋다고 우리 할머님을 칭찬해 주셨습니다. 과수원 중심부에 자리 잡고 있는 집의 들마루에 앉아서 빈대떡을 들며

'나는 아낌없이 주는 나무가 될 테야!'

다짐을 해보는 영란이었습니다.

3일 동안 복숭아도 실컷 먹고 잘 놀다 대전으로 돌아왔습니다. 병의 증세는 나날이 좋아지는 것 같았어요.

"할머니, 집에 가면 '행복 나눔 모임'에 후원금을 보낼 날짜예요."

"응, 그렇구나."

영란이네는 백혈병 환자를 돕는 '희망'의 성금 계좌에 매달 5천원씩 보냅니다. 자동이체 계좌를 정한 것이지요. 도움만 받을 것이 아니라, 베풀 줄도 알아야 한다는 깊은 생각이랍니다. 영동이모할머님 댁에서 돌아온 뒤부터는 마음이 상쾌했어요.

그뒤 열흘 동안 병원생활을 끝맺고 퇴원했습니다.

"할머니."

"왜, 그러느냐?"

"꼭 가고 싶은 곳이 있어요."

할머니는 움푹 파인 눈을 치켜뜨시며 영란이의 얼굴빛을 살폈습니다. 영란이는 할머니의 옴팡진 가슴에 하얀 얼굴을 비볐습니다. 낡은 창문 바깥에 서 있는 벽오동의 넓은 잎새 사이로 노란 하현달이 빼꼼 보였어요.

"생뚱맞게 또 어디 가고 싶다냐?"

하늘나라에 가고 싶단 말을 차마 할 수가 없었어요. 영란이는 아버지가 계신 하늘나라 생각이 났던 거예요.

"멀리서 반짝이는 별님과 같이
의좋게 사귀고서 놀아봤으면
높 푸른 나라, 별님의 나라
그곳에 나도 가서 살아 봤으면."

영란이는 창문 앞으로 다가섰습니다. 맘이 울적할 때 부르는 동요이지요. 아기별이 어둠을 뚫고 내려와 영란이의 야윈 귓볼을 간지럽혀 줍니다. 그런 뒤에 천사님의 꽃등에 타고 아기별은 사라졌습니다. 참으로 신기한 일이겠죠.

"닭발이 보드랍다. 먹자꾸나."

할머님은 예나 제나 지성껏 닭발을 권했습니다. 그 바람에 얼굴의 살빛은 보송보송 찌었지 뭡니까?

어저께는 병원에 다녀왔습니다. 보름분의 약을 타 갖고 왔지요.

약 먹기가 지겹지만 마음을 바꿨더니 쓴맛이 가셔집니다. 유등천에는 사람이 붐빕니다. 다리 위를 스치는 자동차와 가로등의 불빛은 시냇물 속에 빠져서 너울져 팔랑거립니다. 무덥던 여름이 가고, 가을이에요.

초가을 장마가 지려는지 숲속에 숨었던 늦개구리들이 밤이 되니 합창대회를 엽니다. 미물들도 행복해 보입니다.

"개굴개굴……."

나뭇가지도 흔들흔들 무대에 선 지휘자 같다니까요.

"할머님, 전 개구리 울음 소리가 좋아요. 박자 맞춰 노래를 불러요."

"나도 듣기 좋구나."

"저도 그 속에 끼어 노래를 부르고 싶어요. 냇물에서 부는 바람 시원한 바람……."

영란이는 흥얼거립니다. 숲속의 풀벌레들이 목소리를 돋웁니다.

"내 주를 가까이 하게 함은, 십자가 짐 같은 고생이나, 내 일생 소원은 늘 찬송하면서 주께 더 나가기 원합니다."

할머님은 위의 찬송가를 하루에도 몇 번씩이나 부르시는지 모르겠어요. 잠들기 전에 기도를 드릴 때에도 "저의 일 점 피붙이, 손녀를 꼭 낫게 해주십시오." 기도를 마치시고, 장님과 앉은뱅이를 낫게 했다는 예수님 얘기를 들려 주셨어요. 할머니는 영란이의 아픔을 하느님께 의지했어요. 깊어가는 가을입니다.

방 안에 오래 있기가 지루하여 방문을 열었습니다. 주인 집 앞마당의 감나무 잎사귀에 숨어 있던 해님이 햇살을 퍼 부으면서 "건강

좋아졌니?" 인사 해 주었어요. 포롱포롱한 어린 참새도 나뭇가지를 흔들며 안부 인사합니다.

　병원에는 정해진 날짜에 맞춰 갑니다. 골수이식은 엄두도 못 내고 있었죠. 조건이 맞는 사람을 구하기 어렵다나요? 돈도 많이 들고요. 살짝 들었답니다.

　"영란 아가씨, 스트레스 받으면 안돼요."
　의사 선생님의 말씀으로 어두운 맘을 달래 봅니다.

　오랜만에 태평동 고모님이 오셨습니다.
　"고모, 짜장면이 먹고 싶어요."
　꼬로록거리던 뱃속이 짜장면을 먹어서 멈췄어요. 고모님은 집안 정리도 말끔히 해 주셨습니다.
　"고모, 고모, 혼자서 답답해 죽겠어요. 살려주세요."
　고모는 영란의 성화에 못 이겨 외출을 승락했습니다. 전쟁터에 나가는 군인처럼 완전무장을 했지요. 완연한 가을입니다.
　냇가에 억새풀이 하얀 대공을 나풀거립니다. 좌향좌, 우향우 군대식 열병을 하며 병든 소녀를 반겨 맞아 줍니다.
　고모님께서도 애가 타시는 걸까요?
　"영란아, 찬바람에 춥지 않니?"
　"괜찮아요. 백혈병과 싸워 이기려면 체력 단련을 해야겠죠."
　영란이는 제법 큰 소릴 쳤어요. 산책 나온 사람들은 모두가 행복해 보였습니다. 영란이 자신만 불행한 것 같지만 어찌합니까?
　넘실대는 잔물결에 청둥오리가 곤두박질하여 먹이를 쫍니다. 날

짐승들은 추위도 타지 않는가 봅니다. 고모님과 무작정 앞을 향하여 걸었어요. 영란이는 걷는 것 자체가 행복하다고 느꼈습니다.

"고모님, 장기 기증이 뭐예요? 할아버지들이 놀이판 벌이다가 장기판 내던지며 싸우시는 건가요?"

"그게 아니다. 사람이 숨은 멈추어도 몸속의 오장육부는 살아 있을 수 있단다. 그때 얼른 떼어 병든 사람에게 이식하여 목숨을 구해 주는 거란다."

"아이 좋아라, 아이 좋아! 나도 죽으면 몸의 구석구석을 떼어서 주면 좋겠다. 아낌없이 주는 나무처럼……."

미더운 영란이의 천사 같은 마음이겠죠. 스님처럼 까까머리에 눌러쓴 영란이의 빨간모자는 장난꾸러기 바람이 앗아가려 합니다.

'그렇다. 장기기증을 하는 것이야! 내 생명은 영원히 꺼지지 않을 것이야.'

혼자 되뇌어 봅니다.

겨울이 왔어요.

하늘을 덮은 잿빛 구름이 쫙 깔렸습니다. 날씨가 누그러지는가 싶더니 이내 눈발이 하늘에서 가느다란 춤을 춥니다. 눈이 내릴 때는 예쁘죠? 영란이의 병세는 나날이 좋아졌어요. 밥맛도 좋아졌으니까요. 대전 변동에는 수녀님들의 숙소가 있습니다. 두 사람씩 짝을 지어 오가는 모습을 보았어요. 오늘도 저만치 앞에서 오고 있었습니다. 깔끔한 제복을 차려 입었는데 마치 남극지방에 펭귄처럼 보였어요.

"수녀님들, 안녕하세요?"
얼떨결에 영란이는 인삿말을 건넸답니다. 눈이 마주쳤지요.
"안녕, 인사해줘서 고맙다. 이 근방에 사니?"
"네."
"학생, 예쁘게 생겼구나."
"그래요, 아이 좋아라."
예쁘다는 수녀님의 말에 영란이는 폴짝폴짝 뛰고 싶었습니다. 대전 성모 병원에서 입원했을 때 수녀님의 사랑을 받았기에 길에서 만나면
"안녕하세요?" 꼭 인사를 합니다.
수녀가 되는 것이 영란이의 고운 꿈이랍니다. 주위에서 들은 가난한 자들의 친구이신 '테레사' 수녀님이 문득 떠올라 감격스럽습니다. 영란이는 꼭 꿈을 이룰 수 있겠죠?
영란이는 텔레비전 보는 것을 좋아하지 않아요. 그래서 '나의 라임 오렌지 나무'를 낮동안 손에서 놓지 않았어요. 주인공 제제의 누나 글로리아가 좋았습니다. 어머니를 대신하여 집안일을 돌보고 동생인 제제를 사랑하며 감싸주기 때문입니다.
"책을 읽으면 재미도 있으며 지식과 교양을 얻을 수 있단다."
주위에서의 칭찬이 고마웠습니다.
'책 든 손 예쁜 손 — 책 속에 길이 있다'는 글귀가 떠올랐지요.
엊그제까지 누루수룸함을 지탱하던 플라타너스의 잔가지 마다 계절의 화살에는 맥을 못 추나 봅니다. 탱글탱글 못난 얼굴을 보이던 모과 열매도 간 곳이 없어요. 영란이는 창살에 비친 하늘을 오랫

동안 쳐다봅니다.

그러다가 방에 들어와 꼬박 잠이 들었지 뭐예요? 그토록 보고 싶던 아버지를 꿈결에서 뵈었어요. 반갑다 못해 섬짓했답니다. 할머님은 시장에 나가셨어요. 바람이 세차게 불어대는 한낮입니다. 영란이는 혼자서 소로록 단잠이 들었을 때이지요.

"영란아, 영란아, 잘 있었느냐?"

"예, 예, 아버님, 안녕하셨어요?"

꿈결에서 하늘나라로 가신 아버지가 집에 들르셨던 거예요. 문 밖에서 영란이를 살며시 부르는 게 아니겠어요?

"영란아, 할머니는 잘 계시느냐? 집에서 살기가 어려우면 아버지랑 하늘나라로 가자꾸나."

아버지는 방으로 들어오시지 않고 밖에서만 말씀 하셨습니다. 이번에는 쩌렁쩌렁한 음성입니다.

"하늘나라로요?"

"하늘나라는 몹쓸 병도 없고, 낙원이란 말이야."

"아버지, 아버지를 사랑하지만 그것은 안돼요. 할머니는 누구하고 살고요?"

"가자, 가자. 하늘나라로 가자꾸나. 할머님도 모시고 오순도순 살고 싶단다."

그러시고는 아버지의 목소리는 들리지 않았습니다. 방문이 덜커덩, 유령이 나올 것만 같았습니다. 섬짓하여 이불을 뒤집어썼습니다.

"할머님은 누구와 살아요? 안 돼요! 안 된단 말이에요."

이불을 박차고 일어서며 소리쳤어요. 꿈이었지요. 아버지의 목소리는 더 이상 들리지 않았습니다. 찬바람에 창문이 덜컹거립니다. 무시무시했어요. 채소 장사를 마치고 오신 할머님께 꿈 얘기를 들려 드렸지요. 할머님은 놀래시면서 낯빛이 파란해지셨어요.

"그래, 간다고 했냐? 안 간다고 했냐?"

"안 간다고 했지요."

"잘 했다. 잘 했어! 이젠 병이 나을 거야. 애비가 네 병을 하늘나라로 갖고 가셨어."

할머님은 영란이를 껴안아 주셨습니다.

아버지를 꿈속에서 뵈온 뒤부터 신기할 만치 영란이는 몸이 좋아졌답니다. 밤에 열도 덜 나고, 줄줄이 흐르던 코피도 멈췄으며 머리카락도 송송 났습니다. 기적이지요. 하느님의 은총이 아닐까요? 아니야, 아버님의 덕이겠지? 밥도 잘 먹고 살이 올랐답니다. 기적이예요. 기적!

영란이는 정상인으로 돌아가고 있었습니다. 새봄이 되면서 학교에는 나가게 되었습니다. 집에서 틈틈이 자학자습했기 때문에 3학년 때의 반 친구들과 같은 학년이 됐어요.

맑은 하늘을 쳐다봤어요. 두둥실 구름 한 점이 흘러갑니다.

"기적이지요…. 기적이예요."

주위에서 모두가 칭찬을 해주셨습니다. 주인집 앞뜨락의 감나무에 앉은 참새들이

"짹짹짹……. 영란 천사님 만세, 영란이 천사님 만세!"

축하를 해 주었습니다.

"아버지가 딸의 백혈병을 갖고 갔지. 맞아 맞아."

오지랖 넓은 아줌마들은 쑥덕거렸습니다.

"영란이는 천사야, 천사…."

마음씨 착한 영란이는 말끔히 병이 나아 학교에 잘 다니고 있답니다. 우리 몸의 인체에도 기적이 있나 봅니다.

2015. 4

도화담(桃花潭) 연가

　　　　　　　●
　　　　　　　●
　　　　　　　●

　노총각 김병억 선생이 충남 보령시 미산면 옛 탄광촌 학교에서 근무할 때의 추억담이다. 육칠십 년대의 보령탄광은 대성황이었다. 광부를 꺼먹돼지라고 불렀다. 그러나, 그들은 분명히 목숨을 담보로 한 산업역군이었다.
　"네 집 꺼먹돼지 나갔니?"
　객지에서 모여들은 잡배 아녀자들은 어디를 가는지 출타준비에 분(粉)세수를 했다는 탄광촌 마을에서의 이야기다.
　상서(祥瑞)로운 꿈이야! 눈을 뜨고 생각하니 간밤의 꿈결이 길조만 같다. '백조 한 마리가 내 손등 위에 앉아서 날아갈 줄을 몰랐으니…. 제출된 논문의 1등급 통지라도 오려나?' 김병억 선생은 자취방에서 잠을 뒤척이다가, 밥 한술 떠먹고 일찍 출근을 했다. 교무실에서 월말 출석부를 정리하고 있는데 출입문이 열렸다.
　"안녕하세요? 유치원 강사로 온 오수진이예요."
　어젯밤 꿈속의 백로 한 마리가 번쩍 나타난 것 같았다.

김 선생은 벌떡 일어나 의자를 권하였다.

"반가워요. 교사 김병억입니다."

그녀는 어쩔 줄 몰라 하며 권해준 자리에 앉았다. 최미숙 선생의 분만 대체 강사로 온 사람이다.

"교감 선생님 오시면 직원 인사 나누고, 교내를 안내하여 드릴 겁니다."

"예, 잘 알았어요. 참 학교가 아름다워요."

김 선생은 넋 나간 사람처럼 그녀를 훔쳐보며 말했다.

"아름답고 낭만적인 곳이지요. 햇살에 반짝이는 바닷물과, 갯마을의 진풍경을 맛볼 수 있을 것입니다."

오수진 강사는 부임 인사를 한 후, 저녁나절쯤 관사에서 기거할 자취 도구를 실어 왔다. 김 선생은 마음이 요동치기 시작했다. 퇴근 후 책을 읽는데도 책장에 예쁜 오선생의 얼굴이 방해를 놓아 글씨가 흔들리었다. 최진실 같은 얼굴이며 몸맵시, 상냥한 태도, 황홀경에 빠져 몸 둘 바를 모르겠다.

'장년(壯年) 30세, 내년엔 장가를 들어야지. 색시도 가슴에 품어 보고 싶다. 지긋지긋한 노총각 소린 듣지 말아야 할 텐데….'

맘속으로 중얼거리다가 현관 밖으로 나갔다. 오늘 입주한 오선생의 침실에서 빠알간 불빛이 전조등처럼 발산하고 있다.

'밤중에 애인 놈이 몰래 와서 몸을 더듬는 것은 아닐까?'

걱정이 앞섰다.

'아서라, 미남도 아닌 시골 초등학교 접장 주제에 미녀한테 군침을 삼킨들 무슨 소용 있으랴!'

정신 일도하면서 잠을 청해본다.

'떡 줄 놈은 생각도 않는데, 내가 미친놈이지.'

캬 소줏잔을 비웠다.

이튿날, 학교 관사에 사는 4명의 교사들이 오수진 강사에게 저녁을 대접하기로 했다. 맛자랑으로 신문에까지 난 조양식당에서 굴밥을 먹었다.

"굴밥이 정말 맛있네요."

오 선생은 감사의 말을 잊지 않았다.

'오 선생의 마음을 붙잡아 매야지!'

김병억 선생은 선심을 쓰기로 했다. 떡 줄 놈은 생각도 않는데…….

"오늘 노래방은 소생이 안내하겠슈."

장난으로 '슈' 발음을 길게 내서 일행을 웃겼다.

"총각이 처녀 꾀이려고 그러는구나."

농담 잘 하는 구자문 선생이 갈겼다.

"제가 부임했을 때는 쳐다보지도 않았지요?"

노처녀인 김광희 영양사도 한마디 던졌다. 밤 12시까지 진탕 노래를 했다. 오 선생의 노래 솜씨도 보통이 아니었다. 오 선생이 노래를 할 때마다 "아싸, 좋아!" 김 선생은 박수를 치며 호감을 사려고 애썼다. 장구 치고, 북 쳤다.

그날 이후부터 오 선생은 김병억 선생과 교감(交感)이 통하는 인사를 나눴고, 김 선생 반 5학년 여학생을 데려다가 과자를 사주며 유치원생들 놀이 감 정리를 시키는 등 인간적으로 가까워졌다. 그럭

저럭 보름을 같이 지내는 동안 사내 녀석들한테 전화가 안 오는 걸 보면 애인이 없는 게 분명한 것 같다.

"김 선생, 요새 너무 멋쟁이야!"

선배인 김종천 선생이 웃었다.

"예, 노총각 좀 봐주슈."

넉살 좋은 김 선생의 응답에 교감이 펜대를 돌리다가 돋보기 너머로 양쪽의 눈치를 살핀다. 교무실이 경찰서 수사계 취조실 같은 기분이다.

김 선생은 애들을 하교 시킨 후 문을 모두 닫았다. 교실 벽의 거울 앞에 섰다. 얼굴을 요리조리 비쳐 봐도 돋보이는 곳은 한곳도 없는 것 같다. 검으티티한 안색(顏色)에, 소견머리 없이 좁은 이마, 떡 줄 놈은 생각도 않는데 김칫국 먼저 들이 마시고, 쓸데없는 속앓이를 하는 것 같다. 두 주먹을 불끈 쥐었다. 용기 있는 자가 미인을 얻는다고 했지 않은가.

'천재일우(千載一遇)의 기회를 놓칠 순 없다.'

결심한 김 선생은 더욱 오 선생의 일거수일투족(一擧手一投足)을 관심 있게 보았다. 일찍 출근해서 직원들의 책상을 닦고, 커피까지 끓여서 대령하는 그녀의 성실과 근면, 봉사정신에는 놀라지 않을 수 없었다. 직장의 꽃이었다. 그럭저럭하는 사이에 두 달이 훌쩍 지나게 되었다. 김 선생은 교실 창 너머 안면도 근해의 바닷가를 보며, 담배 한 모금을 빨았다. 가을의 햇살에 파도가 부서진다.

'내일이면 오 선생이 최 선생의 분만대체 강사로서 만기가 된다. 떠나면 그만, 조용히 만나서 사나이답게 사랑을 호소해 볼까! 세계

2차대전때 이탈리아의 총통이었던 무솔리니는 길을 걷다가 마음에 드는 여인을 보고 놓칠세라, 그 즉시 집까지 뒤쫓아 가서 구혼하여 성공했다지? 집으로 직접 쳐들어가는 거다.' 고교시절 은사님한테 들은 얘기다.

순간 김병억 선생은 비장한 각오를 했다. 오 선생의 집 주소와 전화번호는 쉽게 알 수 있었다. 그녀가 떠난 1주일 후 일요일. 충남 연기군 방축리에 도착하여 그녀의 집을 찾았다. 프라이드 승용차에 고기 몇 근과 술병이 실려져 있는 것은 물론이다. 부친 상견 예정이다. 마당이 넓고, 고추가 널려져 있다. 집은 한옥 기와집인데 은은하게 고풍(古風)이 풍겼다.

"계십니까?"

용기를 내서 사람을 찾았다. 삽살개가 '깨갱깨갱' 짖어 댄다. 한 대 갈겨주고 싶다.

"어디서 오셨습니까?"

화단을 손질하던 어른의 목소리가 퉁겨나왔다. 듣던 목소리다. 그리고 얼굴을 내밀었다.

"아니 오달수 선생님이?"

김병억 선생은 놀라서 어쩔 줄을 몰라 한다. 2차대전 때의 이탈리아의 독재자 '무솔리니'의 용기를 넣어 주셨던 고등학교 때의 오달수 담임선생님 댁이 아닌가? 옛 은사도 제자의 갑작스런 방문을 받은 지라 어안이 벙벙하다.

"김군, 웬일인가? 날 찾아 주다니, 들어감세, 원 이렇게 고마울 수가……."

옛 은사님은 우렁각시 같은 남의 속도 모르고 반겨 맞이해 주셨다. 이렇게 얼키고설키게 되어 둘은 결혼하게 되었다. 제자를 미쁘게 보고, 용기를 높이 평가하여서 은사님이 다리를 놔 주셨다. 불가(佛家)에서 말하는 인과응보라고 할까?

김 선생은 성공했다. 운도 따랐다. 노총각 신세를 면하게 된 것이다. 어쩌면 오수진 강사가 옛 은사님의 외동딸일 줄이야…….

"허허, 내 집안은 교육자 가족이야."

둘의 결혼식 날, 오달수 선생님은 하늘을 보고 웃었다.

1995. 4

동고비의 노래

.
.
.

　흰 들국화 송이가 가을 햇살을 배불리 먹고 함초롬히 피어올랐습니다. 외로운 동고비 한 마리가 탑정 호반에서 물어물어 친구들 운동회 구경 온 것 같습니다. 다복솔 위에 고독한 동고비가 날라다 준 목화송이처럼 보입니다.

　와자지껄 운동장이 떠나갈 것만 같던 가을 운동회를 마치고 나라의 새싹들은 엄마 손 잡고 집으로 돌아간 늦은 오후.
　김귀한 선생님은 허전한 마음으로 2층 5학년 2반 교실에서 텅 빈 운동장으로 눈길을 돌렸어요. 운동장 한 켠 남서쪽의 시커먼 쓰레기 더미 위에, 앞에서 말한 하얀 물체가 뚜렷이 눈에 와 닿았어요. 운동회 끝이라 산더미 같은 쓰레기를 태우고서 물을 부어 불길을 잠재웠는데 무엇일까?
　김귀한 선생님은 해가 어둑어둑하여 퇴근길에 쓰레기더미 옆을 지나치다 보니, 상표가 그대로 붙어 있는 백목련 같은 블라우스 한

벌과 분홍색 운동화가 나동그라져 있는 게 아니겠어요?

선생님은 호기심으로 만지작거려 보니 손끝에 와 닿는 감촉이 매끄러웠습니다.

'어여쁜 옷을 왜 버렸을까?'

백일된 아기 볼처럼 희뿌옇고 보드러웠어요. 그런데, 분홍색 운동화는 분명히 새것인데도 칼로 찢겨진 자국이 나 있었어요. 동화책에 나오는 백설공주가 신었으면 더욱 예뻐 보일 것만 같았습니다. 가여웠어요. 예쁜 운동화 한 켤레가 좍좍 눈물을 흘리고 있었으니까요.

'그 누가 새 옷, 새 신을 잔인하게 내동댕이쳤을까? 틀림없이 말 못할 사연이 숨겨져 있을 것이야!'

김귀한 선생님은 어둔밤에 찬 이슬을 맞을까 염려되어 예쁜 옷을 개어 들고, 학교로 되돌아가 잃어버린 물건을 모아두는 자리(분실물상자)에 정성껏 포개 놓았어요. 집으로 향하는 마음이 땡감을 씹은 것처럼 영 개운치 못한 비단결 같은 선생님의 심정이었어요.

'우리반 민숙이한테 입혔으면 좋겠다. 키가 크니 안성맞춤일 거야! 임자가 안 나오면 입혀야지.'

민숙 학생은 치매에 걸려 고생하는 할머니와 남동생과 셋이서 사는 보호대상 가구였으니까요.

운동회가 끝난 며칠이 지났지만 하얀 블라우스는 임자가 찾아가지 않아서 분실물 상자 속에 질식할 것만 같아 엉엉 울고 있는 것처럼 보였습니다. 동고비 한 마리가 날개 꺾이어 병실에 누워 있는 걸까요? 분실물 상자에는 실내화, 우산, 점퍼 등이 주인을 기다리고 있었어요. 김귀한 선생님은 학생들이 교실에 한 사람도 없을 때에, 옷을 갖다가 교실의 서랍 속에 소중히 간직해 두었지요. 착한 민숙이 입히려고요.

민숙이는 공부가 끝나면 곧장 집으로 갑니다. 그 흔한 학교에서의 특기 적성반과 학원에도 갈 형편이 못 되었지요. 할머니와 동생을 돌봐야 하기 때문입니다. 선생님은 급식하고 남은 우유 한 개를 가방에 넣어 주셨습니다.

"오늘 하루도 공부 열심히 했지?"

선생님은 반딧불 같은 눈빛을 주시며 민숙이의 손등을 쓰다듬어 주셨습니다. 그러나 민숙이는 여간해서 마음을 열지 않았어요. 그만한 까닭이 있었지요.

"크면, 나이팅게일의 꿈을 이루는 거야. 오늘은 몇 번이나 미소 짓는(스마일운동) 훈련을 했느냐?"

민숙이는 웃음을 잃은 학생입니다. 아버지를 잃은 슬픔, 집나간 어머니에 대한 배반감, 미움이 가슴에 꽉 차 있던 거예요. 김귀한 선생님은 민숙이네 가정형편을 잘 알고 계셨습니다. 선생님은 기회를 봐서 민숙에게 흰 블라우스를 건네주리라 마음먹고 있었습니다.

월요일 교실 당번이 되어 뒷정리를 하고 있는 민숙이에게

"민숙아, 당번 활동 마친 다음에 잠깐 남아다오."

"예, 알았어요. 선생님."

민숙이는 세 개나 되는 교실의 휴지통을 물걸레로 깨끗이 닦고 있었습니다. 민숙이는 부지런하고 깔끔한 성격이었습니다.

"선생님, 수돗가에 가서 걸레도 빨아오겠어요."

동네 우물가에서 지난날 어머니들이 빨래하는 방법으로, 민숙이는 네모난 나무토막 하나를 들고 와서 말했습니다.

"괜찮다. 교무실 갔다 올 테니 학급의 동화책이나 읽으면서 기다려라."

교실 창가에 있는 노오란 가을 국화 향기가 민숙이의 코끝을 간지럽히며

"난, 네 친구다. 힘내라!"

하는 것 같아서 정답게 느껴졌어요. 교무실을 다녀오신 김귀한 선생님은, 민숙이한테 다가가서 어깨에 손을 얹으며

"읽고 있는 책이 뭐냐?"

"엄마 찾아 삼만리예요. 마르코가 가여워요. 그 친구한테 작별인사를 하려고 마지막 읽는 거예요."

"무슨 이유라도 있니? 마지막 읽는다는…?"

선생님은 민숙이의 아픈 마음을 빤히 알면서도 모른 척 물어봤습니다. 민숙이는 홍시처럼 얼굴이 붉어져 있었어요. 엄마 찾아 삼만리를 열 번은 넘게 읽었을 거예요.

선생님은 상자 깊숙이에 넣어 두었던 흰 블라우스를 꺼냈어요. 부엉이 눈처럼 동그래진 민숙에게 가까이 내밀면서

"민숙아, 선생님이 너 주려고 구한 것이다. 꼭 맞을 테니 입어보겠니?"

민숙이는 다짜고짜로 선생님의 옷소매를 꽉 움켜쥐면서

"선생님, 이 옷 어디에서 갖고 오셨어요? 제가 버린 것이란 말예요."

"아니, 민숙아 예쁜 새 옷을 왜 버렸니? 그럴만한 이유라도 있는 거냐?"

"선생님, 싫어요. 쓰레기장에서 주워오셨지요? 꼴도 보기 싫단 말이에요."

파르르 떠는 민숙이의 입술을 볼 수 있었습니다. 눈빛은 서글픔과 분노에 차있었어요. 어쩜, 아프리카의 초원에서 성난 코뿔소 같았습니다.

"왜, 예쁜 새 옷을 버렸느냐? 까닭을 모르겠구나?"

선생님은 달래는 온화한 음성으로 또 물었습니다.

"……."

민숙이는 왈칵 황소 같은 울음보를 터뜨렸습니다. 창가의 화분에 담긴 노란 국화 송이가 민숙이를 달래듯 바람결에 꽃잎을 흘렸어요. 그래서 한 잎이 민숙이의 손등으로 바람타고 날아왔어요.

김귀한 선생님이 노란 손수건을 꺼내셔서 민숙이의 뜨거운 눈물을 닦아 주며 힘껏 껴안아 주셨습니다.

"선생님, 운동회날 집 나간 엄마가 왔어요. 빠알간 입술을 하고 낯선 아저씨와 왔어요. 돌아가신 아버지가 생각났단 말이예요. 미워요. 미워요. 어머니가…."

선생님은 민숙이의 울분에 찬 말을 듣고, 민숙이의 아픈 마음을 충분히 읽을 수 있었습니다. 선생님의 포근한 가슴에 얼굴을 묻고 울었어요. 어머니의 젖가슴 같았습니다.

이 세상에 안 계신 아버지에 대한 절절한 그리움과 새아버지를 데리고 온 어머니에 대한 끝없는 미움을….

동고비의 노래

배신감이 들었던 거예요. 김귀한 선생님은 자신의 다섯 손가락을 깍지 끼었어요. 그리곤, 골똘히 생각에 잠겼습니다. 나이 어린 민숙이의 아픈 마음을 읽고 헤아릴 수 있었습니다.

'이 일을 어찌하면 좋을까?'

"지지 짹, 지지지 짹."

참으로 희귀한 일이었어요. 우리나라에 초가집이 없어진 뒤로 제비들이 거의 안 보였는데 어디서 날아 왔을까요? 2층 교실의 물받이통에 제비 한 쌍이 나란히 앉아 부리를 쪼아댔어요.

"내 친구 민숙아, 엄마도 용서해주고 예쁜 옷 입어봐."

살살 달래는 것 같았어요. 선생님은 민숙의 찢겨진 심정을 충분히 알 것만 같았어요. 어떻게든지 위로를 해주고 싶었으니까요.

민숙이 아버지는 교통사고로 돌아가셨지요. 1년도 채 안 되었어요. 그 후로 어머니가 가출하였다가 운동회날 뻔지르르한 모습으로 나타났으니, 얼마나 밉게 보였을까요? 낯모르는 신사아저씨와 같이….

민숙이의 쓰라린 마음을 선생님은 알 것 같았습니다. 민숙이의 자존심을 생각하여 "오늘은 그만 집에 돌아가거라. 더 좀 생각해 보자. 어머님은 가정으로 꼭 돌아오실 것이다." 민숙이를 위로하고, 서랍에 옷을 개서 들여 놓았습니다. 민숙이의 마음이 가라앉으면 줄 생각이었습니다. 웬일인지 민숙이는 집으로 돌아가지 않고 선생님 옆에서 찔끔찔끔 눈물을 짓고 있었습니다.

"민숙아, 당번 하느라고 수고했다. 네 동생 경한이이와 셋이서 짜장면을 먹어볼까? 할머니는 부드러운 울면으로 배달해 드리도록 하자."

제자를 사랑하는 김귀한 선생님은 울음 범벅이 된 민숙이의 손을 잡고 교실 출입문을 열었습니다.

"지지지 재잭, 어머님 사주신 옷 꼭 입어야 돼, 오늘밤 먼 강남땅으로 날아가야지. 다시 못 볼지도 몰라."

교실 창밖에 날아왔던 제비 한 쌍이 눈빛을 쏘며, 말을 건네는 것 같았어요.

"그래 잘 가거라. 내년에 또 오너라. 안녕."

흐르는 눈물을 손으로 찔끔 닦으며, 민숙이도 손을 흔들어 주었어요. 선생님, 민숙이, 경한이는 일미향집에서 짜장면을 맛있게 먹었어요. 물론 울면을 할머니께 보내드리고요. 끼니조차 해결하기 어려운 가족이었으니까요. 자애로우신 선생님은 학습문제지나 학용품을 민숙이한테 사주기도 했지요.

"민숙아, 경한아. 선생님이 어머님과 똑같게 해줄 테니 슬퍼말고, 용기를 내거라."

선생님은 남매의 손을 꼬옥 쥐었어요.

"우리 셋이서 손잡고 노래 부를까?"

"멀리서 반짝이는 별님과 같이, 의좋게 사귀고서 놀아봤으면!"

민숙이가 4학년 때 김귀한 선생님께 배운 '별보며 달보며' 노래였어요. 경한이도 따라 불렀지요. 노래가 끝나고 김귀한 선생님은 생각에 잠겨 봅니다.

'내일은 민숙이를 달래서, 엄마가 사주신 옷을 입도록 해야지, 민숙인 홀로 사는 동고비 같아, 자존심과 의지력도 강하며 굳건히 살아가려는 태도가 장하단 말이야.'

지묘초등학교 교문을 나서서 골목길 돌각담길을 걷는데 빠알간 해거름이 다가왔습니다. 지평선의 저녁노을이 붉은 빛을 토하며, 김귀한 선생님과 민숙이 남매의 하얀 볼에 스치어 수정고드름처럼 반짝였습니다.

"민숙아."

"네."

"이 세상에서 가장 큰 맘은 무엇일까?"

"선생님, 그것은 착한 마음이겠지요."

"바로 그것이야, 착한 마음은 용서하는 마음이야. 어머님을 용서해줄 수 없을까?"

"싫어요. 다 용서는 해줘도 어머니는 못해요."

민숙은 금세 눈물을 보입니다.

"민숙아, 어머님을 용서해 준다면 내가 어머님이 돼줄게."

"……."

"어떠니?"

"선생님 고마워요."

김귀한 선생님의 말에 탑정호의 외로운 동고비는 나지막한 공중을 가릅니다.

1986. 8

꼽추소녀 난이

종남이는 초등학교 2학년 때에 아버지를 따라 전학을 왔어요. 아버지는 경찰관이었기 때문에 전근 하시는 대로 종남이네 가족은 철새처럼 이사를 다녔던 것입니다. 공무원 가족은 일터가 정해지는 곳을 찾아서 이사를 자주 다니니까요.

종남이가 두 번째 다니게 된 학교는 공주에서 대전 사이에 있는 반포면 공암리에 있는 면소재지의 시골 학교였습니다. 종남이 아버지가 일하게 된 곳은 공주경찰서 반포파출소(지구대)였어요.

학교 운동장이 바다처럼 넓어서 돌고래처럼 싸다니며 놀기가 좋았어요. 학교 뒤에는 잔잔한 호수가 숲속의 그림자를 담고 있었으며, 산토끼가 내려와 물 한 모금 마시고는, 누나집 찾아 두둥실 떠가는 구름이 잠겨서 보기가 좋았어요. 도토리를 까먹던 검은 청설모가 꼬리를 흔들었어요.

"산속에서 심심하단 말이야, 자주 놀러와."

종남이의 귀에 대고 속삭여 주었습니다.

반포초등학교로 종남이가 전학가던 날, 절룩거리는 발걸음을 숨기며 어머니의 손을 잡고 교무실에 들어섰어요.

"귀엽게 생겼구나. 전학 온 것을 환영한다."

나이 들어 보이는 선생님이 머리를 만져 주시면서 반갑게 맞이하여 주었습니다. 임건우 교감선생님이라고 말씀하셨어요. 귀엽게 생겼다는 말에 기분이 좋았습니다.

교감선생님께서 2학년 1반 교실로 친절하게 안내를 해주셨어요. 목발을 갸우뚱 챙기며, 교실에 들어서니 2학년 친구들이 동그란 눈으로 모두가 종남이의 목발 뒤로 재껴진 왼쪽 다리만 쳐다 보는 게 아니겠어요? 종남이는 언짢았지만 어두운 얼굴을 보이지 않았어요. 종남이는 어렸을 때 소아마비를 심하게 앓았거든요.

"정종남이라고 해요. 같이 놀아 주면 고맙겠어요."

담임은 전선옥 선생님이라고 하셨으며 정종남이라는 이름 석 자를 칠판에 예쁘게 써 주셨습니다. 선생님의 손끝이 가늘고 하얀했습니다. 얼굴은 분꽃이 피어있는 것처럼 환했습니다. 천사처럼 보였어요.

"어디서 병신 새끼가 왔나 보다."

교실 뒤쪽에서 새나온 거친 말이 들렸지요. 종남이의 참새가슴이 떨렸지만 못들은 체했습니다. 어머니의 얼굴을 살짝 훔쳐보니, 금방 솟는 눈물을 손등으로 닦아 내는 게 아니겠어요. 말이란 정말 무서운가 봅니다.

"병신새끼!"

소리를 들으신 게 분명했지요. 그런데 종남이 목발을 잡고 있는 맨 앞에, 인형 같은 여학생이 생긋 웃으며 앉았어요. 손 내밀어 목발을 만지작거렸습니다. 뒷잔등은 호박처럼 둥글게 튀어 나왔으며 목은 움츠려 있고, 거북이 등이 떠올랐어요. 키도 작아서 아기처럼 보였습니다.

'참, 이상하다. 괴물 같은 학생이 있나 보다?'

퍽 가여웠습니다. 불툭 솟은 등을 만져주고 싶었어요. 그러나 뽀얀 볼은 나팔꽃처럼 향그러웠답니다. 이튿날이었어요.

"네 이름이 뭐냐?"

"내 이름은 난이야, 난이!"

종남이는 난이가 정답게 느껴졌어요. 종남이의 자리도 가까이 앉게 됐어요. 종남이 자신도 정상적인 다리가 아닌데, 같은 반에 꼽추 소녀가 있었습니다. 우리 둘이서 병신, 바보일까?

'꼽추 소녀 난이!'

눈망울이 여름밤의 반딧불처럼 반짝반짝 했지요. 며칠 동안 학교까지는 어머니가 바래다 주셨으며, 날짜가 가는 동안 소녀는 쉬는 시간이면 교실의 오른쪽 창가에 앉아 있는 종남이 쪽으로 다가와서 말을 걸고 싶은 모양이었습니다. 서로의 눈길이 호두알처럼 맞닿았어요. 난이가 먼저 종남이한테 무슨 말을 건넬 듯 말 듯 하다가는, 가을 하늘의 명주 잠자리처럼, 난이는 곱사등을 추스르며 사막을 걷는 낙타의 느린 걸음같이 제자리로 돌아가곤 했지요.

난이는 공부를 잘 했습니다. 선생님이 질문하면 손을 번쩍 들고

"제가 발표하겠습니다. 이것은 이렇고, 저것은 저렇고 합니다. 왜냐하면…"

이런 식으로 또박또박 발표할 때마다 라디오 아나운서의 방송보다 더 듣기가 좋았으니까요.

종남이는 날짜가 지날수록 난이가 있어서 학교생활이 즐거웠습니다. 체육시간에는 나무 그늘 밑에 앉아 소꿉놀이가 재미있었어요. 때로는 친구들의 체육활동 모습을 물끄러미 쳐다보며 구경하기도 했지요.

종남이는 일요일이면 어머니랑 여동생인 예쁜 하연이의 손을 잡고 교회에 갔어요. 4월, 시골의 뒷산에는 예쁜 꽃들이 시샘을 하듯 봉긋봉긋 얼굴을 내밀었어요. 벌, 나비도 이리저리 꿀을 빨며 바쁘답니다. 진달래, 철쭉이 빠알간 얼굴을 뽐내지요.

뭉게 구름이 두둥실 하늘을 가르는 어느 날.

"엄마, 꽃 한 송이 꺾어다가 책상 앞에 꽂아 놓을까요?"

꽃을 보며 종남이는 맘속에 난이를 그림에 담아 봅니다. 난이가 꽃송이처럼 빙그레 웃었어요.

"난이야, 예쁜 것 줄게, 나하고 놀자."

두 팔 벌려 소리치고 싶었답니다. 꽃송이로 마음을 사고 싶었던 거예요.

"그래라, 조금만 꺾어다가 병속에 물 부어서 꽂아 놓아라."

"예, 어머니 고맙습니다."

"종남아, 어머니의 간곡한 부탁이 있다. 너는 다리만 불편할 뿐이지, 맘까지 불편해선 안 된다. 목발을 친구 삼아 힘껏 딛고 일어서라. 사내 녀석은 뻔뻔해야 한다."

지혜로운 어머니는 종남이의 목발을 정답게 쓸어 주셨습니다.

"바르고 정직하며 용기가 있어야 큰일도 할 수 있단다."

"어머니, 좋아요. 저를 괴롭히는 친구가 있으면 목발로 후려치며 용감하게 싸워도 되겠네요?"

"그런 뜻은 아니지."

"어머니, 하교할 때마다 철봉에 매달려서 주먹힘도 쎄단 말이예요."

종남이는 다리 병신이라고 골려대는 얌심데기 친구들이 미웠습니다. 친구들은 종남이의 걷는 모습을 흉내도 잘 냈어요. 때려주고 싶었어요.

"내 사랑하는 아들아, 다투려는 마음보다 용서하는 마음이 거룩하고, 슬기로우며 용기 있는 행동이란다."

사랑하는 아들 종남이에 대한 다정한 어머니의 부탁이었어요. 종남이 어머니는 책도 좋아하시고 떡장사 한석봉 어머니 같았어요. 아침부터 아지랑이가 모락모락 피어올랐습니다. 이때 공암리 앞쪽의 세 갈래 길에서 난이가 꾸부정하니 엉금엉금 걸어오고 있는 게 아니겠어요. 논두렁 옆의 찰랑찰랑한 무논에 난이의 그림자도 무지개처럼 비쳐 보였어요. 어머님과 손을 잡고 공암교회 쪽으로 가고 있었습니다. 어머니의 말씀처럼 용기를 내었어요.

"난이야, 안녕? 교회에 가니?"

"종남이도 안녕?"

종남이는 난이 주려고 꺾은 진달래 한 송이도 건네주었습니다. 마침 손에 쥐어졌던 것입니다.

"종남아, 고맙다. 나도 다음에 줄게."

꼽추소녀 난이

난이는 종남이의 얼굴을 빤히 쳐다봤어요. 하얀 토끼의 얼굴이 떠올랐습니다. 고마웠지요. 종남이어머니도 난이어머니와 서로 인사를 나누었답니다. 절룩발이 소년과 꼽추 소녀는 말동무가 되어 뱀처럼 꼬불꼬불한 논두렁 밭두렁 길을 걸어갑니다.

'땡, 땡!'

산언덕 교회의 종소리가 메아리쳐 울려 퍼집니다. 복음의 종소리입니다. 종남이 어머니도 난이의 이름을 물으며 반갑게 대하여 주었습니다. 시골길을 걸으며 종남이는 낙타등처럼 불룩 튀어 나온 난이의 등을 만져 보고 싶었어요.

도깨비 방망이라도 있었으면 "이놈의 낙타등아, 쑤욱 들어가라." 힘껏 내리치고 싶었어요. 길가의 개나리 꽃이 웃는 것 같았어요. '둥그런 그 속에 무엇이 들어 있을까?' 종남이는 의문도 생겼어요. '금구슬, 은구슬이 들어 있을까?'

"난이는 안팎 곱사등이가 아니어서 천만 다행이야."

종남이는 어머님의 말씀이 떠올랐습니다.

봄 햇살이 무르익은 공암침례교회는 반포로 이사온 후 처음이었습니다. 학교 친구들이 반겨 주었지요. 정식으로 등록했습니다. 예배 시간 전에 목사님께서 주위를 둘러보셨습니다.

"새로 오신 오영미 신도님, 김종남 어린이 일어나 주세요."

신도님들이 어머니와 종남이를 고개들어 쳐다보며 환한 미소로 힘찬 박수를 보내 주셨지요. 그 순간은 어깨가 우쭐했답니다. 옆자리에 앉은 난이는 손목을 꼭 쥐어 줘서 기분이 좋았습니다.

그날 교회에서 점심도 먹고 목사님과 얘기도 나누었어요.

"종남이와 난이는 다음부터 10시까지 청소년 예배부에 꼭 같이 오너라."

"예, 알겠어요."

난이가 먼저 대답을 했습니다.

"주 하느님을 정성껏 섬기면 공부도 잘하고 아픔도 멀쩡히 낫게 된단다."

"목사님, 그래요? 교회 열심히 다니겠습니다."

종남이는 흥분되어 말했어요. 그래서 종남이와 난이는 단짝 친구가 됐지요.

"너희들은 놀다 오거라."

어머니 두 분이 허락해 주셔서 종남이, 난이는 교회 마당에서 가재와 게처럼 놀았습니다. 4월의 봄 햇살이 따스한 솜뭉치처럼 꽉 찼습니다. 교회마당에서 머리를 맞대고 '가위, 바위, 보'로 사금파리 모으기 놀이를 했어요. 쑥을 으깨어 사발에 담았습니다.

"신랑님, 아침 먹어요."

"예쁜 각시님! 난이야, 난이는 내 각시님."

손잡고 웃었답니다. 해님도 즐거워했어요.

"얘들아, 같이 놀자. 목사님 아들 민태묵이야."

셋이서 냇가로 나가 호드기를 만들었어요. 종남이와 난이는 1반인데 태묵이는 2반입니다.

'삐리리, 삐리리······.'

맑은 물 돌 틈 사이로 엉겨 붙은 다슬기(고동=올갱이)도 동그란 얼굴을 보였어요. 계룡산 계곡의 유리알처럼 투명한 시냇물이었어요.

"다슬기 잡아다가 쑥국 끓여 먹으면 좋겠다."

난이가 바지를 걷어 올리며 말했어요. 물총새(호반새)가 낙하 비행을 하고, 버들치, 송사리도 뽀글뽀글 보드라운 얼굴을 내밀었습니다. 태묵이는 장애자하고 노는 게 재미없는지 돌아가 버렸습니다.

그렇지만, 난이와 종남이는 주위의 따가운 눈길을 의식하지 않았습니다. 장애인이라고 놀아주는 친구가 없었습니다. 다슬기는 모랫바닥 위에 검정콩알처럼 흩어져 있었습니다.

"난이야, 요즘은 어떤 책 읽었니?"

"나, 엄마 찾아 3만리를 읽었어. 마르코가 가엾단 말이야. 다음엔 빨간머리 앤을 읽겠어. 앤처럼 어려움을 참고 명랑하게 살거야."

"난 홍길동전과 손오공을 재미있게 읽었어. 홍길동처럼 불쌍한 사람을 도와주고, 손오공 같이 하늘을 펄펄 날고 싶단 말이야."

서로가 동화책 읽은 내용을 얘기하며 산비탈을 달팽이처럼 엉금엉금 내려오는데 길옆의 산속에서 버스럭버스럭 사납게 생긴 괴한이 숲을 헤치며 내려오고 있는 게 아니겠어요?

"난이야, 용천배기다. 사람 잡아 먹는 문둥이야!"

"용천배기가 뭐야?"

난이가 눈망울을 굴리며 물었어요.

"애들을 꾀어서, 산으로 데리고 간다더라. 눈에 고춧가루를 뿌리고, 칼로 배를 갈라서 따뜻한 간을 꺼내 먹으면 문둥병이 낫는단다."

휘둥그레 눈방울을 굴리며, 종남이는 난이의 손을 잡아 줬습니다.

"아이고 무서워라. 엄마!"

난이는 산토끼처럼 잘도 내려가는데, 종남이는 다리 부러진 병아리 같이 갸우뚱갸우뚱 걸음질쳤어요. 돌뿌리에 걸려 무릎에서 빨간 피가 송글송글 맺혔습니다. 그래도 목발이 버팀목이지 않겠어요?

이때, 산까치 두 마리가 위험의 신호를 알리듯 소년과 소녀의 머리 위를 맴돌았어요. 그러자, 산길 밑에서 어른들의 목소리가 들렸습니다.

"종남아, 종남아!"

부르는 소리가 천둥을 치듯 크게 들렸어요. 종남이 어머니가 동네 아주머니들과 소쿠리(대바구니)를 옆에 끼고 마침 봄나물을 뜯으러 산등성이로 올라오는 중이었습니다. 풋나물들이 예쁜 얼굴을 뽐냈습니다. 산에는 진달래 철쭉이 활짝 피어서 산불이 난 것처럼 빨갰어요.

산속에서 둘을 지켜보던 용천배기는 온 데 간 데 없었습니다. 구름 타고 사라진 것 같았어요. 어머니에게 무서운 얘기를 했습니다.

"내 아들 종남아, 용천배기는 무슨 용천배기야? 봄비 끝에 햇고사리 뜯으러 산에 올라 온 아저씨겠지?"

"그러면, 제가 잘못 봤나요?"

"용천배기 아저씨들은 모두가 가여운 사람들이지. 지금은 전라남도 소록도란 곳에 모여 살고 있단다. 한센병이라고 하는데 나라에서 보호하고 있단다. 크면 '보리피리', '황톳길'의 작가 한하운 시인도 알게 될 거다."

단비 끝의 맑은 날, 난이와 종남이는 어머니를 도와서 밭두렁에 널려 있는 씀바귀, 냉이, 돌미나리, 쑥을 닥치는 대로 뜯었답니다. 종남이는 목발이 큰 힘이 되어 주었어요. 아지랑이가 산 나뭇가지 사이에서 어른거렸습니다.

반포면 공암리 지서 밑, 절벽 아래 시냇물에는 돌 틈 사이로 가재들이 엉금엉금 얼굴을 보이고 맑은 물에만 사는 풀라나리아도 매끄러운 몸매를 자랑하며 뾰족한 주둥아릴 송곳처럼 내밀었답니다.

저녁에는 싱그러운 쑥부쟁이에 다슬기와 영광굴비를 넣어서 국을 끓인다고 어머니가 말씀하셨어요. 저녁해가 설핏하여 반포지서 손종관 지서장님께서 오시어 아버지랑 다슬기를 넣은 쑥국을 드셨습니다.

"참으로 국맛이 구수합니다. 뱃속이 시원하네요."

너털웃음을 지으면서 손종관 지서장님은 호주머니에서 지갑을 꺼내셨습니다. 바삭바삭한 돈 천 원짜리 두 장을 꺼내어 종남이의 손에 꼭 쥐어 주는 게 아니겠어요.

"고맙습니다."

벽면에 놓여 있는 꿀꿀이 돼지 저금통의 동그란 올빼미가 눈알이 튕겨 나오는 듯하였습니다.

"나, 배고파!"

말하기에 돈 밥을 먹여 주었더니, 입을 벌름벌름거리며 아기 웃음을 흘렸어요.

'저금을 두둑히 해서 세발자전거를 꼭 사야지. 장애인도 자전거를 탈 수 있다는 자신감을 보여 줘야지.'

종남이는 소변이 마려워 창문 열고 밖을 나가니 뒷동산 나뭇가지에 보름달이 쏘아보는데 그 속에 난이의 얼굴이 박혀있는 것처럼 보였어요.

"소쩍, 소쩍…."

달그림자가 유리창으로 얼비치는데 외롭게 우는 소쩍새의 친구가 되고 싶었답니다.

5.16 혁명 후 1970년대의 국민학교(초등)는 교과학습 활동 이외에 학교에서 하는 일이 많았어요. 가난을 딛고 잘 사는 나라로 경제 국가로 가는 길이었지요.

혼분식 장려를 위한 도시락 검사, 폐품수집, 봄가을로 학생들의 대변을 통한 기생충 검사, 화요일에는 저금 꼭 하기, 새마을 운동이라 하여 일요일 아침의 애향단 활동(마을 고샅길 청소, 꽃심기, 잡초 뽑기 등)을 꼭 했답니다. 종남이 담임이신 전선옥 선생님은 학교일에 철저하셨습니다.

봄 운동회, 가을 운동회 때면 종남이, 난이는 제비처럼 달리는 반의 친구들이 무척 부럽고 자랑스럽게 여겨졌어요.

전선옥 선생님께서는 웃는 얼굴로 대하셨습니다.

"교실 의자를 내놓았으니, 운동회 구경하면서 종남이, 난이는 소꿉놀이를 하여라."

말씀하시면서, 무지개 사탕 두 알씩을 쥐어 주셨어요. 메말랐던 혀끝에 닿으니 달콤하고 살살 녹았어요. 반의 친구들이 부러웠어요. 시샘도 났어요. 난이와 종남이는 너무 답답하여 선생님의 허락도 받지 않고 자리를 떴습니다.

"학교 뒤뜰 감나무 밑으로 가자."

성경 말씀에서 이브가 아담을 꾄 것처럼 난이가 종남이를 꼬드겼어요. 둘이서는 은박지 조각처럼 뿌려진 감꽃을 주섬주섬 모아서 꽃목걸이를 예쁘게 만들었답니다. 진주목걸이가 따로 있나요? 정성이겠지요.

종남이는 난이의 목에 걸어 주고, 난이는 종남이의 목에 걸어 주었어요.

"난이야. 백설공주처럼 예쁘구나."

"종남이 넌 씩씩한 왕자님 같구나."

까르르 웃으며 서로 칭찬해 주었습니다. 감나무 위의 산까치들이 '까까까까' 시샘하는 것 같았으니까요.

둘이선 감꽃을 목에 걸은 채 아동석의 틈새로 도둑고양이처럼 사알살 끼어들자

"너희들 연애하고 오니? 진주목걸이 같구나."

3학년 아동석에서 충수와 용진이가 골렸어요. 단짝친구인 두 사람은 연애가 무엇인지, 그때는 잘 몰랐어요.

청군이 780점, 백군이 740점으로 아슬아슬한 점수 차이로 어린이 날 운동회는 끝이 났습니다. 아버지가 저녁에는 난이와 같이 짜장면을 사주셨습니다. 매끄러운 가닥가닥이 쪼르르 입속으로 빨려들어와 솔솔 녹았어요.

5월 5일 어린이 날이 지나자 시냇가와 뒷산에는 아카시아꽃이 활짝 피었습니다.

"내일은 일요일이예요. 들로 나가서 야생초(들풀), 야생화(들꽃) 이름을 일곱 개씩 써갖고 와요."

일요일, 첫여름 비가 대지에 부슬부슬 내렸어요. 들판에서 일하는 농부들의 모습이 백로(해오라기)처럼 하얗게 보였습니다. 단비를 맞고 논두렁의 개구리들이 합창을 합니다.

들꽃, 들풀을 조사하는 데는 이웃집 사는 경수형이 도와주었습니다. 저녁나절 어머니와 같이 책갈피에 끼우고 이름도 썼습니다. 시골생활은 자연속이 친구이예요. 월요일, 전선옥 선생님께서는

"잘했구나, 친구들한테 숙제 해온 것을 보이면서, 이름을 대보아라."

종남이는 난이한테 뒤질세라 또박또박 발표했지요. 친구들이 박수를 보내 주었습니다. 요즈음 말 하는 현장 체험학습이었습니다. 눈으로 보고 만져보는 것이 오래도록 남았습니다.

조사한 내용은 풍년초, 고사리, 자리공고마리, 여뀌 등이었습니다. 이름을 모르기 때문에 아버지, 어머니께서 협조해 주셨습니다.

"며느리밥풀꽃, 물봉선화를 다음에는 찾아보자꾸나."

어머니는 꽃박사 같았습니다.

계절의 여왕이라는 5월도 가고 푸르른 6월이 왔어요. 종남이와 난이가 제일 따분한 것은 역시 체육시간이었지요. 둘이서는 늘 운동장가의 느티나무밑 그늘 차지였습니다. 단짝친구였으니까요.

'오징어 놀이', '진뺏기 놀이', '대장곰놀이' 등은 거칠게 동작을 해야 되기 때문에 같이 노는 것을 친구들이 싫어했으니까요. 다칠 위험도 있었어요. 전선옥 선생님께서는, 소꿉놀이나 책읽기를 권하셨습니다.

"둘이서는 그늘에 앉아 소꿉놀이나 하거라."

선생님께서 말씀하시고는 손잡아 주시는 걸 잊지 않았답니다. 이럴 때면 둘이서는 머리를 맞대고 상의하였습니다.

"우리 신랑, 각시처럼 사이좋게 놀자."

땅에 금을 긋고 오목두기도 했지요. 체육시간이면 괜시리 선생님도 밉고 친구들이 싫어질 때가 있었습니다.

"난이야, 토요일 둘이서 다리 건너편 온천산의 무시무시한 동굴 속 구경 갈까?"

종남이는 오목놀이에 져서 골이 나있는 난이를 달랠 겸 꼬드겼지요.

"난, 무섭단 말이야. 시커먼 굴속에서 도깨비도 나온다는 얘기도 있다던데."

뾰로뚱해진 마음을 풀고 난이가 대답했습니다.

"도깨비는 무슨 도깨비야? 거짓말이겠지?"

"그러면 같이 가보자."

"난이야, 고맙다. 난, 자랑스런 경찰관의 아들이야. 도깨비가 나오면 이 목발로 때려 주든지, 아버지한테 권총을 갖고 오라고 해서 빵, 쏠 테야."

계절의 여왕이라는 5월은 덥지도 춥지도 않은 살기에 안성맞춤인 계절이었어요. 토요일, 둘이서는 온천산 밑에 있는 무시무시하다는 굴 속을 탐험하러 향했습니다. 종남이와 난이의 손에는 굵다란 막대기도 든든하게 쥐어져 있었지요. 부모님께 일부러 얘기를 안 드렸어요. 다리 위로 공주에서 대전 가는 버스가 지나쳤어요. 버스에 탄 중학생 언니들이 둘만의 걷는 모습을 보고 소리질렀습니다.

"재들 보라! 꼽추와 절룩발이다."

가슴속을 파고 드는 놀림의 소리가 슬펐지요. 싫었지만 둘이서는 미소로 손을 흔들어 보였어요. 그들의 눈에는 원숭이재롱 같은 구경거리겠지만 난이와 종남이의 속마음은 찢어질 듯 아팠습니다.

바위 속으로 검게 뚫린 동굴 안에서는 쾌쾌한 곰팡이 냄새가 코를 찔렀습니다.

"우앙앙. 우앙앙! 유령이다!"

들고양이 같은 유령의 괴성이 터질 것만 같고, 이른 봄 참나무 바람처럼 몸이 으스스 떨렸어요. 종남이는 손전등을 켰어요. 바위 틈새로 물이 새고 도롱뇽이 목을 빼고 도망쳤어요. 청개구리도 팔짝 팔짝 뛰었어요., 하얀지네가 엉금엉금 기어갔어요. 거미줄을 치고 흰거미가 목을 매었어요. 종남이의 목발과, 난이의 긴 막대기가 큰 힘이 되었어요. 유령과 막대기를 휘둘러 대결을 할 작정이었으니까요. 난이는 종남이의 허리를 꼬옥 잡기도 했어요. 책에서 읽은 도깨비 방망이도 떠올랐지요.

"무서움이란 자신의 마음 속에 있는 거란다."

밤에 집 바깥에 있는 화장실 갈 때에 들려주시던 시골집 외할머님의 그 말씀이 종남이에게는 큰 힘이 되었어요. 주먹을 불끈 쥐었답니다. 땅바닥에는 물기가 질퍽질퍽 차 있었으며 푸드덕푸드덕 소리나는 곳을 보니 바위틈에 시커먼 박쥐떼가 우산처럼 날개를 편 채 밤송이처럼 대롱대롱 매달려 있는게 곡예사 같았지요. 조심조심 숨을 죽이고 굴 깊숙이 기어들어 가니 갈라진 바위 틈 사이로, 노오란 불빛이 손전등처럼 직진되어 비쳤답니다. 숨어 들어온 햇살이었어요. 그러나 두 사람은 가슴이 조이고 몸이 쭈뼛쭈뼛했답니다.

난이, 종남이는 암굴 속으로 찾아 들어온 햇살이 어머니처럼 반가웠어요.

"야옹, 야옹."

잡아온 들쥐 한 마리를 옆에 놓고 낮잠 자던 들고양이가 부시시 잠을 깼어요. 둘이서는 겁쟁이처럼 기겁을 하여 꼬옥 끼어 안았어요. 고양이는 잡아온 쥐를 물고는 종남이의 목발을 스치면서 굴 밖으로 뺑소니쳤어요.

"야, 고양아! 같이 놀자꾸나."

말하고 싶었지만 둘이서는 몸이 으스스 공포감에 휩싸였습니다.

"종남아, 나가자."

난이가 재촉했어요. 둘이서는 뒤로 돌아서 나오려는데, 무시무시한 암굴의 도깨비가 종남이의 왼쪽 뻗정다리 발목을 꽉 잡아 당기는 게 아니겠어요? 질편한 곳에서 곤두박질쳤다가 불끈 일어나려 했지요.

"아, 도깨비다! 도망치자."

힘껏 밖으로 뛰쳐나오려 했지만, 쉽사리 발길이 옮겨지지 않았어요. '이젠, 도깨비의 밥이 되는 구나.' 움찔했어요. 화들짝 놀랬답니다. 길쭉한 악어의 이빨이 떠올랐지요. 진짜 종남이의 발목을 움켜쥔 것은 굴속의 도깨비가 아니라, 종남이의 아랫바지가 길쭉해서 단을 접어 올린 바짓깃에, 코뿔소처럼 불쑥 솟아오른 돌부리에 휘감겨

도깨비한테 잡힌 것처럼 느껴졌던 거예요.

그래서, 호랑이에게 잡혀가도 정신만 차리면 산다는 얘기가 나온 것 같아요. 토요일이었던 그날, 종남이와 난이는 집에 돌아오니, 옷이 식은땀으로 흠뻑 젖어 있었습니다.

종남이는 공암리 온천산 굴속에 갔었던 일을 사실 그대로 부모님께 말씀드렸지요.

"돈키호테 같은 용감무쌍한 소년이었어라."

"그래요. 아버지."

"그러나, 다음부터는 어른께 꼭 알리고 가거라."

타일러 주셨습니다. 돈키호테는 다음에 크면 알게 될 거라고 했어요.

종남이를 좋아하는 친구는 재원, 재준이었으며, 난이를 따르는 벗은 문숙, 이숙이었습니다. 교회도 같이 다니며, 알프스의 소녀 '소공녀 하이디'처럼 마음씨가 비단결 같았습니다.

종남이와 난이는 이들 친구와 같이 정필네 원두막에서 참외도 얻어 먹고, 공암리를 가로 질러 금강물을 이루는 시냇물에서 물장구 치던 것이 재미있었어요. 이렇게 여름방학을 보냈습니다. 1970년대는 지금처럼 학생들이 학원을 다니지 않았으니까요. 자유시간이 많았답니다.

울긋불긋 아기 손바닥, 단풍잎 고운 가을의 중턱이었어요.

"운동회도 끝났으니, 계룡산으로 소풍을 가기로 했어요."

전선옥 선생님은 종남이와 난이를 미소 짓는 얼굴로 관심 있게 바라보시며 말씀하셨어요. 늘 사랑이 넘치는 전선옥 선생님이셨습니다. 소풍 가는 날, 1~6학년까지 기차처럼 길게 신작로를 뻗어서 가는데 보기가 좋았습니다. 종남이와 난이는 걷기도 하고, 어머님의 등에 업혀서 뒤따라갔지요.

"산위에서 부는 바람, 시원한 바람……."

언니들과 힘차게 노래도 불렀지요. 도롯가의 온천산 검은 굴속에서 도깨비가 나와 날카로운 눈빛으로 우릴 쳐다보는 듯했어요. 대전과 공주에서 맞 부닥치는 박정자 삼거리에 사람이 들끓었어요. 계룡산 동학사 들어 가는 길은 키큰 나뭇가지에 매달린 누런 단풍잎들이 하늘을 덮었는데, 봄에 난이와 갔던 온천리 도깨비굴 생각으로 마음이 움찔했습니다. 목발 걷기에 오금팽이가 저렸어요.

계룡산 동학사 절이 있는 곳에서 보물찾기와 숨바꼭질도 했으며 난이와 김밥을 바꾸어 먹었지요.

"우리 착한 2학년들, 동학사에서 갑사 넘어 가는 금잔디 고개 아래에 남매탑이 있는데, 호랑이가 은혜를 갚기 위해서 상원스님한테 처녀를 물고 왔대요……."

선생님의 얘기를 듣고, 난이와 남매탑을 가보고 싶었으나, 불편한 몸이라서 어쩔 수 없었지요. 돌아오는 길에는 아버지가 택시를 불러주셨습니다. 종남이는 난이와 같이 집으로 먼저 와서 반 친구들한테 염치가 없었어요. 애틋한 사랑얘기를 담은 남매탑을 못 보고 온 것이 아쉬웠습니다.

6학년 언니들의 졸업을 앞두고 학예회를 열게 되었습니다.

종남이는 남자 주인공으로 돌쇠이고 난이는 여주인공으로 돌숙이었어요. 담임 선생님은 극본을 주셨습니다.

"애들아 일주일 안으로 자기가 맡은 배역을 꼭 외워라."

웃음 지으시며 말씀 하셨어요. 학예회는 재학생을 상대로 1회, 부모님을 상대로 1회 가졌어요.

연극을 할 때 난이의 목소리가 꾀꼬리처럼 곱다고 하여서, 박수를 많이 받았어요. 연극의 줄거리는 산골 마을 외딴집에서 병드신 할머니를 모시고 몸이 불편한 두 남매가 오순도순 살아가는 모습이었습니다. 나무도 해다 때고, 산나물을 뜯어다 반찬도 해드리며 극진히 효도하는 내용이었습니다.

"종남아, 참 잘했다. 너무 슬퍼서 울음이 나왔단다."

어머님은 집에 돌아 오셔서 찬사를 아끼지 않으셨으며, 난이도 똑같은 칭찬을 받았답니다.

그날 밤이었습니다. 종남이가 옆에서 들었습니다.

"여보, 경찰관의 월급도 얼마 안 되고, 아무래도 서울 형님 회사로 올라 가야겠소. 오늘 형님한테서 편지가 왔다오."

아버지와 어머니의 말씀 나누는 소리가 종남이의 두 귀에 박혔어요.

'아이고, 난이와 헤어지면 어떻게 하지?'

난이와 헤어질 생각을 해보니 너무나 슬펐습니다. 이젠, 종남이와 난이는 정이 잔뜩 들었던 거예요.

난이한테는 알리지도 않은 채 울음보를 떠뜨렸습니다.

"아버지, 우린 서울로 이사 가는 거예요? 안 가면 안 돼요?"

"종남아, 사직서도 내기로 했고, 서울 망원동에 집도 준비 해 놨단다. 커가는 자식은 서울로 보내고 망아지(말)는 제주도로 보내라는 말도 있지."

말씀 하시면서 아버지도 반포를 떠나시는 것과 경찰관을 그만 두시는 것에 대하여 아쉬운 표정이었습니다.

며칠 후 학교에서 돌아 오는 길이었습니다.

"난이야, 나 서울로 가게 됐어."

"정말!"

"참말이지, 거짓말 하겠니?"

"서울로 안 가고 우리집에서 같이 살면 안 될까?"

애절하게 말하는 난이의 눈가에 꽃망울 같은 눈물이 방울방울 맺혔습니다.

서울로 이사 간다는 날짜가 금방 다가왔어요. 전학 온 지 꼭 1년. 전학가는 날 교실은 눈물바다였답니다. 2반 친구들은 창가에 얼굴을 내밀려 손을 흔들었습니다.

"종남아, 잘가, 잘가."

제비처럼 목을 내밀어 손을 흔들어 주었습니다. 난이만 혼자서 교문까지 배웅을 해주었습니다. 난이는 알록달록한 예쁜 옷을 입었는데 더 예뻐 보였습니다.

"종남아, 서울 가도 나 잊지 마."

"안 잊을게, 큰 병원에 가서 다리 고치고 공부 열심히 하여 돈 벌으면 너 데리러올게."

종남은 어른스럽게 말했습니다. 입가에 미소를 보이며 새끼손가락을 걸어 약속했답니다.

2월의 모진 바람이 산자락에서 매섭게 불어 닥치며 차창을 스치는데 늘 보던 꽁지와 깃이 길쭉한 산까치가 나와서 '꺅꺅!' 작별인사를 주었어요. 전선옥 담임선생님께서도 책을 선물로 주시면서 많이 읽어 어휘력을 기르라고 종남이를 안아주셨습니다.

"종남아, 쬐꼬만 선물이야. 용돈을 모은 것으로 연필, 공책, 필통을 샀단 말이야. 아깐 친구들이 골려댈까봐서 못줬어."

난이도 종남이의 손에 선물을 쥐어 주면서 훌쩍훌쩍 울었어요. 옆에 서 계시던 어머니도 눈물이 핑 돌았어요.

"난이야, 고맙다. 자리 잡으면 방학 때 널 서울 구경 시키러 데리러 올 테니 몸 건강히 공부 잘 하거라."

여울물처럼 끊이지 않는 난이의 울음을 달래 주셨습니다.

부르릉, 이삿짐을 가득 실은 트럭은 정든 난이와 반포땅을 뒤에 두고 뿌연 먼지를 내면서 떠났습니다.

앞자리에 기사님과 종남이, 어머님 셋이 타고, 아버지는 대전으로 오셔서 기차를 타고 서울로 오신다고 했습니다. 종남이가 트럭의 뒷거울을 보니, 차가 떠날 때 난이가 손 흔들며, 강아지처럼 뛰기도 하고, 꼽추등으로 거북이처럼 트럭 뒤를 쫓아왔어요. 그 모습을 종남이는 영원히 못 잊을 것 같았어요. 쫓아 오는 모습이 가여웠어요. 종남이도 차창가로 손을 내밀며 소리쳤습니다.

"난이야, 난이야! 잘 있어. 잘 있어!"

꼽추소녀 난이

소리쳐 이별의 아픈 마음을 전해 주었어요. 조금 전에 보이던 산까치 한 마리도 차창을 따라오며 울어댔습니다.

난이의 울음소리는 산메아리처럼 한참동안 종남이의 가슴에 울려 퍼졌답니다. 차안에서 종남이도 엉엉 울었답니다. 새끼 송아지의 울음소리였어요.

종남이는 서울로 이사 간 뒤에도 난이를 잊을 수가 없었어요. 체육시간이면 운동장 그늘진 곳에서 외톨이가 되어 혼자서 놀고 웃음도 잃었습니다. 곱고 정답던 난이의 꿈을 꾸었으니까요. 둘이선 신체의 불구이기에 정이 두텁던 것은 당연하겠죠?

종남이는 서울로 간 뒤로부터

"재활치료를 열심히 받아라."

부모님의 말씀을 따랐더니 다리의 근육도 조금씩 펴지고 부드러워졌습니다. 서울은 사람도 차도 많았습니다. 시골 들판이 그립기는 했으나, 차차로 난이를 잊고 있었습니다. 책도 열심히 읽었습니다.

그러나 난이는 반대였어요. 종남이가 서울로 간 뒤부터는 밥도 잘 먹지 않고 시름시름 앓으면서 몸져 누웠어요.

의사 선생님께서도 걱정을 하셨습니다.

"신체 오장육부는 이상은 없는 것 같은데, 마음의 병 같습니다."

난이는 점점 쇠약해졌으며, 학교는 결석이 잦았지요. 추석 명절을 앞두고 결국 눈을 감고 말았습니다. 장애인끼리 정이 깊이들은 종남이가 서울로 떠난 뒤부터 밥 먹기가 싫어졌습니다.

"엄마, 내일은 서울 갈 테야. 종남이가 보고 싶어요. 고추장에다 쌀밥을 먹고 싶어."

난이는 괴로운 듯 억지로 웃음 지으며 말했습니다. 죽음을 미리 예고했던 게 아닐까요? 이튿날 난이는 꽃구름 타고 하늘나라로 갔어요. 사람이 사는 세상은 슬픈 일도 많은가 봐요. 종남이는 난이가 하늘나라로 간 것을 까마득히 몰랐어요.

10년의 세월이 훌쩍 지났어요.

종남이가 어릴 적 살았던 공주시 반포면 공암리를 들른 때는 흰눈이 들판에 벡짓장처럼 깔린 겨울방학때였어요. 난이도 보고 싶고 어린시절 놀던 시골이 그리워서 용기를 냈습니다. 난이 같은 꼽추나, 팔다리를 제대로 못 쓰는 사람을 위하여 정형외과 의사가 될 결심이었습니다. 종남이는 의과대학 1학년 학생이랍니다.

"아이고, 종남이 학생! 이젠 커서 대학생이 되었다구?"

"예, 그렇습니다."

종남의 손목을 쥔 난이 어머니는, 세월이 흘러 우렁이처럼 눈이 움푹 패이고 자글자글 주름이 잡혔습니다.

"부모님 안녕하시며, 다리도 괜찮구?"

반가워하시면서 난이는 하늘나라에 갔다고 울먹이셨습니다. 종남이는 가슴이 찡했습니다. 난이는 모교인 반포초등학교 뒤의 아름다운 호숫가 주변에 묻혀 있다고 말씀하셨어요.

"저 난이를 만나보고 가겠어요."

"오래된 애장묘를 뭘 가나."

꼽추소녀 난이 211

"아닙니다."

종남이는 마음이 굳었으며, 의리가 있는 청년이었어요. 난이의 묘라도 보고 가야지, 슬픈 마음이 풀릴 것만 같았으니까요. 그리고 도리라고 판단했어요. 옛날에 놀던 뒷동산은 정다웠습니다. 금방 눈더미가 퍼 부울 듯 하늘이 새카만해졌습니다. 온천리 도깨비굴도 떠올랐어요. 산계곡 오솔길을 한 발자국 두 발자국 오르면서 생각하니 예쁜 처녀 아가씨가 되었을 난이가, 세상을 떠나 종남이는 가슴이 터질 것같았어요. 난이의 여동생 난영이의 뒤를 따라서 미끄러운 눈길을 밟으며 조심조심 올라갔습니다. 어렸을 때 들꽃을 꺾던 일, 문둥이가 잡아먹으려 쫓아온다고 허겁지겁 도망치던 생각도 났어요.

꽃구름이 담겨 있는 호수 앞의 오른쪽에 난이의 묘가 있습니다. 봉분도 야트막했으며, 구름에 가리운 계룡산 장군봉이 빤히 보였습니다.

"종남이 왔구나."

난이가 무덤 속에서 뛰쳐나와 반갑게 맞이 해주는 것 같았어요. 눈속의 말라버린 들국화 송이도 고개 들어 반겨 주었어요. 종남이는 난이의 묘 앞에서 두 무릎을 꿇고 묵념을 했습니다. 그리고 십여 년이 더 지났지만, 난이와의 생활을 되뇌어 보았습니다. 노랑나비처럼 귀엽던 난이의 웃는 얼굴이 보름달처럼 떠올랐어요.

"난이야, 미안하다. 진작 찾아오지 못해서….'

종남이가 서울로 떠나지 않았으면 소녀는 먼 세상으로 안 갔을 거예요. 난이는 종남이를 너무너무 좋아했으니까요. 난이의 묘 옆에 작은 참나무 한그루가 눈을 맞고 서 있습니다. 대롱거리던 동그란 잎사귀 하나가 종남이를 기다렸다는 듯, 눈바람에 뚝 떨어졌습니다. 종남이의 어깨에 붙어 떨어지지 않았어요. 난이의 영혼이었던가 봅니다.

"난이야, 잘 있어. 다음에 다시 올게."

난이의 묘를 보듬으며 아쉬운 작별 인사를 했습니다. 난이의 묘를 뒤돌아보며 다복솔을 헤집고 내려 오는데, 꽁지와 깃털이 길쭉한 산까치 한 마리가 울었습니다.

"까까깍, 까까깍."

울어대며 산을 내려가는 종남이의 머리 위를 맴도는 게 아니겠어요. 서울로 이사 갈 때 울어대던 산까치 같았습니다. 기이한 일이지요. 불교에서 말하는 난이의 넋이 산까치로 환생한 것일까요?

"난이야, 네 앞에서 기도를 잊었구나. 천국에서 영생을 누리기를 바래. 난, 함께 뛰놀던 학교와 교회를 둘러보고 올라가겠다."

종남이는 작별의 아쉬움에 이렇게 말하고, 난이의 묘를 향해서 손을 흔들어 주었어요.

"난이야, 잘 있어, 잘 있어, 또 찾아올게."

대학생이 된 종남이의 볼에는 방울방울 눈물이 흘렀습니다. 먹물을 뿌려 놓은 듯 아까보다도 더욱 하늘이 시커멓더니 솜덩이 같은 눈송이가 난이의 묘에도 종남이의 옷깃에도 더뿍더뿍 뿌려댔습니다.

1991. 2

경비실의 바람소리

•
•
•

 그래도, 창수씨는 성공한 인생이었다. 하고픈 일을 했으니 성공이 아니던가. 갈등을 넘어서 화합과 평온! 그 길을 찾는 것은 오직 인내(忍耐)라는 걸 절감한 순박한 창수씨가 아니었던가!

 정월의 모진 바람이 휘몰아친다. 설창수씨는 옷깃을 추슬러 여민다. 경비실 옆에 산더미처럼 쌓아놓은 배출물이 춤추듯 요란법석이다. 동지섣달 너울 진 잣나무 가지 같다.
 "수고하세요."
 대전 대정동 드림아파트의 김종천 노인회장의 상례적인 인사다. 75세의 중로(中老)로, 방학 때는 인근 학교를 빌려 충효 교실을 연다. 지날 때마다 얼굴을 마주치면 가벼운 인사를 나눔이 상례로 됐다. 회장님은 익산에서 전직 고등학교 교장을 했단다. 학생들 가르칠 때가 가슴이 저리도록 그립단다. 열성적으로 사는 노인회장이다.

"회장님. 소인배는 소원 성취를 했어요. 사회에 어둡고 순박하기만 하다는 교직을 떠나고는, 어부의 꿈, 채탄부(採炭夫)의 꿈, 숯 굽는 화부(火夫)가 되고팠는데 아파트의 선머슴 자리 경비복을 입게 됐으니 행운이 아닙니까?"

대화는 통하는 사람끼리 나누기 마련이다. 아파트 경비원으로 취업한 설창수씨의 던지는 말이다.

"그저 소일(消日)꺼리만 있어도 천만다행입지요. 놀고먹는 게, 일 하는 것보다 더 어려워요."

둘이 만나면 의기 양양 했다. 다 같은 교직 출신이라는 인맥 때문이다. 창수씨는 밑바닥 인생을 선호했다.

"수고 하십니다."

일상생활에서 서로의 인사 한마디는 가슴을 뿌듯하게 한다. 공공의식을 새롭게 하며 거리의 미화원 분들께는 사기도 돋워준다. 그래서 창수씨는 미소와 가벼운 인사말이 상례이며 몸에 뱄다. 창수씨는 퇴직 후에 늘어진 낮잠도, 산행도, 여행도, 독서도 실컷 했다. 이제는 진절머리가 난다.

창수씨는 평일날 홀로 계족산에 오른 적이 있다. 사색에 젖고 고독을 씹으며 말이다.

"아직 일할 상판데기인데 고등실업자 같으네. 무위도식자가 아닐까?"

지나치던 여인네들이 흘끔 돌아보며 화살 같은 독설을 흘렸다.

"고약한지고."

못 들은 체하면서, 끌끌 혀를 찼다. 그 후 혼자서 산행하는 것도

경비실의 바람소리

주변 사람에게 눈치가 보인다. 아파트 경비원은 늘그막에 적성에 맞으며, 나름대로 독방에서 근무하는 재미도 쏠쏠할 때가 있다. 택배(宅配)물품을 보관했다가 전달해야 하며, 경비실 안에서 고슴도치처럼 움츠리고 앉아 오가는 선남선녀를 눈 여겨 봐야 하고, 범죄예방을 위해서 승강기에 부착된 CCTV속의 흥미 있는 일거일동도 면밀히 봐야 한다. 젊은 남녀의 뽀뽀는 애교로 봐준다.

바깥에 눈발이 날린다. 어제는 겨울비가 촉촉이 내렸는데…. 벌떡 일어나 제설 작업을 해야지. 염화칼슘도 뿌려야겠다. 짬을 내서 독서도 즐기고, 사색(思索)도, 틈틈이 글 한귀도 쓰고 싶다. 글을 통해서 경비원들의 인권 옹호와 애환(哀歡)을 널리 알리고 싶은 게 창수씨의 솔직한 심정이다.

살기 싫어 자살한 헤밍웨이(미국의 작가)도 군 생활을 전쟁터에서 보냈기에 '무기여 잘 있거라' 걸작을 남긴 게 아니던가?

만경창파에 몸을 던졌기에 '노인과 바다'도 썼던 게다. 돈도 벌며 촌음(寸陰)을 금쪽 같이 여기며, 밑바닥 생활의 글재를 얻고 싶은 게 창수씨의 솔직한 심정이었다.

"도회지의 멀쩡한 노익장들이여, 역전공원에서 청승맞게 쪼그리고 앉아 허송세월 하시지 말고 시골로 돌아가 버려진 농토를 가꾸시오. 황무지에 밀과 옥수수를 가꿉시다."

권고도 했지만 허탕이다. 말하자면 귀농을 권장한 게다.

"젊어서 뼈 빠지게 일했는데 그게 무슨 소리요?"

"아니올시다. 귀농하여 농촌의 폐가라도 빌려, 아내 손잡고 느티나무 밑 들마루에 앉아서 맑은 공기에 솔솔 바람 쐬면서 호박도 심고, 염소랑 테깽이(토끼)를 키워 몸 보신함이 어떨까요?"

늘 역설하던 창수씨도 전원(田園)생활이 간절한 소망이었는데 아파트 경비원이 된 것이다.

"내일 죽어도 오늘 사과나무 한그루를 심겠다."

소설책 읽기를 좋아해서 창수씨는 이 말을 좋아한다.

설 명절이 모레구나! 택배물량이 게딱지만한 경비실을 꽉 메운다. 인근의 우체국장이 경비원들한테 김 한 뭉치를 보내왔다. 우체국 집배원과 접촉이 많기 때문이다. 고마운 일이 아닌가.

'톡톡', 경비실의 확 트인 유리창을 두들긴다. 창수씨는 읽다만 조선 시대의 왕비열전을 덮는다. 전북 부안 땅 매창(梅窓) 같은 여인이 예도 있는 걸까? 늙은 놈의 두 눈이 휘둥그레질 지경이다. S라인 같은 여성이다.

"어서 오세요. 뭣을 도와 드릴까요?"

"아저씨, 105동 10호 사는데 윗층에 애완견의 캥캥 소리 못 들었어요? 잠을 설쳐요. 민원 좀 넣어 주세요."

한 마디 내 뱉고 튕겨 나간다. 아파트에서는 집주인이 오랜 시간 집을 비우면 견공(犬公)들이 염치불구다. 체면도 없다. 이 밤이 새도록 몸부림을 쳐대는 게 어쩜 재미도 있다. 독야청청(獨也靑靑)이다.

'아, 어젯밤 새벽 두시에 유성에서 놀다와. 택시 안에서 곯아떨어진 밉쌀 맞은 여편네 아니던가?'

좁은 경비실에서 잠을 청하려고 하는데 택시 기사가 문을 두들겼다. 틀림없는 작야의 여인이다.

"여자가 술에 취해 일어나지도 않고 택시비 줄 생각을 안 해요."

택시기사를 앉혀 놓고 수소문 하여 동 호수를 찾았다. 남편인 듯한 사람이 내려와 여인의 어깨에 손을 얹더니, 등깜을 어루만져 주는 게 아니던가? 도량이 하해 같다.

"미안해요."

말 한마디 없이 바람과 함께 사라진 어젯밤의 여인이 틀림없다. 대전 유성의 만연한 술집이 미모의 중년 부인네들한테 토요일 밤이면 문제가 많다. 마담이 유부녀를 꾀어내어 주석에 합석하고 가슴팍이라도 허락하면 10만원은 누워서 떡 먹기란다. 일자리 치고는 최고급 아닌가?

"괘씸한지고. 낯살머리 뻔뻔하네. 제 에미 애비도 없나?"

창수씨는 경비원으로 근무하다 보니, 거친 말이 독버섯처럼 싹튼다. 뒤에 대고 침은 뱉지는 않는다. 대전에 서남부권 대표적인 산자락 빙계산(계룡산 뒤쪽)에 순백의 산 그림자가 황혼녘에 더더욱 가슴을 적신다. 어둠이 깔린다.

구중심처(九重深處) 옴팡진 경비실을 팽개치고 된장국 보글보글 끓여 주는 따뜻한 아랫목의 아내 곁으로 가고 싶다. 사춘기 때 감상(感傷)주의에 젖어든 소녀의 마음이 흰머리 끝에 전달되어 나부끼는 걸까. 창수씨에게 깜박거리며 꺼져가는 여생, 일촌광음불가경(一寸光陰不可輕)이라 시간을 아껴야지. 난필로 휘갈기다 만 '꼽추소녀 난이'도 청서(淸書)를 해야겠다. 극성 주민들의 곱지 않는 시선도 피하면서…….

엊그제 일이었다. 동대표 뽑는 과정에서 관리소장이 개입한 것 같았다. 언쟁이 극도에 달아 창수씨는 주민을 제재시켰다.

돈푼께나 있다는 주민 왈(曰) "누가 월급 줘서 먹는 게요?" 눈을 부릅뜨며 관리소장한테 던진 험악한 응대였다. 아파트 경비원을 자기 집의 선머슴이나, 집 지켜 주는 개(犬)로 착각하는 아낙네도 있다.

"오해치 마시오. 그들도 한때는 떵떵거리며 살았다오. 군에서는 고급 장교로 퇴역한 사람도 많이 봤소. 인간지사 새옹지마(塞翁之馬)란 말 모르오? 인생은 일장춘몽이오. 남가일몽(南柯一夢)이라 했다지요?"

설창수 경비원은 주민들께 아래와 같이 고하고 싶었다.

"주민들이여, 경비원도 인간인데 늦잠이 들었다고 질책마소. 경비원의 일거일동을 삵(살쾡이)처럼 살펴 또 민원을 제기하여 쫓아내렵니까?"

그 후, 설창수 경비원에게 진퇴양난(進退兩難)의 거취 문제가 제기됐다. 그에게 멀쩡한 근무시간에 오수(午睡) 낮잠이 많다는 얘기다. 창수씨는 미련 없이 '안녕'을 선언했다. 이내 몸을 내동댕이쳤다. 체면도 인격의 존중도 없었다. 인생의 밑바닥에서 두 주먹을 불끈 쥐며 멸시를 참고 참았다. 경비 생활 당시의 좁은 소견머리였을까?

"늘그막에 퇴직 후 사회의 말단 직장이라도 얻어 일할 수 있는 것은 축복 받았다고 생각해요."

지인(知人)에게 알렸다. 짐보따릴 챙겨 승용차에 실었다.

"창수씨, 저도 오늘 사직서를 냈습니다. 새벽 기도회에 나가는 주민이 관리 사무소에 민원을 제기하여 소장한테 혼줄을 들었습죠. 늦게 기상한다고요."

홀애비로 독작(獨酌)을 기울이며 저 달보고 처량한 신세를 달래던 구철모 경비원의 푸념이었다. 경비실에서 가끔 그랬는데 들통이 났던 모양이다.

"아, 아! 드림 아파트의 경비실이여, 안녕! 경비원은 집 지키는 개야!"

젊은 놈한테 들은 얘기가 귀에 멍멍하다.

염복(艷福)

•
•
•

　홍안백발(紅顔白髮)의 독서광인 대한씨는 가끔 남아수독오거서(男兒須讀五車書)에 빠진다. 그럴 때면 2층 서재에서 눈의 피로도 풀 겸, 창을 열고 창공에 흐르는 구름을 본다. 본의 아니게 건너편 아래층 집에 사는 두 여인의 생활 모습이 시야에 박히는 때가 있다.
　점잖은 체면에 의도적으로 눈여겨보는 건 절대 아니다. 두 여인은 40대 초반으로 보이는 혈기왕성한 나이 같다. 몸매들도 가즈런하고 얼굴도 고와 자매처럼 보인다. 그런데 기질이 다른 것 같다. 두 여인들의 생활상이 어쩌면 그리도 대조적일까. 여자는 남자에 의해 길들여진다던데 더러는 맞기도 한다.
　그래서 남자는 선장이요, 여자는 배이면서 항구라고 유행가에도 비치지 않던가. 불문곡직하고, 낭군들의 항해술에 달려 있음직하다.

이웃집 첫 번째 여인은 공수특전대의 기질 같은 공격형에 저돌적인 여인임에 틀림없다.

또 두 번째 여인은 수비형에 고분고분한 수동적 여인임에 틀림없을 것 같다.

어쨌든 대한씨는 심심풀이로 두 여인의 행동거지가 눈길과 맞닥뜨리는 때가 있었다. 그녀들을 통해서 부부의 윤리와 행복의 척도를 재보기도 하는 지탄받아야 할 악취미라고나 할까?

첫 번째 여인은 부부전쟁이 발발했다면 조석주야 불문가지다. 미사일 공격을 받은 것 이상으로 동네를 발칵 뒤집어 놓는다. 때를 만난 듯 조무래기도 모여들고, 견공도 모여들어 깽깽 짖어댄다. 대막대기를 한 개씩 손에 들고 쫓고 쫓기는 추격전도 불사한다. 대문 밖에서 부인이 앙알거리니, 자존심 문제다. 남정네는 아니 쫓아갈 수밖에…….

그러다가 남편이 지쳐 집으로 향할라치면 아낙네는 대문 밖에서 위풍 당당히 고함을 친다. 기다렸다는 듯 방에서 또다시 튕겨 나온 남정네는 막대기를 휘두를 때는 땅도 꺼질 듯하다.

"날 살려요!"

36계 줄행랑을 치다가 길바닥에 덥석 주저앉아서 아이고 통곡할 때면 참새떼들도 때를 만났다는 듯 관현악이 울려 퍼진다.

"쯧쯧 참아야지. 하루를 참으면 열흘이 편하다 했는데."

대한씨는 주섬주섬 바지를 걸친다. 남편을 우습게 여기는 복희 여사한테 던진 말이다. 흥정은 붙이고 싸움은 말리라 했다. 13통 통장 체면에 방관시할 수는 없는 일이었다. 어쩌랴 부부는 체면불구,

염치 불구하고 이 지경까지 오게 됐는가? 대한씨는 싸움을 말리려고 나갔다.

누군가가 잘잘못을 떠나서 바깥에까지 나와 부부싸움의 작태를 보이니 안타깝다. 겉으로는 남부러울 것 없이 잘 사는 가정 같은데….

"참읍시다. 참아요. 애들 보기가 부끄럽지 않습니까?"

대한씨는 점잖게 타일렀다.

"아저씨는 제3자요. 남의 부부싸움에 왜 끼어드는 거예요? 별 우라질 꼴 다 보겠네."

고래고래 고함이다. 괜실히 민망스럽다. 여인은 이리의 눈빛처럼 쌍심지를 돋운다. 순한 부부의 생활 양태는 옛 이야기요, 세상 밖의 얘길까? 돌아서서 눈물 삼키는 여인의 미덕은 옛이야기로 사그라진 걸까? 부부싸움 말리다가 한 대 얻어맞은 격이다.

두 번째 여인의 부군은 영업용 택시 기사다. 허름한 한옥이지만 집 앞이 정갈하고 화단이 잘 가꿔졌다. 햇살 가득한 아침 창틀에는 베고니아 꽃송이가 방긋 웃음 지며 나풀거린다. 대한씨가 해맑은 공기를 들이키기 위해 '오 나의 태양'을 음미하며 창문을 열면 그 집 마당에 개미새끼 기어 다니는 것도 시야에 펼쳐진다. 낭군이 일터로 나간다. 언제나 정갈하게 머리에는 스카프를 썼다. 출근하기 전 새댁처럼 앞치마를 두르고 아내는 영업용 택시를 보석처럼 닦는 모습이 천사처럼 보일 때가 있다. 부럽기까지 했다.

남편은 백마에 왕자처럼 오른다. 한 번도 거르는 일 없이 떠나는 차량 뒤에서 꾸벅 절을 하는 아내가 어디 있을까? 여인은 차량 뒷쪽에서 15도 각도로 예의를 갖춘 다음 미소로 손을 나부낀다. 참, 보기가 좋다. 차량이 떠날 때면 절하는 것을 한 번도 건너는 적이 없다. 대단한 여자다. 무사고와 안전운행을 간절히 비는 정성일 것이다. 부부금슬이 찰떡처럼 끈적끈적해 보인다.

부부싸움 잘하는 첫 번째 여인의 가정을 들먹여야겠다. 그녀는 고품격의 자가용을 갖고 있다. 남편은 중장비 사업을 하는 것 같다. 고대광실에 호의호식하는 고명 아들, 딸이면 뭣하랴. 서로가 맘을 맞추고 이해를 해줘야지. 움막에 죽사발이 웃음이 행복의 원천이란 말이 틀린 건 아닌 것 같다.

부부싸움만 붙었다 하면 용호상박이요! 때로는 만인 주시 속에서 육박전도 불사하니 가여운 존재들이 아닐까. 남들은 오순도순 잘도 사는데 이 집 환경은 왜 이럴까. 남편이 과음을 했는가? 여자가 춤바람이 난 걸까? 성격 탓은 말도 안 되는 얘기다. 한 문으로 나온 형제자매도 얼굴과 성격이 제각각인데 남남끼리 만나 성격이 같을 수야 있단 말인가. 배운 사람들이라면 서로가 맞춰주도록 노력해야 된다는 것쯤은 익히 알아둬야 할 문제 아니던가.

딸 셋을 둔 대한씨다. 금이냐 옥이냐 애지중지 키웠다.

"딸 애들을 잘 교육시켜 남의 집에 보내야 할 텐데. 주(酒) 폭력, 주태배기 술고래는 만나지 말아야지…."

혼자서 되뇌어 본다. 걱정이다.

서로가 참고 견디는 은근함! 이 얼마나 좋은 말인가. 맘 아플 때

뒤돌아서서 눈물짓는 여염집 아낙네의 아름다움과 미덕….

"여보 미안하오. 내가 생각이 짧은 것 같소."

토닥여 주는 남편의 포용력과 너그러움, 모든 게 아쉬운 요즈음이다. 산업사회의 여성 상위시대란 말은 누가 지어낸 말인가. 남녀평등이란 자체가 남녀의 격돌을 자아내고 있는 게 아닌가. 부창부수의 생활 철학은 변함없는 대한씨의 뺨 맞을 소리다. 헤겔이 주장한 변증법적 논리는 아니고 확고부동한 대한씨의 주창론이다.

아무래도 첫 번째 여인에게 문제가 더 있는 것 같다. 성격이 거센 여인한테 순한 양 같은 남편은 참고 참다가 악발이가 된다.

"오늘은 너 죽고, 나 죽자! 못된 계집년…."

눈에 살기를 띄고 길가에서 병을 주워 쫓아간다. 길가엔 왁지지껄 소란이요, 모두가 웅성거린다.

"어서 들어와요. 다치면 당신만 손해요."

대한씨의 부인은 손을 잡는다. 참견 말라는 얘기다.

"오 주여, 저 가여운 양들에게 구원과 축복, 부부화합의 지혜를 주시옵소서."

대한씨는 방으로 들어와 간절히 기도를 한다. 남편으로서의 바른 정체와 아내로서의 바른 정체는 무엇일까. 곰곰이 따져보는 대한씨의 하루였다.

조선시대의 송시열 선생은 시집가는 딸에게 계녀서(戒女書)를 안겨 주었다지 않는가? 부덕과 교양, 인성교육이 그만큼 중요하다는 얘기다. 최초에 던지는 말 한 마디가 중요하다. 감정을 건드리는 말은 삼가해야 한다.

"아이고, 아이고!"

여인네의 파열음이 비오는 날 어둔 밤을 깬다. 일촉즉발, 전운(戰雲)이 감도는 걸까. 악처는 평생 원수요, 이웃집 나쁜 사람은 1년 원수라는 옛말이 생각난다.

파생(破生)

⋮

 "야, 넌 뭣 때문에 사는 거냐? 밤낮 분필가루나 쳐 마시며 샌님처럼 인생을 답답하게 사니 말야!"
 가을비가 추적추적 내리는 일요일이었다. 강인규 선생은 고향인 아산시 온천2동 시장 바닥 목로주점에서 초등학교 때의 쥐불알 단짝들인 일순, 해진, 선규, 호영을 불러서 한잔 들이켜고 있는 참이다. 바람은 자고 있는데 창밖의 빗방울은 음산하다. 이럴 땐 술맛이 더욱 캥기는 강 선생이었다. 말하자면 만추(晩秋)의 날궂이를 즐기고 있는 참이다. 빈대떡 접시를 비우며….
 소줏잔을 권커니 작커니 하는 자리인데 안면에 홍기(紅氣)가 서린 호영이 친구의 깊은 밤 홍두깨질 소리 같은 말에 강 선생은 얼굴을 푸르락거리며 긴장하였다.
 "야, 임마 돈이나 모으고, 승진하려고 거머리처럼 높은 놈들한테 빌붙어 살지만 말고, 화투도 하고, 바둑도 두고 재미있게 살잔 말이여. 너도, 우리처럼 양춤도 배워봐. 황금 같은 40대 아니더냐."

호영이가 덧붙였다. 듣고보니 마음이 찡한 강선생이다.

"참, 네 어부인(御夫人)도 멋지게 돌려 대던데, 너는 안 배웠냐? 우리 마누라도 늘그막에 삭신이 노골노골 하다고 해서 실컷 운동하라고 양춤 교습비까지 줬다, 야."

"뭣, 내 마누라가 춤바람이 났단 말야! 카바레에서 돌려대고?"

강 선생은 철퇴로 머리통을 호되게 얻어맞은 것처럼 정신이 얼얼하다. 모르면 모르는 대로 알게 모르게 바람처럼 지나는 건데, 호영이는 왜 불화살 같은 말을 친구들 앞에서 주책없이 공포했을까? 취중망언 성후회(醉中忘言 省後悔)라, 술탓이다! 강 선생은 술에 취했다. 온양 시내 모종동 골목의 까만 밤을 헤집고 집에 오니, 아내 규옥이는 썰렁하게 집을 비운 상태였다. 가재도구 정리도 안 되어 어지럽게 질펀하다. 알토란같은 형제 놈들은 뒤엉켜 새우잠을 자고 있다. 손등을 만져 보았다. 소나무 껍데기 같다. 손톱이 길고 때 꼬장물이 줄줄이 찌들어 있다. 머리카락도 푸수수하며 뒤범벅이다.

"내 잘못이다. 내 잘못…. 아내를 철석 같이 믿고 타향객지에서 하숙생활을 한 것이…."

혼자 씨부렁거렸다.

'빌어먹을 여편네. 보이는 게 없나?'

깊어 가는 가을, 토요일 밤 11시. 큰놈을 잡아 깨웠다.

"엄마, 어디 가신다고 했니?"

"친구들끼리 계모임 가신댔어요."

4학년짜리 영구의 대답이었다. 철부지 둘째 아들 영철이는 깊은 잠에 빠져 있다.

몇 년 전만 해도 객지에 떨어져 있을 때다. 밤에 전화를 하면 아내는 집을 비울 때가 다반사였다. 으레 같은 핑계다. 강 선생은 방바닥에 뒹굴고 있는 베개를 걷어 차 동댕이쳤다. 그러나 베개는 '난쟁이가 차 올린 작은 공'이 아니다.

'뭣, 아내가 다른 사내놈의 품에 안겨 돌려 대?'

강 선생의 눈에서 불똥이 튕겼다.

'친구가 홀 안의 어둠 속에서 비슷한 사람을 보고 착각한 게 아닌가!'

강선생은 달포 전 친구와 아산 정류소 지하에 있는 서울회관에 들렀던 것이 덜컥 뇌리를 스쳤다.

강선생의 아내는 청양 색시로 티 없이 맑은 규수(閨秀)였다. 시골 구석에서 호미질하며 살다가 온양(溫陽) 시내로 집 사 갖고 나왔다. 시골에서는 나무도 해서 때고 농번기에는 모도 심으러 다닌 생활력이 강한 알뜰한 여인네였다. 소인한거 위불선(小人閑居爲不善)이라는 말이 있듯이 도회지에 나와 유한 부인들과 친목계를 하더니 확 달라졌다.

서울회관, 친구와 테이블에 앉아서 본 것은 남녀가 미친 사람처럼 돌고 흔들어 대던 것이었다. 지루박이라던가, 남녀가 팔을 올렸다. 내렸다. 허리를 감았다 놨다. 젖가슴 가까이 손바닥을 넣었다. 뺐다. 기고만장(氣高萬丈)이었다. 난생 처음 보는 것이다.

흑인영가에서 나온 블루스라던가, 느린 템포의 춤곡이라고 했다. 남녀가 꼭 껴안는다. 이마도 대고 뺨도 비벼댄다. 카바레의 세계는 체면도 없는가? 사내놈의 목덜미를 뱀처럼 휘어 감고 흥겨워하는 여인네도 보인다. 남녀가 거의 검정 옷을 입었는데 희미한 불빛 아래 뒤섞여서 냉큼 그 알량한 얼굴도 알아 볼 수 없다. 밀고 당길 때 어쩌면 저렇게도 발이 착착 맞는지! 선남선녀들이 젖가슴과 밑가랭이를 꽉 붙이고 비벼 대는 꼬락서니는 가히 장관이다. 그놈의 말초신경들이 온전하겠는가? 사교장(社交場)이 아니라, 성적(性的) 만족을 푸는 장소 같다. 옛날엔 남녀칠세 부동석(男女七歲不同席)이라 했거늘, 선남선녀가 사교댄스랍시고 손을 맞잡고 부둥켜안아 돌려대고 비비고 꾀면, 필경 가정의 파탄이지 좋은 결과가 오겠는가!

　강선생의 사모님은 40대주부의 나이답지 않게 개미같이 가느다란 허리, 맵싸한 눈매와 오똑하고 가늘면서도 몽글몽글한 콧날, 북한 회령(會寧) 땅의 미녀는 아니지만 내노라는 충남 청양 화성 땅의 미녀가 아니던가! 수캐 같은 뭇 사내놈들이 순박한 공무원의 사모님을 놔둘 리가 없었다. 나이도 한창인 40대. 무르익은 농염한 몸뚱아리. 반지르르한 제비 같은 놈이 아내의 정조를 유린하고 말았을 게다. 강 선생의 과대망상일까! 이제까지 수더분하게 입던 아내의 입성, 옷매무새가 참기름이 쫄쫄 흐르듯 빛이 났으며, 천박하던 말솜씨도 매끄럽게 활달해졌다. 수줍어 얼굴도 못 들던 아내가 시장 바닥에서 물건을 흥정하는데 남정네 장사꾼들을 능소능대하게 다루며, 대인 관계에서도 얼굴이 스스럼없이 밝아졌다.

　"카바레에 출입하면 사람이 뻔뻔해지고 뭇 인간을 잘 다루지."
　넌지시 귀띔해 주던 친구들의 말도 떠올랐다. 아내 규옥이가 또, 달라진 것이 있다. 밤늦게 귀가 할 땐, 입가에 매코롬한 술 냄새도 마다했다. 전화를 했다 하면, 무선전화기를 들고 그를 피해서 받는 때가 다반사였다. 맹숭맹숭 흘러 넘길 예사로운 일이 아니다.

강선생이 "전화 받겠습니다." 하면 상대는 번개같이 전화를 끊기 일쑤다. 살림하는 아녀자가 무슨 놈의 무선전화기가 필요하겠느냐 마는 어거지를 써서 본인이 구입했다. 벨이 울렸다 하면 거실 구석이나 빈방으로 가서 숨을 죽이고 통화하는 것을 볼 때면 큰 죄라도 진 사람처럼 보일 때가 있다. 아내는 이렇게 생활 태도가 달려졌으며, 쫓기는 사람처럼 불안한 모습이다. 도둑이 제 발 저리는 격이다.

'별것 아니겠지!'

아내를 신뢰하고 철석같이 믿어 왔다.

'문제가 있으면 바람처럼 가슴에 와 닿았다가 금방 스쳐가겠지.'

이렇게 자위를 하며, 아내를 밤 11시까지 기다리다 못한 강 선생은 옆 가게로 갔다. 2홉짜리 소주 2병을 샀다. 병 모강댕이를 입에 물고, 여름철 바가지로 찬물 들이키듯 꿀꺽꿀꺽 타는 가슴을 적셨다.

아침에 깨보니 목이 타고 혀가 말라 있다. 어떻게 잠자리에 들었는지 모른다. 천만다행 일요일이었다. 자신은 양복바지에 평상복을 입은 채 그대로 이고, 아내는 저 혼자서만 연분홍색 잠옷을 걸치고, 올려붙인 가랑이 사이로 불그스름한 팬티 자락이 요물(妖物)처럼 비쳐보였다. 환한 달덩이 같은 엉덩이는 수밀도(水蜜桃)였다. 대리석처럼 매끄러운 피부다.

"남편 잠자리를 봐주어야지, 혼자서만 퍼질러 자? 괘씸한 여편네로고!"

비상시에만, 마음을 달랠 때 피우려고 감춰 놓은 담배 한 개피를 물었다.

일요일, 늦게 일어나 술국을 끓인답시고 두부와 묵은지를 섞어 끓인 점심상을 들고 와서 아내는 다시 나갈 요량이다.

"당신, 어디 안 나가요? 오늘 시내에 나가서 옷가지 좀 수선해 오겠어요."

뻔뻔한 얘기다. 부부지간에 정이 멀어진 걸까! 도대체 남편 옆에 붙어 있으려 않는다. 산골 다람쥐처럼 들락날락을 좋아하였다.

아내 규옥은 신혼 시절 화장을 몰랐다. 백옥 같은 피부를 가졌었지만 돈이 아까워서였다. 시골에서 선생님 사모님 소릴 들으면서도, 체면 불구하고 5~6월에는 모심기에 다니며, 또 가축도 기르면서 저금통장을 불렸다. 일구월심(日久月深) 피눈물 나는 노력 끝에 시내에 아담한 양옥을 마련했다.

이렇게 근검절약하며 생활하던 태도는 온 데 간 데 없다. 춤바람이다. 보이는 게 없다. 귓불에는 석류알 같은 백금색 귀걸이는 대롱대롱. 검정 투피스에 백합꽃처럼 흰 블라우스! 진주 목걸이. 쟈스민 향기 같은 야롱야롱한 향수 냄새도 풍긴다. 강 선생의 눈빛에 아내가 달그림자처럼 비쳐 보였다. 아, 무서운 춤바람….

'인생은 고해(苦海)요. 억지 춘향이로 산다고 했겠다!'

강 선생의 나이 40대 후반 장가 늦게 들은 게 후회가 된다. 동생 놈들 뒷바라지 때문에 자신은 돌볼 겨를이 없었던 강 선생이었다. 강 선생의 선친께서 작고하신 지 10년. 한번은 퇴근하는 아들을 불러 앉히고는 은밀하게 걱정하셨다.

"인규야, 에미가 두시 경이면 쭉 빼입고 나들이 가니 살펴보아라."

그 무렵 아내는 댄스 교습소에 다니고 있었다.

"여보, 나 그동안 열심히 일했으니 계원들 하고 사교댄스 좀 배우겠어요."

"좋을 대로 하구려."

대수롭지 않게 여기고 허락을 했다. 일금 10만원, 교습비까지 손에 쥐어 주었다. 어느 날 백목련이 집 앞에 활짝 핀 봄날이었다.

"운동 삼아 열심히 해봐. 사내놈들은 사귀지 말고…"

아내를 믿고 가볍게 건넨 말이었다.

"센새이(선생님의 별호)의 마나님들처럼, 점잖은 개가 부뚜막에 먼저 올라간다고. 제비족한테 잘 얽혀 들어간단 말이야."

술좌석에서 이런 얘기도 들었다.

늦게 들어온 아내를 불러 세웠다. 옷자락과 머리카락에서 향수의 여진이 코끝을 자극한다.

"곗돈 받아서 넣은 천 만원 정기예탁 통장과, 당신의 보통예금 통장 좀 보여주오."

아내는 떨떠름한 표정을 보이며, 남편 앞에 통장을 내 놓는다. 들통이 났다는 표정이다. 천 만원 정기 예탁 통장은 잘 있는데, 몇백만원 잔고이어야 할 액수가 들쭉날쭉 마이너스 통장이다.

"이, 여편네야! 봉급 타면 봉투째로 갖다 준 것 다 어디에 썼어?"

홧김에 통장을 내동댕이쳤다. 강 선생은 울화통이 터졌다. 아내는 죄를 졌는지 꿀 먹은 벙어리이다. 마침 옆에 애들은 없었다.
"이놈의 여편네야, 나가 뒤어져!"
아내 규옥은 남편의 두 주먹이 날아올 것 같아 지레 겁을 먹고 뺑소니쳐 버렸다. 그놈의 괜한 승진을 위해 가정을 등한시한 게 후회스럽다. 연구논문과 과학작품에 지칠 때로 지쳐버린 강 선생이다. 가정경제는 전적으로 아내 몫이었던 것이다. 오랜만에 아내의 장롱을 열어 보았다.

시장바닥의 옷가게는 새 발의 피다. 쫙 걸려 있다. 검정 나팔바지, 긴 치마, 짧은 치마, 칸나꽃보다 더 빠알간 투피스! 진한 향수 냄새도 풍겨 나온다. 화장품의 가짓수도 늘어난 것 같다. 신발장에 백구두 두 켤레가 죄 지은 자처럼 고개를 떨구고 있다. 나들이옷의 전시장이자, 여성 구두의 판매장 쇼 윈도우 같다.

"장롱 속의 폭넓은 가죽 벨트는 무슨 지랄을 하느라고 사들였담?"
강 선생은 투정부리며 깨진 그릇 버리듯 내동댕이쳤다. 옆에서 움츠리고 있던 고양이가 화들짝 놀라 "야옹, 야옹." 눈치를 살피며 도망친다. 그 후 부부지간의 냉전과 침묵은 피를 말리는 듯 며칠을 끌었다. 잠자리도 따로 했다. 강 선생은 가슴이 답답하고 잠이 오지 않았다.

'패가망신(敗家亡身)이 뭣이던가!'
그래도 관용을 베풀어서 "여보, 내가 너무 한 것 같으오. 가정을 잘 지킵시다." 아내를 토닥였다. 구슬리는 것이 상책이라고 생각한 것이다. 그 후 아내는 집안을 깨끗이 하고 반찬도 좋았다. 애들의 머리카락에도 윤기가 넘쳤다.

한 달 후였던가? 직원들과 회식이 있었다.

"나 좀 늦겠소. 저녁은 준비하지 마오."

그날 저녁 술이 거나하게 취했다. 돌아가신 어머님이 그리워 '비 내리는 고모령' 콧노래를 불렀다. 모종동 커브를 돌아서는데 50m 전방에 검정 승용차가 멈춰 있었다. 한 여인이 내리자마자 뺑소니 치듯 어둠 속으로 사라지는데 분명 아내의 뒷모습이다. 기가 질린다.

3월의 교원 정기 이동 때에 벽지(僻地)로 왔다. 옛날엔 열두 냇물을 건너야 했다는 첩첩산중 오지(奧地)마을 학교이다. 자원하여 왔다. 물론 아내 때문이다. 아내의 춤바람을 잠재우기 위함이었다.

'자숙(自肅)을 하겠지….'

다행히 학교 사택(舍宅)이 깔끔했으며, 정부지원 급식(給食) 학교로 지정되어, 시골 아이들의 얼굴이 뿌옇다. 승진의 부가 점수 관계로 전입 희망자가 많아서 딱 3년이다. 아내도 살림 이외는 꼼짝달싹 안 할 것 같다.

"당신, 나를 가두어 두려고 산고랑에 왔군요. 새장과 다름없네요."

아내의 표정이 푸르뎅뎅하다. 강 선생도 아내의 자유를 찬탈한 것 같아서 가슴이 씁쓰름했다.

"인간도처 유청산(人間到處有靑山)이라 했소. 내일의 달콤한 삶을 위해서 오늘의 아픔을 참아 나갑시다."

아내의 손목을 지그시 잡아줬다. 따스한 눈길도 주었다.

"빠삐용(영화제목)의 토굴 감옥 같네요."

아내는 실낱같은 눈물을 보인다. 그 후로 적막한 산골 생활은 시작되었다. 퇴근 후 가족들을 데리고 뒷산에 올라 산바람도 쐬고, 실개천에 나가 물보라 속에서 다슬기도 건지고, 돌미나리도 뜯어다 먹지만 아내는 마음이 당기지 않는 것 같다. 아내가 시름시름 앓기 시작했다. 아내가 심근경색증이 있는 것은 알고 있다.

1학기가 지나고, 2학기에 접어들면서 운동회도 끝났다.

"여보, 겨울에 첫눈이 내리면, 손잡고 뒷동산에 올라가요. 우리 둘만의 발자국을 남기고 싶어요."

"응, 그렇게 하지."

강 선생은 아내를 힘껏 안아 주었다. 그리고 팔베개 하여 잠재우려 했다.

"여보, 내일 나, 가고 싶은 곳에 갈 거예요."

"어디를 간달 말이오?"

"그건 묻지 마세요. 꼭 가야할 곳이 있어요."

남편의 가슴으로 어린애처럼 파고든다. 남편의 볼을 만지며 눈물을 보인다. 뜬금없이 던지는 말 같았다.

이튿날, 오후 세시, 학생들을 하교 시키고 난 뒤였다.

"아버지, 아버지! 엄마가 빨리 오래요."

교실 창문을 두들기며, 둘째 아들 영철이가 얼굴이 빨개져서 소리쳤다. 강 선생은 잔무 처리하던 펜대를 바닥에 흘러버린 채 사택으로 달려갔다. 아내는 문을 열고, 벽에 등을 댄 채 앉아 있다. 입술이 파랗다.

"여보, 왜 그렇게 늦게 오세요. 얼른 밥에 고추장 좀 넣어 비벼서 주세요."

"어디 많이 아파?"

강 선생은 부엌의 스텐리스 그릇에 담겨져 있는 쌀밥을 꺼내 고추장과 비볐다. 찬물 한 그릇과 밥을 갖고 와서 아내를 안아서 입에 넣어 주었다. 아내는 고추장 밥 한 숟가락을 받아 억지로 삼키더니, 왼손을 저으며 "그만, 그만!" 얼버무린다. 숨도 헐떡거린다. 가슴이 뼈개지는 듯하단다.

"여보, 내 앞으로 와서 등을 기대 줘요."

아내는 남편의 등 뒤에서 야윈 얼굴을 비벼댔다. 그러더니, 뒤로 넘어지면서 눈을 하얗게 뒤집는다.

"아니, 여보 이게 웬일이요?"

아내는 눈도 감지 않은 채로 축 늘어진다. 순식간의 일이었다. 병원은 너무 멀었다.

방안은 울음바다로 범벅이 되었다. 아내를 들쳐 안았다. 그리고 창가로 다가섰다. 아내가 병중에 멍하니 쳐다보던 산야(山野) 쪽으로 고개를 돌려주었다. 영화 폭풍의 언덕의 한 장면, 그 마지막 화면처럼 언덕을 보여주었다.

"당신이 좋아하던 들판을 보아요."

들판에는 하얀 억새풀 자락이 바람결에 나부끼고 있었다. 강 선생의 눈가에 이슬처럼 눈물이 맺힌다. 그날 밤, 염하기 전 아내를 무릎 위에 뉜다. 가위로 아내의 앞 머리카락을 스무 가닥 정도 베었다.

"여보 당신이 그리울 때는 이 머리카락으로 냄새를 맡으오리다."

백지에 정성껏 말아서 아내의 장롱 속에 넣었다.

강 선생의 미인 아내 규옥은 심근경색 환자였다. 무정한 남편은 미처 그 생각을 못했다. 아내는 벽지에서 새장에 갇힌 새처럼 갑갑한 생활을 하다가 화려한 추억을 안고 하늘나라로 갔다.

"내 죽을 때까지 독신으로 살면서 형제를 잘 키워야지…."

아내의 묘 앞에서 맹세한다.

"오, 나의 사랑! 내 아내여, 잘 있어요."

산을 내려오면서 뒤돌아보고, 또 돌아본다. '내가 미친 놈이지. 땅을 치며 통곡하고 싶다. 도회지에서 뛰어 놀며 살게 둘 것을….'

아내의 빈 자리를 절감한다.

"내 아내는 영원한 안식처로 갔어. 저 혼자서 갔단 말이야! 강아지 같은 새끼만 놔두고……."

하늘보고 소리친다. 미친 사람처럼. 산 메아리가 되돌아와 강선생의 귓전을 때린다.

1985. 10

사북(舍北)탄광

임승수 소설집

발 행 일 | 2016년 7월 8일
지 은 이 | 임승수
발 행 인 | 李憲錫
발 행 처 | 오늘의문학사
출판등록 | 제55호(1993년 6월 23일)
주   소 | 대전광역시 동구 대전로 867번길 52(한밭오피스텔 401호)
전화번호 | (042)624-2980
팩시밀리 | (042)628-2983
홈페이지 | http://www.lito77.co.kr(홈페이지)
전자우편 | hs2980@hanmail.net

공 급 처 | 한국출판협동조합
주문전화 | (070)7119-1752
팩시밀리 | (031)944-8234~6

ISBN 978-89-5669-763-5
값 12,000원

ⓒ 임승수. 2016

* 이 책은 ㈜교보문고에서 E-Book(전자책)으로 제작·판매합니다.
* 잘못 제작된 책은 바꾸어 드립니다.

* 이 책은 대전문화재단 | 한국문화예술위원회 에서 사업비 일부를 지원받았습니다.